A Silent Voice

Les autrices

Yoshitoki Oima, scénariste et dessinatrice, a connu un grand succès public comme critique au Japon et dans le monde entier avec *A Silent Voice*, l'histoire multi-récompensée d'une jeune malentendante harcelée pendant sa scolarité. Son œuvre aborde des thématiques singulières et difficiles : le handicap et le harcèlement, en particulier dans le milieu scolaire. Si elle-même n'a pas de handicap particulier, elle a toutefois été sensibilisée très tôt à ces sujets par l'intermédiaire de sa mère, qui exerce la profession d'interprète en langue des signes.

Yoko Kurahashi est autrice de littérature jeunesse. Née dans la préfecture de Hiroshima, elle est diplômée de la faculté de lettres de l'université Sophia, à Tokyo. Éditrice de magazines, elle s'est tournée vers l'écriture à partir de 1994. Elle donne régulièrement des conférences sur la littérature pour enfants auprès de jeunes lecteurs et d'enseignants. C'est l'autrice d'un grand nombre d'ouvrages jeunesse dont *Yoru Cafe* (*Café de nuit*), qui portait déjà sur le thème du harcèlement scolaire.

Œuvre originale & dessins
Yoshitoki Oima
Roman
Yoko Kurahashi

A Silent Voice

Traduit du japonais
par Mathilde Tamae-Bouhon

LUMEN

First published in Japan in 2019 by Kodansha Ltd., Tokyo.
Publication rights for this French edition arranged through Kodansha Ltd., Tokyo.

Prologue

Shoko Nishimiya… À l'époque, je ne pouvais vraiment pas la supporter.

Nerveux, Shoya Ishida contemple la porte de la classe où vient de se terminer le cours de langue des signes du jour. Il doit rassembler tout son courage pour finir par s'en approcher. À l'intérieur de la pièce se trouve la jeune fille qu'il est venu voir… Non, c'est plus que ça : qu'il doit voir à tout prix.

Mais il n'a pas assez de cran pour franchir le seuil. Derrière lui s'est massé un petit groupe d'élèves, tout juste sortis de la salle, qui l'observent avec intérêt.

— Tu l'as déjà vu, ce garçon ?

— Non, jamais. Un ami de Shoko, peut-être ?

— Son petit copain, tu veux dire !

— Ah, enfin ! Ce n'est pas trop tôt…

Les pipelettes échangent des rires entendus.

— Euh, pas du tout ! se défend Shoya en se tournant vers elles. Je suis un de ses anciens camarades de classe. J'aimerais juste lui parler…

Lorsqu'il reporte son attention sur la porte, il découvre Shoko sur le seuil. Les yeux écarquillés de surprise, elle le dévisage d'un drôle d'air.

La petite fille du temps de l'école primaire a bien grandi et porte désormais les cheveux longs. Malgré tous ces changements, il la reconnaît sur-le-champ, car son sourire un peu embarrassé est resté le même… Mais, six ans plus tard, ce sourire laisse Shoya complètement sans voix, étrangement pétrifié.

Profitant de ce court moment de flottement, Shoko tourne brutalement les talons pour prendre ses jambes à son cou.

— Non… Attends ! l'interpelle-t-il. Shoko ! Pas si vite ! Tu ne te souviens pas de moi ? Je…

Elle s'engage dans l'escalier qu'elle dévale à toute vitesse sans daigner se retourner. Après un instant d'hésitation, le jeune homme se lance à sa poursuite d'un pas mal assuré.

— C'est moi, Shoya, on était ensemble en CM2 ! Shoya, tu te rappelles ?

Elle ne l'a pas oublié, quand même ? Elle accélère encore un peu l'allure.

Non, attends, ne t'en va pas !

— C'est moi, Shoya Ishida ! s'époumone-t-il encore, au désespoir.

Tous deux ont passé plusieurs mois dans la même classe, quelques années plus tôt. Et ce court laps de temps a suffi à bouleverser leurs vies…

Chapitre 1
Guerre ouverte contre l'ennui

Six ans plus tôt…

Shoya est en CM1 et, s'il y a bien une chose qu'il ne supporte pas, c'est la monotonie.

Aller à l'école, faire ses devoirs, sortir jouer avec ses copains, s'endormir tous les soirs dans sa petite chambre… Il n'en peut tout simplement plus de cette routine à mourir d'ennui.

Il envie sa mère et sa sœur aînée qui ont la belle vie – la première adore travailler dans le salon de coiffure qu'elle a monté, la seconde enchaîne les relations amoureuses avec un enthousiasme sans faille.

Sans trop savoir pourquoi, Shoya cherche lui aussi une passion à laquelle se consacrer corps et âme. Voilà sans doute pourquoi il organise régulièrement ce qu'il appelle des « épreuves de courage ».

Cette après-midi-là encore, il a donné rendez-vous après les cours à deux de ses camarades, Kazuki et Keisuke, sur un vieux pont de pierre dont l'accès est pourtant formellement interdit.

Penché par-dessus la balustrade, il regarde à présent couler les eaux de la rivière, loin en contrebas. Le défi du jour : plonger depuis le parapet…

Kazuki se dévisse le cou pour épier d'un air craintif les flots boueux.

— On risque de se faire mal, de cette hauteur…

— Ça, on ne le saura pas tant qu'on n'aura pas essayé !

Les yeux de Shoya brillent d'un éclat téméraire. Des frissons d'excitation courent le long de son échine. Il y a pourtant de quoi avoir peur… Mais peu importe : le garçon semble incapable de résister à l'exaltation qui le gagne.

— Allez, c'est parti !

En poussant un cri conquérant, il se jette à l'eau en fendant les flots dans une grande gerbe d'éclaboussures. Keisuke se penche précipitamment par-dessus la balustrade pour mieux voir.

— Pas possible, il l'a fait !

— Il va finir par y rester, un de ces quatre…

Encouragés par Shoya, qui a réapparu à la surface, les deux compères prennent une profonde inspiration avant de plonger à leur tour. Ils ont beau taquiner leur ami, ils prennent un vrai plaisir à relever les défis les plus absurdes…

Escorté de ses camarades, Shoya finit par rejoindre le rivage avec la satisfaction du travail accompli – il vient de remporter une bataille supplémentaire contre la monotonie ! C'est qu'il a fait sienne la devise de sa grande sœur : « Vivre, c'est lutter contre l'ennui. »

Comment ? En inventant sans cesse de nouveaux défis pour se faire peur, se donner des émotions fortes à tout-va. C'est à ça que servent ses fameuses épreuves de courage – et même ses amis.

* * *

Quelques mois plus tard, Shoya et ses camarades finissent par passer en CM2. Ils se retrouvent tous dans la même classe que Naoka Ueno, une des filles les moins commodes de l'école. Les places sont tirées au sort mais, dès le premier jour, elle se débrouille pour s'asseoir à côté de Shoya.

— Super, maintenant je vais devoir me taper ta tête de bouffonne jusqu'à la fin de l'année ! ronchonne-t-il.

— La ferme, crétin ! rétorque-t-elle du tac au tac.

Miki Kawai, la déléguée de classe, reconnaissable à ses cheveux perpétuellement coiffés en tresses, est assise devant eux. Elle se retourne d'un air ravi.

— On est tout près, trop bien ! lance-t-elle.

— C'est chouette, hein ? lui répond en souriant Naoka, qui s'entend bien avec elle.

Shoya, lui, pousse un bâillement plein de lassitude.

— Au fait, il paraît qu'il y a un nouvel élève, vous pensez qu'il va s'asseoir où ? demande soudain quelqu'un.

— On verra bien... déclare calmement leur professeur, M. Takeuchi.

Une main fuse en l'air.

— Monsieur ! C'est une fille ou un garçon ?

— Une fille.

Le brouhaha s'installe dans la classe. Tous échangent des murmures excités. Naoka, elle, pousse son voisin du coude.

— Je parie que tu es content !

— Pff... Qu'est-ce que ça peut me faire ?

Une fois les cours terminés, Shoya regagne la sortie en compagnie de Keisuke et Kazuki. Une multitude de fleurs de cerisier danse dans les airs, portée par le vent. Le chef de bande, lui, n'a qu'une idée en tête : quelle épreuve de courage va-t-il bien pouvoir inventer aujourd'hui ?

— Alors, qu'est-ce qu'on fait ?

— Désolé, je dois filer à mon cours de soutien, intervient Kazuki.

— On s'en fiche, tu n'as qu'à sécher ! rétorque malicieusement Shoya.

Son ami a un petit rire nerveux.

— Non, j'ai déjà raté trop de séances, mes parents me sont tombés dessus. Tu n'as qu'à t'inscrire, toi aussi ! On ira ensemble...

— Allez, c'est bon, dégage ! grommelle Shoya.

Le chef de bande balaie cette mauvaise blague du revers de la main puis, tandis que le petit malin s'éloigne en riant sous cape, passe le bras autour des épaules de son second lieutenant.

— Tant pis pour lui ! Pas grave, il reste les meilleurs...

— Tu savais que sauter dans l'eau de quinze mètres de hauteur, c'est pareil que de se jeter sur du béton ?

Shoya dévisage son camarade, qui soutient son regard en silence.

— Qu'est-ce qui te prend, tout à coup ?

— Écoute, j'ai bien réfléchi et... on a passé l'âge de faire des trucs aussi dangereux, tu ne crois pas ?

Keisuke finit par se retourner vers son camarade qui s'est stoppé net, interdit. Ses yeux luisent d'une maturité toute neuve.

— On ferait mieux d'arrêter, insiste-t-il. Les épreuves de courage, je veux dire.

Stupéfait, Shoya en reste muet de surprise. Si même son meilleur ami l'abandonne, à présent…

Dépité, il le salue sans ajouter un mot et se hâte de rentrer chez lui. Là, il passe le début de la soirée à jouer à la console. Après avoir dîné avec sa mère, il regarde un peu la télé et reprend sa partie de jeu vidéo. Des heures et des heures de cette vie sans surprises, dénuée du moindre danger comme de la moindre excitation, s'étirent désormais devant lui, interminables…

Shoya sent déjà cet étau implacable se refermer sur lui : à ce train-là, il va sombrer dans un profond ennui et la bataille sera très vite perdue. Il faut absolument qu'il trouve de quoi se changer les idées, et sans tarder !

D'autant que son instinct le lui souffle : bientôt, même les émotions fortes que lui procurent ses fameuses épreuves de courage n'y suffiront plus.

Et c'est alors que Shoko Nishimiya fait son entrée dans la vie de Shoya…

Un beau matin, M. Takeuchi réclame le silence.

— Votre attention, s'il vous plaît ! Votre nouvelle camarade est arrivée…

Le tumulte enfle dans la classe. Tous les regards se braquent sur l'inconnue qui vient d'entrer à la suite de leur professeur. C'est une petite fille aux cheveux coupés au carré, visiblement très nerveuse.

Sitôt qu'il remarque ce détail, Shoya se reprend brutalement : il s'en fiche pas mal !

— Je te laisse te présenter, lance M. Takeuchi d'un air réconfortant.

Tous sont suspendus aux lèvres de leur camarade qui demeure immobile, sans prononcer un mot. L'enseignant lui tapote l'épaule.

— Allez, courage, insiste-t-il.

Elle sort un cahier de son cartable. Le tenant à l'horizontale, elle l'ouvre à un endroit où sont inscrits quelques mots au marqueur noir :

« Bonjour ! Je m'appelle Shoko Nishimiya. »

Les murmures reprennent de plus belle à travers la classe. Leur camarade tourne une nouvelle page.

« Ce cahier me sert à communiquer. J'ai hâte qu'on devienne amis ! »

Et encore une autre :

« Si vous avez quelque chose à me dire, vous pouvez vous en servir, vous aussi. »

Puis une dernière :

« Je suis malentendante. »

Le silence se fait autour de Shoya, qui contemple, le regard fixe, la phrase inscrite sur le carnet.

« Je suis malentendante. »

Il lui semble soudain avoir basculé dans une nouvelle dimension.

Jeudi 11
Responsables du jour :
Okumura
Iwa
Je suis malentendante.

Chapitre 2
C'est la vie, on n'y peut rien

— Naaan… C'est trop bizarre !

La phrase a spontanément échappé à Shoya, qui a même crié sans s'en rendre compte. Sa réaction ne passe pas inaperçue. Cette fois, c'est vers lui que convergent tous les regards de la classe.

Shoko dévisage son professeur d'un air surpris. Sans quitter des yeux le fauteur de troubles, M. Takeuchi ouvre la bouche, comme pris d'une subite inspiration.

— Tu veux bien reculer un peu ton pupitre, s'il te plaît, Shoya ?

Dans l'espace ainsi ménagé, il dispose un bureau et une chaise à l'intention de la nouvelle venue.

— Tiens, installe-toi ! lui dit-il.

À mesure qu'elle se fraie un chemin jusqu'à sa place, la nouvelle incline poliment la tête en passant devant chaque élève.

— Moi, c'est Miki ! lance avec un sourire la déléguée qui, un instant plus tôt encore, était assise juste devant le garçon.

— Salut…

Shoya s'apprête à ajouter son nom, mais il se retient au tout dernier moment. Shoko ne peut pas l'entendre.

Alors à quoi bon prendre la peine de lui parler ? Il la regarde s'installer devant lui, le dos bien droit.

Malentendante, hein ? Hmm... Et donc ? Qu'est-ce que ça peut bien me faire ? Vraiment aucun intérêt... À moins que... Un sourire fleurit d'un seul coup sur le visage de Shoya. Il y a peut-être moyen de s'amuser, après tout...

Tandis que le cours débute, il roule un de ses manuels pour s'en faire un mégaphone, qu'il pointe vers la nuque de la nouvelle arrivante.

— Bouh ! s'écrie-t-il.

Toutes les prunelles reviennent se fixer sur Shoya, qui se couche à moitié sur son bureau pour leur échapper. Remarquant la réaction de ses camarades, Shoko se retourne lentement, elle aussi.

— Dis donc, Shoya, tu te crois où ? le réprimande M. Takeuchi. Un peu de respect ! On est en cours, je te rappelle...

L'intéressé ne bouge pas d'un pouce, les yeux baissés pour éviter le regard de sa victime. Il se contente de ricaner, saisi d'une sensation très étrange.

L'enseignant en profite pour désigner le tableau où il a griffonné une question.

— Tu veux essayer de répondre, Shoko ?

Aussitôt, Miki se retourne vers sa camarade pour lui indiquer la ligne correspondante dans le manuel.

— C'est ce passage-là !

La nouvelle venue se met à écrire avec enthousiasme sur son cahier de communication, qu'elle présente à leur professeur.

« Des habitations semi-souterraines. »

— Bonne réponse ! s'exclame l'enseignant, ravi. On l'applaudit !

Un peu gênée d'être au centre de l'attention, Shoko n'en rougit pas moins de plaisir.

Ils enchaînent ensuite sur un cours d'éducation physique. Keisuke attend que leur professeur s'éloigne avant de chuchoter, railleur :

— Qu'est-ce qui t'a pris, tout à l'heure ?

Il lance la balle à Shoya, qui répond en riant :

— Bah, je vérifiais juste si elle est vraiment malentendante, c'est tout !

Il y a longtemps qu'il ne s'était pas senti aussi bien. Tout son entrain semble revenu.

— J'aurais surtout voulu…

— Quoi, au juste ? demande Kazuki.

Mais son camarade, à vrai dire, l'ignore. Il a malgré tout compris une chose : la nouvelle a un don, celui de rompre la monotonie de son existence, d'éloigner l'ennui qui menace de submerger sa vie…

Dès le cours suivant, il se lance dans une petite expérience de son cru.

— Bouh ! dit-il à voix basse à Shoko.

Après avoir vérifié l'absence de toute réaction de la part de son cobaye, il coche une des cases qu'il a tracées sur son cahier. Devant elle trône la mention : « numéro 2 ».

Le but de ce test, entièrement mis au point par Shoya lui-même, est d'évaluer le degré de surdité de la petite nouvelle. À chaque chiffre correspond un échelon différent – il vient donc officiellement de passer le deuxième.

— Bouh !

Cette fois encore, malgré un niveau sonore sensiblement supérieur, aucune preuve que Shoko a remarqué son manège. Palier numéro 3 : validé !

— Ça va, tu t'amuses bien ? marmonne sa voisine.

Son sourire ne quitte plus Shoya... Terminé, les interminables journées identiques ! Son ennui se dissipe comme neige au soleil...

À la récréation, Naoka accepte même de se joindre à l'expérience : elle passe d'un air dégagé derrière Shoko, plongée dans un livre, et en profite pour pousser un grand cri de joie.

L'intéressée ne lève même pas les yeux. Incroyable ! Le résultat des tests laisse le garçon rêveur...

— Vous n'en avez pas marre ?

Kazuki – car c'est lui qui a lancé ces mots – s'approche, rongé par la curiosité. Il y a longtemps qu'il n'avait pas vu Shoya s'amuser autant. Lui-même est bien obligé de le reconnaître : cette histoire de surdité l'intrigue beaucoup. Aussi décide-t-il de participer à leur jeu.

— À mon tour... Bouh !

Keisuke arrive sur ces entrefaites. Le meneur de la petite bande, qui exulte, lui pose une main sur l'épaule :

— Vas-y, essaie, toi !

— Attends, euh...

Ils insistent tant et si bien que leur camarade finit par pousser à contrecœur un minuscule « bouh » d'une voix mal assurée dans le dos de la nouvelle.

Tout hilare, Shoya lui donne un bon coup de pied aux fesses.

— Poule mouillée, va ! Je vais te montrer, moi, comment on fait !

D'un bond, il se rapproche de leur cible.

— Bouh ! lui hurle-t-il dans les oreilles.

Enfin, une réaction ! Shoko ne peut retenir un petit sursaut.

— Shoya !

Aucun d'entre eux n'a vu arriver M. Takeuchi, qui leur fait la leçon avant de conduire le coupable en salle des professeurs. Il s'installe confortablement sur une chaise pour toiser l'élève du regard.

— Ce n'est pas parce que Shoko est différente qu'il faut se moquer d'elle. Compris ?

— Mais… Je voulais juste vérifier si elle était bien malentendante…

— Pour ça, tu n'as pas besoin de faire des mauvaises blagues. Tu n'as qu'à lui poser la question directement.

Sauf que ça n'a rien de drôle ! rage intérieurement le fauteur de troubles, qui se contente cependant d'acquiescer sagement.

À vrai dire, Shoya n'est pas très sociable. S'il est ami avec Kazuki, Keisuke et Naoka, c'est uniquement parce qu'il les connaît tous les trois depuis très longtemps. Alors, rassembler tout son courage pour adresser la parole à la petite nouvelle ? Impossible. Pire encore, devoir écrire dans son cahier à chaque échange ? Non, c'est trop d'effort pour lui.

Mais pas de doute : cette Shoko lui fournit un moyen parfait de lutter contre l'ennui. Sa mission, désormais ? Réunir le plus d'informations possible à son sujet pour trouver la meilleure façon d'exploiter la situation à son avantage.

Une occasion rêvée ne tarde pas à se présenter : au cours de sport suivant, il se retrouve chargé de préparer le matériel avec Shoko. L'opportunité d'en apprendre plus sur elle est tentante…

— Euh… D… Dis-moi… bredouille-t-il d'un air crispé. Pourquoi tu as changé d'école ?

Shoko s'interrompt dans ses préparatifs pour le scruter du regard. Le cœur du garçon se met à battre la chamade. Il la regarde faire courir son crayon sur son sempiternel cahier avant de le lui tendre.

« Tu m'as parlé ? »

— L… laisse tomber, c'est pas important !

Soudain pris de panique, il s'éloigne précipitamment.

Shoko l'extraterrestre, tout droit débarquée de la planète Nishimiya : le langage des humains, ce n'est pas son truc !

C'est la première d'une longue série d'observations qu'il consigne les unes après les autres dans un recoin de sa tête, fasciné. Toujours aux aguets, il cherche infatigablement un moyen d'exploiter à son profit les maladresses de la nouvelle venue.

La chance lui sourit quelques jours plus tard : à la demande de M. Takeuchi, Naoka lit un texte à voix haute quand l'enseignant la reprend d'une voix sévère.

— On ne t'entend pas ! N'oublie pas d'y mettre du cœur !

— Oui, monsieur… répond-elle avant de se rasseoir, en maugréant entre ses dents, trop bas pour que le professeur l'entende. Vieux binoclard, va…

— Tu ne fais pas beaucoup d'efforts... Au suivant !

Shoko, en l'occurrence. La nouvelle se lève, pétrifiée comme un lapin dans la lumière des phares, et prend son courage à deux mains. Mais, sitôt qu'elle ouvre la bouche, la classe entière se fige.

— Boi au'i, 'ai'erais 'ien 'en'ontrer ba 'and-bère...

C'est la première fois qu'ils entendent la voix de leur camarade. Une idée germe sur-le-champ dans l'esprit de Shoya. Ça se tente... Tout est une question de timing...

M. Takeuchi écoute Shoko sans trahir la moindre gêne, impassible. Il remonte machinalement ses lunettes sur son nez.

— Bien. À toi, Shoya !

C'est maintenant ou jamais... Il n'aura pas de deuxième chance ! Trépignant intérieurement d'excitation, le garçon brandit son manuel bien haut et prend une profonde inspiration.

— Wa... Bo... Wé, uué.

À côté de lui, Naoka pouffe discrètement. D'un peu partout dans la classe montent des gloussements. Pas de doute, Shoya maîtrise à la perfection le nishimiyen !

Il se rassied, fier comme un paon, mais la sanction ne tarde pas à tomber : à la fin du cours, il se retrouve une fois de plus convoqué en salle des professeurs. Assis sur sa chaise, les bras croisés, M. Takeuchi le toise avec une désapprobation palpable.

— Shoko a du mal à s'exprimer, mais ce n'est pas une raison pour se moquer d'elle. C'est bien clair ?

— Mais non, monsieur, vous ne comprenez pas : c'est juste qu'elle ne parle pas notre langue !

— Ça suffit ! Quand on te fait la morale, tu te tais !

— La quoi ? bafouille Shoya, un peu perdu.

L'enseignant pousse un soupir résigné.

— Tu entres au collège l'an prochain et tu ne connais pas encore ce terme ? En même temps… je ne sais pas pourquoi ça m'étonne, quand on voit ton attitude. Je me demande bien quel genre d'éducation tes parents t'ont…

M. Takeuchi s'interrompt en pleine phrase. Malgré ses beaux discours, lui-même est passé bien près de franchir la ligne rouge. Il reprend d'un air pénétré :

— Écoute, des fois, on n'y peut rien… On ne maîtrise pas tout. C'est la vie, c'est comme ça !

— C'est la vie, on n'y peut rien…

La phrase sonne comme un mantra aux oreilles de Shoya. Plutôt ironique, quand on vient de se faire remonter les bretelles par son professeur ! *« C'est comme ça », hein ?* rumine-t-il, furieux. *C'est vraiment le cas de le dire !*

Plus tard, en classe, Shoko se tourne vers Naoka, son cahier à la main :

« Est-ce que tu as compris ce qu'a dit le prof ? Tu voudrais bien m'expliquer, s'il te plaît ? »

Après avoir lu ce message, l'intéressée tend la main.

— Je peux ?

Shoko, le regard soudain illuminé d'espoir, lui donne son carnet. Shoya contemple la scène avec un mélange de perplexité et d'irritation. *Bah oui, c'est la vie, on n'y peut rien…* se répète-t-il amèrement. Décidément, il n'arrive vraiment pas à se sortir la phrase de M. Takeuchi de la tête…

L'enseignant lève le nez de son manuel d'anglais.

— N'oubliez pas de réviser les pages 20 à 25, la page 30 et l'introduction au chapitre 2. Ensuite…

Voyant que tout le monde autour d'elle s'est soudain mis à écrire, Shoko se tourne nerveusement vers Naoka avec, aux lèvres, un petit sourire embarrassé.

« Qu'est-ce vous notez tous ? »

— Encore ? soupire l'interpellée, un peu agacée, avant de s'emparer du cahier pour y griffonner à la hâte les instructions du professeur.

À la récréation, Naoka va se plaindre auprès de Miki, qui l'écoute d'un air compatissant.

— À cause d'elle, je rate la moitié du cours !

— Je te passerai mes notes, promis.

En surprenant leur conversation, Shoya, à quelques mètres de là, ne peut s'empêcher de penser : *Laissez-moi deviner… C'est la vie, on n'y peut rien, c'est ça ?*

Cette après-midi-là, tout le monde doit patienter le temps que la jeune malentendante rédige une réponse dans son cahier. Çà et là, les élèves se mettent à gigoter sur leur chaise en soupirant.

— Naoka, dis à Shoko de noter la solution avant de lever la main, la prochaine fois ! finit par grommeler M. Takeuchi.

Il a déjà terminé de donner cette instruction que Shoko n'a pas encore fini d'écrire ! Là encore, Naoka profite de la récréation pour se plaindre à ses amies, à grand renfort de soupirs.

— Elle insiste pour participer à tout prix, mais pourquoi ? Elle ne voit pas tout le temps qu'elle nous fait perdre ?

Le petit groupe opine vigoureusement de la tête :

— C'est égoïste de sa part.

— On est bien d'accord…

Décidément, ça commence à faire beaucoup… se dit Shoya en les écoutant.

C'était tellement mieux avant l'arrivée de Shoko… Mais à quoi bon le signaler à la coupable ? Toutes ces frustrations, tout ce temps perdu, c'est la vie, tout simplement… Sauf qu'à défaut de pouvoir dire ses quatre vérités à leur camarade, les élèves se renfrognent de plus en plus.

Shoya n'y tient plus. Sitôt qu'il se retrouve seul avec elle, il interpelle Shoko :

— Tu sais… Tu vas finir par te mettre tout le monde à dos, si tu continues comme ça !

Cette fois, les mots lui sont venus tous seuls. La fillette le dévisage un instant avant de lui tendre son cahier.

« Tu peux écrire, s'il te plaît ? »

— Oh, laisse tomber !

Balayant cette requête du revers de la main, le garçon prend ses jambes à son cou.

Les élèves de l'école participent chaque année à un concours de chorale.

Organisé dans une salle de spectacle louée pour l'occasion, il rassemble tous les établissements voisins. Les enfants s'inscrivent par classes entières – le premier prix est très convoité. La plupart des filles attendent toujours ce moment avec impatience.

Tout le trimestre, les cours de musique sont entièrement consacrés aux répétitions de ce fameux concours de chant. Shoya, que toute l'histoire ennuie au plus haut point, fait semblant de fredonner avec les autres en réprimant un profond bâillement... lorsqu'un son étrange parvient à ses oreilles incrédules.

Une voix discordante s'élève de plus en plus fort dans la salle. Sa propriétaire chante comme une casserole... Non, pire : c'est si faux qu'on se retient à grand-peine de grincer des dents. Il n'y a pas de mots pour décrire ce son affreux.

Un à un, tous les autres chanteurs finissent par se taire. Les yeux se retrouvent vite braqués dans une seule et même direction. La coupable est Shoko, bien sûr. Remarquant que toute l'attention de ses camarades est concentrée sur elle, elle promène un regard anxieux à la ronde.

Aussitôt s'avance dans la lumière une jeune enseignante, qui était restée jusque-là en observation dans un coin de la pièce.

— Bonjour, je suis Mme Kita, la responsable du suivi des élèves sourds et malentendants.

La scolarisation d'enfants atteints de troubles de l'audition est une des spécificités de l'école – et précisément la raison pour laquelle Shoko a été inscrite dans l'établissement.

L'enseignante demande à la fillette de la rejoindre à l'avant de la salle puis s'accroupit à côté d'elle pour s'adresser aux enfants.

— Si Shoko a un peu de mal à chanter juste, c'est parce qu'elle n'entend pas bien...

À mesure que Mme Kita poursuit ses explications, le murmure enfle partout dans la pièce. Personne n'ose le dire à voix haute, mais tous le pensent : avec une recrue pareille dans leurs rangs, leurs chances de remporter le prix sont quasi nulles. Non seulement Shoko chante irrémédiablement faux, mais ils n'ont pas le choix : ils se retrouvent contraints et forcés de chanter avec elle. Mais, que voulez-vous, c'est la vie, il n'y a rien à faire...

— Elle se donne beaucoup de mal, elle aussi. Ce serait dommage de ne pas la laisser participer avec vous à la chorale... Applaudissez bien fort si vous êtes d'accord avec moi ! lance joyeusement Mme Kita.

Les enfants se mettent à battre mollement des mains : leur réponse manque très nettement d'enthousiasme.

Lorsque vient le moment de faire le ménage de la salle, Shoya s'empare donc discrètement du cahier de Shoko pour y griffonner ces quelques mots :

« Tu n'as pas compris que tu chantes complètement faux ? Tu n'as qu'à faire semblant, idiote ! »

Puis il remet le carnet en place et tourne précipitamment les talons. Quand elle le trouve, la fillette fixe un long moment sans réagir les mots tracés à la hâte sur la page.

— Il ne faut pas t'en faire pour ça ! la rassure Mme Kita en lui posant une main réconfortante sur l'épaule.

Shoya remarque le phénomène au bout de quelques jours : plus le temps passe et plus l'attitude de ses camarades envers Shoko tourne au vinaigre.

Ce matin-là encore... Après la traditionnelle heure de jardinage dans le petit potager de l'école, lorsque tout le monde a regagné la salle de classe, seule la petite nouvelle manque encore à l'appel. Elle a continué à désherber sans entendre la sonnerie, bien sûr. Naoka, qui fait partie de son équipe, se fait même gronder devant tous les enfants pour n'avoir pas transmis la consigne à sa camarade.

C'est parfaitement injuste ! Pourquoi sont-ils tous obligés de s'occuper de Shoko ? Tous pénalisés à cause de sa présence et, en plus, punis pour ses erreurs à elle ? Shoya connaît la rengaine : « *C'est la vie, on n'y peut rien...* » Sauf qu'il commence à penser que si... Le doute s'insinue un peu plus chaque jour dans son esprit.

Après tout, la liste des difficultés ne fait que s'allonger, interminable, depuis l'arrivée de la nouvelle. Chaque fois qu'elle lève la main pour répondre, elle ralentit un peu plus le cours. Naoka perd en plus un temps fou à noter pour sa voisine tout ce qu'elle n'a pas compris. Et puis il a bien fallu inclure Shoko dans la chorale alors qu'elle chante comme une casserole... Si seulement ils pouvaient s'éviter tous ces inconvénients et reprendre le contrôle de leur vie !

— Écoutez, Shoko n'a pas choisi de naître malentendante. Ce sont des choses qui arrivent, déclare à son tour Mme Kita un soir qu'ils se préparent à rentrer chez eux. Parfois, on n'a tout simplement pas la possibilité de faire autrement, c'est comme ça. Alors... Voilà ce qu'on pourrait faire pour l'aider : et si on prenait chacun juste trois minutes, chaque jour après les cours, pour apprendre la langue des signes ?

Elle ouvre grand les bras, débordante d'enthousiasme et ravie de sa propre idée. Debout à côté d'elle, Shoko, plus que mal à l'aise, sourit comme toujours d'un air embarrassé.

Shoya fronce les sourcils. *La quoi ?* C'est bien la première fois qu'il entend ces mots…

— Madame, c'est quoi, la « langue des signes » ? demande-t-il.

Encouragée par cette question, l'enseignante s'empresse d'inscrire l'expression au tableau.

— C'est une façon de communiquer en faisant des signes avec les mains. Les gestes remplacent les mots !

Parler avec les mains ? Drôle d'idée, mais ça a l'air rigolo… Shoya se penche en avant, son intérêt éveillé.

— Ça vous dirait de commencer dès aujourd'hui ? C'est Shoko qui sera notre professeure !

— Madame ! intervient Naoka. En quoi ça va l'aider, qu'on apprenne la langue des signes, exactement ?

— Quand tu t'adresses à un Anglais dans sa langue maternelle, c'est plus facile, pour lui, non ? Eh bien, c'est pareil pour les malentendants : on leur parle avec les mains ! Pour eux, c'est plus naturel…

— Mais on peut écrire sur son carnet, non ?

— C'est bien plus facile pour elle de s'exprimer en langue des signes, tu sais. Ça lui permet de vraiment transmettre ses émotions, bien mieux que par écrit.

Sans se départir de son sourire, Mme Kita parle lentement et articule le plus clairement possible, comme si elle s'adressait à des ignorants.

Le visage inexpressif de Naoka, lui, ne change pas d'un iota :

— Pour moi, c'est plus simple d'écrire.

— Hmm… L'idée, c'est vraiment de faire des efforts tous ensemble pour soutenir Shoko. Donc tu pourrais essayer de t'appliquer un peu plus, tu ne crois pas ? Il s'agit d'être positif, pas de couper les cheveux en quatre...

La petite fille se renfrogne aussitôt, mais Mme Kita ne se laisse pas décourager par cette moue boudeuse.

— Allez, c'est l'occasion d'apprendre quelque chose de nouveau ! On s'y mettra aussi, M. Takeuchi et moi !

— Attendez... intervient le professeur qui, jusque-là, s'est contenté d'assister à la scène sans rien dire. Vous ne connaissez pas la langue des signes ?

Embarrassée, l'intéressée se tourne vers lui.

— Je viens juste d'être nommée. Pour l'instant, j'ai simplement quelques notions... Ça va me faire du bien, à moi aussi, de m'y mettre !

— Et... vous ne trouvez pas ça gênant de demander aux élèves de faire l'effort d'étudier une matière que, vous-même, vous ne maîtrisez pas ?

L'atmosphère de la salle paraît soudain se rafraîchir de plusieurs degrés. Si Mme Kita mène jusque-là les échanges avec autorité, ces quelques mots semblent avoir suffi à renverser la vapeur.

Des gouttes de sueur perlent au front de l'enseignante, qui se met à bredouiller :

— Je ne vois pas le problème...

— Je comprends que Naoka ne soit pas très motivée. Et je doute qu'elle soit la seule. Je pense qu'il vaudrait mieux se reposer la question dans quelque temps... déclare avec aplomb M. Takeuchi.

Percevant le malaise ambiant, Shoko pose un regard inquiet sur Mme Kita. C'est alors que Miyoko Sahara, une élève plutôt discrète, prend la parole.

— Moi, je veux bien essayer !

— Vraiment ? demande Mme Kita d'une voix hésitante.

— Oui. Trois minutes par élève et par jour, ça fait une heure et demie en tout. Ça ne me dérange pas de passer ce temps-là à apprendre la langue des signes à la place de tout le monde.

Shoya en reste stupéfait. Se porter volontaire demande déjà du cran, mais prendre en plus en charge la part des autres…

— Je veux bien l'aider toute la journée, aussi : que ce soit en classe ou à l'étude… poursuit Miyoko. Comme ça, les autres n'auront pas à se forcer.

— Bravo, c'est très courageux ! Mais… pourquoi te proposes-tu ? bredouille Mme Kita, visiblement émue.

Le visage de la petite fille se fend d'un large sourire.

— En fait, la langue des signes m'a toujours intéressée.

Ravie, l'enseignante joint les mains devant sa poitrine.

— Vous pouvez vraiment être très fier de vos élèves, monsieur Takeuchi ! Allez, tout le monde ! On applaudit Miyoko pour son dévouement !

Tous s'exécutent, sauf Naoka, qui demeure immobile, le visage fermé. Mais, à part Shoya, personne ne semble s'en apercevoir.

Miyoko et Shoko commencent à communiquer par écrit, à la grande joie de cette dernière. Mais la situation ne tarde pas à dégénérer.

— Fayote ! glisse la voisine de Shoya en passant derrière elles à la récréation.

Le sourire de Miyoko se fige aussitôt.

— Tout ça pour se faire remarquer… marmonne ensuite Naoka, en grand conciliabule avec ses amies.

— Alors qu'elle est nulle en classe…

— Et qu'elle s'habille comme un sac !

— C'est clair !

Le petit groupe s'esclaffe en toisant sa victime, qui s'est raidie et baisse la tête. Shoko ne tarde pas à repérer le changement d'attitude de sa camarade.

« Tout va bien ? » griffonne-t-elle.

Troublée, Miyoko la dévisage un instant sans mot dire, avant de se lever brusquement.

— Euh, excuse-moi. Je… Je dois filer ! Désolée… murmure-t-elle avant de sortir de la salle avec une expression de bête traquée.

En franchissant le seuil, elle croise Shoya. Il embrasse, interloqué, toute la scène du regard – la mine inquiète de Shoko et ses yeux rivés sur la porte, la bande de filles qui rit sous cape juste à côté.

Il n'est pas difficile pour lui de s'imaginer ce qui vient de se passer : Shoko l'extraterrestre, tout droit débarquée de la planète Nishimiya, a encore frappé ! Tout est sa faute, bien sûr. Elle n'est pas simplement venue faire un petit tour sur Terre… Non, c'est une envahisseuse venue semer la zizanie entre les humains !

Les preuves de ses crimes s'accumulent les unes après les autres… Le concours de chant, d'abord, s'est avéré un véritable fiasco – il faut dire qu'elle a chanté à pleins poumons sans se préoccuper des grimaces de ses camarades. Toute la classe continue de prendre du retard sans que personne n'ose protester… Et à la suite d'une

altercation avec Naoka et ses amies, Miyoko cesse même petit à petit de venir en cours.

Les professeurs peuvent bien répéter « C'est la vie, on n'y peut rien » toute la journée si ça leur chante... En fait, rien de tout ça n'est dû au hasard ! La faute en revient à Shoko, l'extraterrestre de service, et à son attitude. Elle affiche en toutes circonstances le même petit sourire embarrassé – mais se rend-elle seulement compte de ce qui se passe ?

Un jour, après les cours, Shoya attrape une craie. Il faut faire comprendre à l'intruse le tort qu'elle cause à toute la classe... Tandis qu'il laisse libre cours à son inspiration, ses copains se rassemblent peu à peu autour du tableau noir.

— Non mais... qu'est-ce que tu fabriques encore ?

— Ça a l'air marrant, ton truc !

— Arrête... Ce n'est pas une bonne idée...

Au bout du compte, tous finissent par se joindre à la tâche.

Le lendemain matin, arrivée la première, la petite nouvelle se fige au milieu de la classe, abasourdie.

« Félicitations pour le concours ! C'est grâce à Shoko si on a perdu ! »

« Quand on chante comme une casserole, on se tait ! »

« Tu nous dois des excuses à tous ! »

Le tableau entier est couvert de messages du même acabit. Shoko ne saurait dire combien de temps elle reste plantée là. Lorsqu'elle retrouve ses esprits, Miki se tient à ses côtés.

— Ce qu'ils peuvent être méchants ! Franchement…

Shoya entre à son tour, accompagné de Kazuki, Keisuke et Naoka. Jetant un regard au désastre, il pousse un cri de surprise.

— Mais qu'est-ce que c'est que ça ? C'est à vomir !

— On va effacer ces horreurs ! renchérit Kazuki, qui attrape une brosse en riant sous cape.

La petite troupe prend bien soin de faire disparaître tous les graffitis jusqu'au dernier. Lorsqu'ils ont terminé, il ne reste plus aucun message provocant sur le tableau.

— Et voilà ! lance le chef de bande en reposant son éponge.

Shoko écrit quelques mots dans son cahier, qu'elle présente à ses camarades.

« Merci à tous. »

Bouche bée, Shoya contemple sa camarade. Il ne s'attendait pas du tout à une réaction pareille… Qu'est-ce qui ne tourne pas rond, chez elle ? À sa place, n'importe qui aurait éclaté en sanglots, piqué une colère ou exigé que le coupable se dénonce… Mais pas elle, non. Voilà qui a de quoi attiser la curiosité du garçon !

Comment Shoko réagira-t-elle s'ils continuent à la pousser dans ses retranchements ? Intérieurement, Shoya part d'un grand éclat de rire.

Avec un cobaye pareil sous la main, l'ennui n'a qu'à bien se tenir ! Il va se retrouver battu à plates coutures…

Chapitre 3
La responsabilité individuelle

C'est l'heure de la corvée de ménage.

Aujourd'hui, c'est Shoko qui s'y colle, toute seule. Elle est en train de balayer les feuilles mortes devant le bâtiment principal de l'école quand, soudain, une pluie d'ordures se déverse sur son crâne. En levant la tête, elle découvre Shoya accoudé au balcon qui la surplombe.

— Oh, désolé ! Je ne t'avais pas vue, lui lance-t-il avec un sourire goguenard, pas gêné pour deux sous.

— Non mais ça ne va pas ? s'emporte Miki, la déléguée de classe, depuis l'intérieur de la salle.

— Je n'ai pas fait exprès, promis ! Je n'ai pas les yeux en face des trous, aujourd'hui !

Cette petite plaisanterie a tout pour plaire à Kazuki, Keisuke et Naoka qui – bien sûr – sont secoués de grands éclats de rire... Ce qui les empêche d'entendre l'arrivée de M. Takeuchi.

— Qu'est-ce qui se passe, ici ? demande le professeur.

— C'est Shoya, monsieur, il...

L'intéressé foudroie Miki du regard. Quelle rapporteuse, celle-là !

— Va lui présenter tes excuses, ordonne l'enseignant avant d'entraîner le garçon vers la fenêtre.

— C'est déjà fait ! Pas vrai, Shoko ?

Comme il fallait s'y attendre, la jeune fille continue de balayer le jardin sans se rendre compte qu'on lui adresse la parole.

— Vous voyez bien ? s'exclame Shoya, triomphant.

— Bon... Tu iras t'excuser plus tard, marmonne le professeur en tournant les talons pour retourner vers le centre de la salle.

Miki en profite pour lui demander :

— Monsieur, vous savez comment Shoko est devenue malentendante ?

Mais M. Takeuchi n'a jamais pris la peine de poser la question à l'enfant. Il faut dire que le sujet l'intéresse assez peu.

— Je le lui demanderai à l'occasion, répond-il d'un air évasif.

Shoya saisit cette chance de surgir comme un diable de sa boîte.

— Ah... Moi, je sais pourquoi ! C'est parce qu'elle a oublié de se laver les oreilles !

Un gloussement étouffé se fait entendre au fond de la classe. Et, lorsqu'ils se retournent vers le bruit, les enfants découvrent... M. Takeuchi. Le professeur, qui n'en mène pas large, se contente de quitter la salle comme si de rien n'était.

Kazuki retient à grand-peine un éclat de rire, Naoka met sa main devant sa bouche et Keisuke pouffe à son tour. Après un court instant de flottement, les enfants laissent soudain libre cours à leur hilarité sans plus se retenir. Rassemblés tout autour de Shoya, ils s'autorisent désormais à se moquer ouvertement de Shoko. Le jeune garçon savoure la joie enivrante de ce fou rire général. Dire qu'il a presque failli oublier à quel point c'est agréable...

Mais oui... Voilà !

Tous les jours, Shoya essaie de tromper l'ennui... Recouvrir les limaces de sel, effrayer les pigeons, couper la route aux fourmis ou encore dessiner au marqueur des sourcils aux chats, c'est un bon moyen de se marrer. Eh bien, asperger Shoko avec un jet d'eau, lui courir après si elle s'enfuit ou bien lui pourrir son précieux cahier à coups de graffitis, c'est pareil !

Voilà à quoi peut lui servir cette satanée extraterrestre ! Il a enfin trouvé ce qu'il cherchait : un moyen imparable d'échapper à la monotonie...

Et, tandis que les engrenages du cerveau de Shoya tournent ainsi à vide dans sa tête, devant le bâtiment, Shoko continue de balayer les feuilles mortes toute seule.

— Fais voir !

Prise de court, Shoko reste pétrifiée. Pourtant, elle sent bien qu'on est en train de lui ôter une de ses prothèses auditives.

— Vous avez vu ça ? s'exclame Naoka en secouant l'appareil sous le nez de ses amies.

— Attends... Tu crois qu'elle nous entend, en fait ?

— On dirait bien...

— Mais alors, on fait tous ces efforts pour rien ?

Shoya, qui a surpris cet échange, s'approche du petit groupe pour épier le visage de leur cible : bouche tremblante et visage de bête traquée, Shoko semble prête à fondre en larmes. Va-t-elle enfin réagir ?

Pour en avoir le cœur net, il arrache l'appareil à Naoka.

— Montre-moi ça... Beurk, qu'est-ce que c'est que ce truc ? C'est dégueu... s'écrie-t-il avant de jeter son butin par la fenêtre sans laisser à personne le temps de réagir.

— Shoya... Tu es vraiment un taré ! lance un élève.

Mais ils ont beau dire, tous rient à gorge déployée. Ravi de son petit effet, l'intéressé sourit de toutes ses dents. Shoko s'est précipitée à la fenêtre pour voir où est tombée sa prothèse. Il remarque qu'elle a un deuxième appareil dans l'autre oreille.

— Oh mais... regardez ! Elle en a un autre ! jubile-t-il.

Quand il le lui arrache, cette fois, un sifflement aigu se fait entendre. La fillette se recroqueville sur elle-même, visiblement sonnée. À présent, les autres enfants sont vraiment choqués. Une cacophonie de voix s'élève.

— Ah non, Shoya...

— Là tu vas trop loin !

— On va avoir des ennuis !

— Laisse-la tranquille...

— Depuis tout à l'heure, je vous dis d'arrêter !

Blême, le corps raidi par la peur, le souffre-douleur de la classe porte une main à son oreille d'où s'écoule un mince filet de sang qui vient lui tacher les doigts et commence à lui dégouliner sur le bras.

— Ça va, Shoko ?

Les filles se rassemblent autour de leur camarade, inquiètes. Shoya sent soudain sur sa nuque des gouttes de sueur. Il s'est laissé entraîner par son propre jeu sans se rendre compte de la gravité de son geste. Il regarde s'éloigner sous bonne escorte sa victime, que toutes les filles ont décidé d'accompagner à l'infirmerie.

Il n'est pas surpris de se retrouver une nouvelle fois convoqué en salle des professeurs : quand il pénètre dans la pièce, M. Takeuchi, accoudé à son bureau, dos à la porte, ne daigne même pas se retourner.

— Je n'ai pas fait exprès… Je vous jure ! Je voulais juste voir son appareil, finit par marmonner Shoya, qui n'en mène pas large.

— Je me fiche que tu l'aies fait exprès ou pas, rétorque l'enseignant sans lever les yeux de la copie qu'il corrige. Quoi qu'il se passe, tout est affaire de responsabilité individuelle. Il faut savoir assumer ses erreurs. Bref, tout ce que je te demande, c'est de ne pas me faire honte. Même si je peux comprendre ce que tu ressens, ce genre de comportement n'est pas tolérable en classe.

Le garçon dresse aussitôt l'oreille. Que vient de dire M. Takeuchi ? Qu'en fait… il est d'accord, au fond ? Alors quoi, toujours la même rengaine, « On n'y peut rien, c'est la vie », sauf qu'en réalité ça énerve… jusqu'au prof lui-même ? Shoya a de quoi se sentir rassuré : pourquoi s'en faire ou s'en vouloir, puisque même l'enseignant reconnaît que Shoko lui tape sur les nerfs ? En sortant de l'école, l'élève sent tout le poids de ses remords s'envoler, aussi léger qu'un moineau.

— C'est bon, affaire classée ! Je n'ai pas besoin de lui faire des excuses ! annonce-t-il joyeusement à Kazuki et Keisuke.

Mais, sur le chemin du retour, Shoko surgit soudain devant eux en pleine rue, un petit sourire forcé aux lèvres.

Elle commence à griffonner quelques mots sur son cahier posé en équilibre sur son avant-bras.

Qu'est-ce qu'elle fait là ? On dirait qu'elle les attendait, mais… pourquoi ? Si elle espère des excuses, elle peut toujours courir… Enfin… À vrai dire, le garçon n'est pas complètement libéré de ses scrupules. Mais, plutôt que de regarder la réalité en face, il se renferme sur lui-même, prêt à répliquer : « Arrête de rêver, y a pas moyen que je m'excuse, pauvre tache ! »

Pourtant, quand elle lui présente son cahier, il est tellement pris de court qu'il en reste sans voix.

« Je suis désolée », y déchiffre-t-il à sa grande surprise.

Elle est sérieuse, là ? « Désolée » ? Mais… pourquoi ? Furieux, il lui arrache son carnet, qu'il se met à lui agiter sous le nez par pure provocation.

— Tu as un truc à me dire ? Vas-y, je t'écoute !

Shoko le dévisage un long moment sans répondre, avant de finir par baisser la tête.

— Attends… Pas sûr qu'elle ait compris, prévient Kazuki.

C'est alors que, toujours recroquevillée sur elle-même, les yeux fermés, la fillette attrape soudain la main de son interlocuteur.

— Qu'est-ce que…

C'est quoi, ce bazar ? Kazuki et Keisuke en restent bouche bée, eux aussi. Mais Shoko refuse obstinément de lâcher prise. Le temps semble tout à coup suspendu : dans la tête de Shoya, les pensées se bousculent. Elle lui a pris la main… Elle la tient toujours !

— Mais qu'est-ce qui te prend ? s'étouffe le garçon.

Sa cervelle en surchauffe se remet enfin à fonctionner et, d'un mouvement brusque, il se dégage.

— Tu es dingue ?

— Elle est complètement bouchée, celle-là ! s'exclame Kazuki.

Il s'esclaffe, aussitôt imité par Keisuke, qui glisse avec malice :

— Ben alors, Shoya ? Tu es tout rouge !

— N'importe quoi !

— Mais si, tu es tout gêné !

Shoko, qui les observe intensément, n'a pas l'air de s'expliquer pourquoi ils semblent si bien s'amuser, tous les trois. Un petit sourire gauche aux lèvres, les yeux rivés sur Shoya, elle tend le bras vers lui puis entrelace les doigts de ses deux mains, serrés à hauteur de sa poitrine.

Les rires des trois garnements s'étranglent dans leur gorge et leurs sourires narquois se volatilisent.

— Qu'est-ce qu'elle fabrique ?

Décidément, entre eux, c'est l'incompréhension la plus totale : rien de ce que fait Shoko ne fait sens à leurs yeux, et réciproquement.

— Allez, on y va, lance Shoya. Elle est trop bizarre…

La fillette le met profondément mal à l'aise : malgré tout ce qu'il lui a fait subir, elle refuse de se mettre en colère contre lui, de protester, de se défendre. C'est même tout le contraire : elle vient carrément s'excuser, avec, sur les lèvres, son éternel petit sourire embarrassé… Elle lui inspire une répulsion et un mépris de plus en plus grands. Avant de s'éloigner, Shoya jette par-dessus son épaule, d'un geste plein de dédain, le précieux cahier de

Shoko qui atterrit pile au milieu d'un petit bassin qui borde la rue.

Puis il tourne les talons. Mais, au bout de quelques pas, alerté par un clapotis furieux, il finit par faire volte-face… Et découvre que Shoko s'est aventurée dans l'eau ! À quatre pattes, elle cherche son carnet avec l'énergie du désespoir, sans se soucier de se retrouver trempée des pieds à la tête.

— Regarde un peu ça, je rêve !

— Elle est complètement tarée !

Mais les garçons peuvent crier autant qu'ils veulent, elle ne les entend pas.

Les jours suivants, Shoya ne cesse de tourmenter Shoko. Et dès qu'il s'en prend à elle, tout le monde trouve ça très drôle. Les autres élèves le regardent faire, rigolent et applaudissent… La belle vie, quoi ! Il se marre bien avec ses camarades et mademoiselle l'extraterrestre de service !

C'est donc ça, le bonheur ?

Tout à son enthousiasme, le garçon ne songe même pas, bien sûr, à ce que peut ressentir sa victime. Il a beau briser ses prothèses auditives à la première occasion, il voit toujours la fillette revenir avec de nouveaux appareils, qu'il s'empresse de lui piquer pour les détruire. Ce qui fait systématiquement bien rire ses camarades de classe.

De toute façon, tout ce qui compte à ses yeux, c'est de passer un bon moment. Tant qu'il parvient à repousser les frontières de la monotonie, à tenir l'ennui en échec, tout va bien…

M. Takeuchi toise la classe d'un regard sévère. Rien de nouveau sous le soleil – si ce n'est la présence à ses côtés du directeur de l'école, qui leur semble, elle, bien plus mystérieuse.

— Si j'ai demandé à mon estimé collègue de venir, déclare leur professeur, c'est parce que nous aimerions vous parler d'un problème survenu en classe.

Sur l'estrade, à côté de l'enseignant, se tient un homme aux cheveux poivre et sel. Malgré une bonhomie naturelle, il affiche une mine grave.

— Aujourd'hui, Shoko Nishimiya n'est pas venue en classe. À vrai dire, hier, sa mère nous a téléphoné.

Au début, Shoya n'écoute que d'une oreille. Persuadé que la conversation va être barbante, il a commencé à tripoter son critérium pour passer le temps mais, en entendant le nom de sa camarade, il redresse la tête. Maintenant qu'on le lui dit, mais oui, c'est vrai qu'aujourd'hui, elle est absente...

— En à peine cinq mois, Shoko a perdu ou cassé huit de ses prothèses auditives, poursuit le directeur. Vous conviendrez que ça fait beaucoup. Tout porte à croire qu'elle est victime de harcèlement dans sa propre classe... Si vous avez la moindre information à ce sujet, je suis tout ouïe.

Le silence qui s'abat dans la salle est pour le moins éloquent. Bien sûr, tout le monde connaît la vérité, mais la gravité de la situation a échappé aux élèves...

— Au total, la facture s'élève, pour sa mère, à plusieurs mois de salaire, reprend le directeur d'un air impassible.

Impossible pour des élèves de primaire de rembourser une somme aussi importante. Si le ou les coupables se dénoncent sur-le-champ, ce problème pourrait se régler au sein de notre école. Bien sûr, nous préférerions cette solution, plutôt que de mêler vos parents à cette sombre histoire…

L'image de sa mère traverse tout à coup l'esprit de Shoya. Soudain trempé de sueur, il sent sa respiration s'accélérer sous l'effet de la peur. Sans crier gare, il se retrouve tout simplement incapable de bouger ne serait-ce que le petit doigt.

— En revanche, si le ou les responsables refusent de se désigner, nous n'aurons d'autre choix que d'appeler la police et de porter plainte.

« Plusieurs mois de salaire… » « Appeler la police… » Ces paroles résonnent dans la tête du garçon comme autant de menaces terrifiantes. S'il ne se dénonce pas tout de suite, les autorités vont s'en mêler. Il sera traité en criminel. Par sa faute, sa mère devra rembourser une somme astronomique… Que faire ?

Blanc comme un linge, il tente de lever une main tremblante. À force d'efforts, il a commencé à esquisser un mouvement de bras, à agiter vaguement la paume.

— Debout, Shoya Ishida ! Je sais que c'est toi, le coupable ! s'emporte soudain M. Takeuchi.

Ça y est, c'est fini, la vérité a fini par éclater… Acculé, le garçon se lève de sa chaise.

— Et toi, Naoka ? insiste leur professeur. Qu'as-tu à dire pour ta défense ? Tu es assise juste à côté et tu n'as rien remarqué ?

— Ben, en fait, si… répond la fillette d'une voix innocente. C'est vrai qu'il s'est souvent moqué de Shoko parce qu'elle est malentendante.

— Tu es sérieuse ? lâche Shoya, incrédule. Tu peux parler, toi…

Imperturbable, Naoka poursuit sur sa lancée, sans un regard pour son camarade.

— Mais je me sens surtout coupable de ne pas avoir fait plus pour l'empêcher de s'en prendre à elle.

Miki, la main levée, vient à la rescousse de son amie.

— Naoka n'a rien à se reprocher, monsieur. Elle a même rappelé Shoya à l'ordre plusieurs fois ! Je ne sais pas pour les garçons, mais nous, les filles, son comportement vis-à-vis de Shoko nous a toujours gênées.

C'est une blague ou quoi ? Shoya n'en croit pas ses oreilles. Sous le choc, il se contente de dévisager la déléguée de classe.

— Je vois… dit M. Takeuchi avant de poursuivre son interrogatoire. Kazuki… Shoya et toi, vous êtes plutôt proches, non ? Tu n'as pas remarqué son petit manège ?

— Si… Moi aussi, je lui ai dit d'arrêter, mais il ne m'a pas écouté…

Alors, là… C'est le pompon ! Même mon meilleur ami me trahit ! Shoya n'en revient pas… C'est quoi, ce délire ? Pourquoi ces lâches le jettent-ils tous en pâture au prof et au directeur, comme s'il était le seul à avoir mal agi, à être responsable de tout ça ? Trop, c'est trop ! Le visage cramoisi, il s'écrie :

— Qu'est-ce qui vous prend, tous ? Ça vous faisait bien rire, je vous signale ! Même vous, monsieur !

Après tout, c'est la vérité : leur enseignant ne s'est pas privé de rigoler à ses mauvaises blagues, lui non plus. C'est bien la preuve que Shoya ne faisait rien de mal. D'ailleurs, toute la classe semblait bien s'amuser, non ?

— Shoya ! tonne M. Takeuchi en abattant violemment son poing sur la table. N'essaie pas de rejeter la faute sur les autres !

Le garçon en reste soufflé... Ça se saurait, s'il était le seul coupable ! Pris de panique, il se met à chercher le soutien de visages amis, mais tous ses camarades se prennent soudain de passion pour le revêtement plastique de leur pupitre.

— Les filles aussi n'arrêtaient pas de critiquer Shoko ! s'insurge-t-il, en tentant le tout pour le tout. Surtout Miki et Naoka !

— Menteur ! réplique sa voisine de table en le fusillant du regard.

Quant à Miki, elle semble particulièrement touchée par la remarque de son camarade. Le visage bientôt baigné de larmes, elle ôte ses lunettes et tente de s'exprimer entre deux sanglots :

— Pour... Pourquoi est-ce que tu... tu m'accuses ? Ce... Ce que tu peux être méchant. Je suis dé... déléguée de classe... Moi, je ne ferais ja... jamais une chose pareille... Pourquoi est-ce que tu essaies de nous mon... monter les uns contre les autres ?

Les pleurs de la fillette finissent par balayer les réticences du reste de la classe à prendre la parole. Tout à coup s'élève de partout un concert de reproches.

— Excuse-toi, Shoya, et vite ! lui intime M. Takeuchi.

La journée du garçon ne s'achève pas beaucoup mieux. Sur le chemin du retour, ce soir-là, le nouveau bouc émissaire de la classe termine les fesses dans le bassin – ce même bassin où il a jeté le cahier de Shoko quelques jours plus tôt – après une malencontreuse… glissade. Enfin, pour être honnête, si son meilleur ami ne l'avait pas… poussé – oui, il n'y a pas d'autre mot –, il ne serait sans doute pas tombé. Cartable, manuels, cahiers… Toutes ses affaires se retrouvent trempées !

— Oups ! marmonne Kazuki en guise d'excuses. Ah, désolé, Shoya. Décidément, tu n'as vraiment pas de pot aujourd'hui… La journée a été dure, pas vrai ? Mais ne t'inquiète pas, ça ira mieux demain. Allez, à plus !

Puis il tourne les talons, suivi de près par Keisuke, Naoka et Miki qui, après un dernier coup d'œil furtif au jeune paria, s'éloignent sans un mot.

Shoya en reste sidéré. Elle ressasse les mêmes questions en boucle dans sa tête : *Pourquoi mes propres amis se sont-ils retournés contre moi ? Qu'est-ce qui a bien pu se passer ? Comment est-ce que j'ai bien pu en arriver là ?*

Le garçon tente de comprendre, en vain… Quand il se décide enfin à sortir du bassin, accablé, il prend appui sur sa main et ses doigts rencontrent bientôt une pièce de carton au fond de l'eau : c'est un cahier… *Celui de Shoko !* devine-t-il en l'examinant.

Qu'est-ce qu'il fait encore là, celui-là ? Shoya se rappelle bien avoir vu la fillette se jeter dans le bassin pour le récupérer. Il faut croire qu'elle n'a pas réussi à remettre la main dessus. Ça ne lui ressemble pourtant pas d'avoir jeté l'éponge aussi facilement… Et alors ? Qu'est-ce que ça peut bien lui faire, à lui ? Il s'en fiche complètement. Après tout, pourquoi est-ce que cette saleté de cahier compte autant pour cette satanée extraterrestre ? Qu'est-ce qu'elle a bien pu y noter de si important ?

Même si fouiner dans les affaires des autres, ça ne se fait pas, la curiosité est trop forte et la tentation prend le pas sur la culpabilité. Shoya ouvre le carnet et se met à le feuilleter : « Salut ! Moi, c'est Shoko », lit-il. « Tu viens de déménager ? » « Merci de m'aider comme ça, tu es super sympa avec moi. » « Tu veux bien être mon amie ? Je suis trop contente ! »

Puis il se met à tourner les pages : « Merci beaucoup. Merci pour tout. Merci infiniment. » Sur la suivante, il déchiffre : « Comment me faire pardonner ? Je suis désolée. » Et sur celle d'après : « Je suis désolée. » Et plus loin, encore : « Je suis désolée. » La mention revient encore et encore. Toujours la même phrase, répétée à l'infini, noircissant chacune des pages…

Le garçon est si absorbé par sa lecture que c'est à peine s'il entend M. Takeuchi l'interpeller.

— À quoi tu joues, Shoya ? Sors de là tout de suite !

— Je… C'est Kazuki qui m'a poussé…

— Ça suffit, il faut vraiment que tu arrêtes de mentir.

Alors, ça, c'est le comble… Pourquoi cette balance accorde-t-elle plus de crédit au baratin de Kazuki et de Miki qu'à sa parole à lui ? Qu'est-ce que l'enseignant va encore lui sortir : « C'est la vie, on n'y peut rien » ? Pff… Elle est bien bonne, celle-là.

Lorsque Shoya rentre enfin chez lui, seul, il tombe sur sa mère en train de raccrocher le téléphone. Il ne manquait plus que ça… Après la journée qu'il vient d'avoir, c'est bien la dernière personne qu'il a envie de voir. Et puis, comment lui expliquer ce qui s'est passé à l'école aujourd'hui ? Mieux vaut faire profil bas. Il s'apprête à monter le plus discrètement possible dans sa chambre quand elle l'appelle.

— Viens ici tout de suite, Shoya ! C'était ton professeur au téléphone. Dans quelle galère est-ce que tu t'es encore fourré ?

Stoppé net dans son élan, le garçon reste sur place, pétrifié. Derrière lui, sa mère a tout le temps de constater l'état lamentable de ses vêtements.

— Où est-ce que tu es allé traîner, encore ? Et pourquoi est-ce que tu es tout trempé ?

— Fiche-moi la paix, c'est rien du tout… J'ai juste sauté du pont. Pas la peine d'en faire toute une histoire, réplique-t-il, au bord des larmes.

Les yeux brillants, elle aussi, et à deux doigts d'exploser, sa mère se contient à grand-peine. Finalement, elle se contente de souffler :

— Tu me fais honte…

Dans la voiture garée devant leur agence bancaire, la mine renfrognée et les bras croisés, Shoya attend sa mère qui est allée retirer une épaisse liasse de billets au guichet. Des pensées noires tournent dans son esprit : à quel moment cette histoire a-t-elle dérapé ? Et pourquoi a-t-il été désigné comme le seul responsable de toute cette affaire ? Il a beau se repasser le fil de la journée dans la tête, la trahison de ses camarades lui reste en travers de la gorge. À chaque fois qu'il y pense, les larmes lui montent aux yeux.

Une fois de retour derrière le volant, sa mère démarre le moteur sans un mot, roule quelques centaines de mètres, se gare de nouveau, puis sort du véhicule au pas de course pour rejoindre une femme qui fait le pied de grue sur un trottoir – sans doute la mère de Shoko, Mme Nishimiya. Elle a les cheveux attachés avec des barrettes et une longue frange qui lui retombe devant l'œil gauche.

Depuis son poste d'observation, Shoya peine à voir l'expression de l'inconnue, mais peu importe. Il faut dire que tout dans son attitude, de sa façon d'opiner sèchement de la tête à ses bras résolument croisés, indique l'intensité de la colère qui gronde en elle. La mère du garçon, visiblement dans ses petits souliers, revient vers son fils à la hâte une fois ses courbettes terminées pour lui annoncer, le souffle court :

— Shoko n'est pas venue… Je vais discuter avec sa mère, on s'installe dans le café qui est au coin de la rue. En attendant, toi, tu ne bouges pas d'ici. Quand on en aura fini, toutes les deux, tu iras lui présenter tes excuses. Compris ?

À peine a-t-il eu le temps de répondre qu'elle repart, le laissant seul une fois de plus. Pour s'occuper, il commence à explorer les environs : il traverse un petit temple niché dans la verdure, se promène dans le parc voisin où il observe les oiseaux… Dans sa tête, les idées se bousculent. Que va-t-il lui arriver, à présent qu'on l'a désigné comme le nouvel ennemi à abattre ? Dire qu'hier encore il rigolait avec ses copains, complètement insouciants...

Qu'est-ce qui va se passer demain ? Bah, pas la peine de se faire des cheveux blancs, on verra bien ! Son professeur est clairement braqué contre lui, mais peut-être pourra-t-il au moins se réconcilier avec ses amis. En tout cas, impossible de continuer de se défouler sur Shoko... Décidément, cette fille est un nid à problèmes ! Malgré tout, s'il le faut, il ira peut-être lui présenter des excuses. Par contre, après, c'est fini, il ne veut plus en entendre parler. Si elle croit qu'ils pourront devenir amis, elle peut toujours rêver !

Il continue de déambuler en se lamentant sur son sort quand il aperçoit soudain une fillette, assise sur un banc, qui émiette du pain pour les tourterelles. Pas possible, mais c'est Shoko ? Oui, c'est bien elle !

Pris de panique, Shoya se jette derrière un pilier pour se cacher. Au bout de quelques instants, il remarque les inscriptions qui y sont gravées à hauteur d'œil : une série de déclarations d'amour mielleuses, des cœurs, des prénoms accolés et autres « je t'aimerai toujours ».

Sans qu'il comprenne vraiment pourquoi, une terrible colère l'envahit. Toutes les émotions de la journée remontent et menacent de l'étouffer. Une fureur aveugle le gagne et il se met à donner de grands coups de pied dans le poteau, sans se rendre compte qu'il est en train de griller sa couverture.

Car, bien sûr, son explosion de colère ne passe pas inaperçue... Shoko relève la tête et l'aperçoit. Quand leurs regards se croisent, le visage de Shoya est déformé par la rage… puis, bien vite, par la honte d'avoir été pris sur le fait. Il fait ce qu'il peut pour garder la face.

— Qu'est-ce que tu regardes comme ça ? rugit-il.

Puis, tout rougissant, il prend ses jambes à son cou. Quelques mètres plus loin, il ralentit sa course, persuadé d'avoir mis assez de distance entre sa camarade et lui. Pitié, faites que leurs mères en aient terminé ! Leur conversation dure depuis des plombes… Il n'en peut plus de faire le pied de grue : la patience, ce n'est pas son fort ! Il se remet à tourner en rond quand, du coin de l'œil, il voit s'approcher Shoko. Non mais elle l'a suivi ou quoi ?

— Tu vas me lâcher, oui ! s'écrie-t-il.

Mais c'est peine perdue… Le même sempiternel sourire un peu embarrassé s'étale sur son visage. Soudain, le garçon voit rouge.

— Va-t'en ou je t'en colle une ! la menace-t-il. Casse-toi, espèce d'idiote !

Au même moment, une voix l'appelle :

— Shoya ! Il est l'heure de rentrer !

Le garçon se retourne : c'est sa mère. Quand il reporte son attention sur Shoko, quelqu'un se dresse à présent à ses côtés – Mme Nishimiya en personne, qui le détaille de la tête aux pieds.

Pris de court, soudain incapable de former la moindre phrase, il se met à balbutier :

— Ah… Je… Je suis dé…

La mère de Shoko ne tarde pas à mettre fin à son calvaire.

— On dirait bien que tu n'as pas inventé la poudre… Mais bon, les chiens ne font pas des chats !

Puis elle glisse un bras protecteur autour des épaules de sa fille.

— Tu viens, Shoya ? On rentre ! entend-il sa mère lancer. Et à partir de maintenant, à la moindre incartade, il y aura des conséquences. C'est bien compris ?

Elle s'éloigne à vivre allure dans la direction opposée. Shoya s'apprête à lui emboîter le pas quand il sent peser sur lui le regard d'une vieille femme. Elle a une couronne de cheveux blancs coupés au bol, un grain de beauté sous l'œil gauche et un visage empreint de bonté. Qui peut-elle bien être ? La grand-mère de Shoko, venue en renfort ? Non, impossible… Après tout, comment cette femme au doux sourire pourrait-elle avoir le moindre lien de parenté avec un dragon comme Mme Nishimiya ?

Boum !

Shoya vient de recevoir un ballon en pleine tête. Quand ses yeux balaient la cour pour identifier le coupable, son regard tombe sur un petit groupe de garçons, rassemblés autour de Kazuki, qui le pointent du doigt en riant. Le chef de la bande prend la parole :

— Désolé, je ne t'avais pas vu ! Je n'ai pas les yeux en face des trous, aujourd'hui !

C'est mot pour mot la même excuse bidon que Shoya a lancée à Shoko, quelques semaines plus tôt, quand il lui a jeté une pluie d'ordures depuis le balcon de l'école.

— Aucune originalité, espèce de copieur ! rétorque-t-il, désinvolte.

Allez, mieux vaut en rire… Shoya espère très fort que ce n'est qu'une plaisanterie. Si ça se trouve, ils ne pensaient pas à mal. Mais il a beau essayer de se rassurer, il sent bien que quelque chose a changé avec Keisuke et Kazuki. Son sentiment ne tarde pas à se confirmer lorsqu'un peu plus tard, ce jour-là, ils lui proposent une nouvelle « épreuve de courage ». D'abord, sauter du balcon du deuxième étage de l'école. Mais bon… Six mètres, c'est quand même un peu trop haut, même pour un casse-cou comme lui ! Ce qui n'arrête pas ses meilleurs amis dans leur élan : ils improvisent un match de catch à deux contre un ! Shoya met un point d'honneur à ne pas se défiler mais, bien sûr, il n'est pas de taille. Ses adversaires du jour se montrent sans pitié et ne lui laissent aucune chance.

Lorsqu'il rentre chez lui après l'école, couvert de bleus et d'écorchures, il croise les doigts pour que sa mère ne remarque rien. D'autant que revenir tout débraillé et avec quelques égratignures ici ou là, ça n'a rien d'anormal pour lui. Il faut dire que sa spécialité, c'est de faire les quatre cents coups avec ses copains !

— Bonsoir, mon chéri… commence sa mère avant de s'interrompre pour le détailler de plus près. Non mais regarde-moi dans quel état tu es ! Où est-ce que tu es allé traîner, encore ?

Alors là, si elle croit qu'il va lui avouer la vérité comme ça… Plutôt mourir que de cracher le morceau ! Il prend sa voix la plus innocente pour simuler l'enthousiasme.

— Bah quoi ? J'ai juste passé une super journée avec Keisuke et Kazuki, c'était vraiment trop bien !

Apparemment satisfaite de la réponse qu'il lui a donnée, elle se retourne déjà vers la cliente dont elle est en train de couper les cheveux. Car la mère de Shoya tient un salon qu'elle a baptisé *Ishida Coiffure* au rez-de-chaussée d'un petit immeuble. Avec son fils et sa fille aînée, elle habite à l'étage juste au-dessus.

— Ah, les garçons sont là ? demande-t-elle distraitement. J'ai acheté des gâteaux, tout à l'heure, servez-vous ! De toute façon, je n'ai pas faim et ta sœur est chez une copine.

Sans oser la contredire, Shoya fait comme si de rien n'était et file dans sa chambre en s'évertuant à faire le plus de bruit possible dans l'escalier pour faire croire à la présence de ses amis. Puis il en rajoute une couche en prenant soin de parler bien fort, de façon à être entendu au rez-de-chaussée : « Ça vous dit de jouer à la console ? » « Ils ont l'air trop bons, ces gâteaux ! » « Faites-vous plaisir ! » « Hmm, trop bon… » Il s'efforce même d'imiter tour à tour les voix de Kazuki et Keisuke. Ce qu'il ne faut pas faire…

Mais ces rires forcés et ces exclamations joyeuses sonnent creux à ses oreilles. Il peut bien jouer la comédie, il se sent très seul, plus que seul que jamais. La gorge serrée, pris d'une étrange frénésie, il engloutit les pâtisseries les unes après les autres sans même prendre le temps de mâcher. La bouche pleine, il continue de crier : « Ha ha ha ! C'est vraiment super bon ! »

Seul le silence lui répond. À mesure que les minutes s'égrènent, Shoya, écrasé de solitude, commence à étouffer dans sa petite chambre. Mais il ravale ses sanglots. Il est farouchement décidé à sauver les apparences. Même s'il a tout perdu, l'important, c'est que sa mère ne se rende compte de rien.

* * *

Quand Shoko est arrivée, tout ce que Shoya voulait, c'était rompre la monotonie de ses journées en lui jouant un mauvais tour de temps en temps avec ses amis… Mais, désormais, à l'école, les rôles se sont inversés. C'est lui qui est devenu la cible de ses camarades, à commencer par Kazuki et Keisuke. Depuis que l'extraterrestre a débarqué dans sa classe, c'est le début de la fin… Rien n'est plus pareil. Ses copains ne sont plus les mêmes, lui non plus, d'ailleurs. Il a du mal à croire qu'ils s'entendaient tous si bien il y a quelques semaines encore.

Ce matin-là, ils l'ont roué de coups dans la cour de l'école, où ils l'ont laissé à terre, prostré, inerte. Au bout de quelques minutes, un groupe de filles passe près de lui. Parmi elles, Miki :

— Alors… Tu viens, Shoya ? dit-elle, pince-sans-rire.

— Le pauvre, il faut croire que c'est le karma ! se moque une de ses camarades au milieu des éclats de rire.

Allongé face contre terre, les mains tremblantes, le garçon sent la colère l'envahir. Tout ça, c'est la faute de cette Shoko de malheur ! Si elle n'avait pas débarqué, jamais il ne se serait retrouvé dans une telle situation. Elle lui sort par les trous de nez… Non, c'est pire que ça : il la déteste de tout son cœur !

L'ombre de quelqu'un tombe soudain sur lui – qu'est-ce qu'on lui veut, à la fin ? Exaspéré, il relève la tête et aperçoit… Shoko. Encore elle ? Mais ce n'est pas vrai ! Elle ne peut pas se passer de lui ou quoi ? Cette fille est une vraie sangsue !

Avec, aux lèvres, le sourire embarrassé qui est sa marque de fabrique, sa camarade l'observe sans bouger. Elle a ramassé les cahiers et les manuels du garçon, éparpillés sur le sol lors de la bagarre. Shoya bouillonne de colère. De quoi est-ce qu'elle se mêle, celle-là ? Furieux, il se redresse d'un bond et, d'un grand coup, précipite par terre tous les livres.

— Ne touche pas à mes affaires ! s'écrie-t-il en agitant la main comme pour chasser une bestiole qui le dérange. Allez, zou, dégage !

Sa pitié, elle peut bien se la garder, il n'en veut pas ! Moins il la voit, mieux il se porte. Il n'y a pas à dire, ils n'ont vraiment rien en commun tous les deux. Voilà ce dont Shoya essaie de se convaincre en la regardant s'éloigner. Elle, c'est le boulet de service, un fardeau pour tout le monde, qui jouc tellement les victimes que le directeur de l'école a dû être alerté sur la situation. Elle n'a pas sa place ici ! Et puis… Et puis…

Les sanglots étouffent Shoya. Pourquoi se voiler la face ? Le souffre-douleur de la classe, c'est lui, à présent. Au moins, comme ça, il n'a plus le temps de s'ennuyer…

Les signes ne pourraient pas être plus clairs. À la cantine, pour le déjeuner, personne ne veut plus s'asseoir à côté de lui. Parfois, il ne trouve même pas de place. Il lui arrive aussi de découvrir de temps en temps d'étranges substances non identifiées mélangées à son bol de riz. Dans la cour, quand ce n'est pas une pile de détritus qui lui atterrit « par inadvertance » sur la tête, c'est un camarade qui s'empare d'un mégaphone pour lui crier dans les oreilles par surprise. Dans les vestiaires, même combat : il se fait sans arrêt piquer ses chaussons de sport. Même M. Takeuchi, qui a fini par remarquer ce petit manège, lui demande un jour :

— Dis donc, Shoya, comment se fait-il que tu perdes si souvent tes chaussons, ces derniers temps ?

Enfin, une lueur d'espoir ! Le garçon avoue à son professeur :

— J'en suis déjà à ma huitième paire… On n'arrête pas de me les voler. Vous pensez que vous pourriez faire quelque chose ?

Son enthousiasme est vite douché par la réponse glaciale de l'enseignant.

— Arrête un peu, Shoya, j'en ai assez de tes mensonges. Dis-moi la vérité.

— Mais je… C'est la vérité, monsieur, bafouille le garçon. Je parie que c'est Kazuki et Keisuke…

— C'est encore la faute de tes camarades, c'est ça ? Ils m'avaient bien dit que tu essaierais de leur coller ça sur le dos.

Ils lui ont retourné le cerveau ! gémit Shoya intérieurement. Suant à grosses gouttes, il insiste :

— Mais, monsieur… Je vous jure que mes chaussons disparaissent !

— Hmm… Tu sais quoi, Shoya, même si c'était vrai, après tout ce que tu as fait subir à Shoko, tu n'as pas le droit de te plaindre, tu ne crois pas ? (Derrière ses lunettes, M. Takeuchi le toise d'un regard sévère.) Et puis, ce n'est pas faute de t'avoir prévenu… Dans la vie, on ne maîtrise pas tout, c'est comme ça, on n'y peut rien. Des fois, il faut savoir faire avec.

C'est la vie, je n'y peux rien, ne cesse de se répéter Shoya à mesure que les élèves lui tournent tous le dos les uns après les autres. À quoi s'attendait-il en demandant de l'aide à son professeur ? Tous ses amis l'ont abandonné. Tous se sont retournés contre lui. Et M. Takeuchi a été très clair : il ne peut rien pour lui. Il est seul, complètement seul. Quoi qu'il arrive dorénavant, plus personne ne lui viendra en aide…

Les paroles de l'enseignant hantent Shoya un peu plus chaque jour. Il les rumine avec amertume. Eh bien, puisque c'est comme ça et qu'il ne peut compter sur personne, l'unique solution, c'est de s'attaquer de front au problème et de le résoudre lui-même. Tant pis, il se débrouillera tout seul ! Il ne va certainement pas rester les bras croisés sans rien faire. Ah ça, non ! Ce n'est pas son genre. Se faire marcher dessus sans rien dire ? Très peu pour lui…

Le lendemain, c'est avec un plan bien ficelé en tête qu'il arrive en avance à l'école pour placer une paire de chaussons flambant neufs dans son casier. L'objectif ? Se cacher dans un coin et attendre que le voleur se montre pour le prendre sur le fait. En embuscade derrière la porte du hall principal, Shoya attend patiemment. L'ennui l'a gagné depuis longtemps quand, enfin, des bruits de pas se font entendre dans le couloir. Bientôt, une silhouette apparaît dans son champ de vision… C'est Shoko, les bras chargés de fleurs ! Non… Ce n'est tout de même pas un coup de l'extraterrestre ?

Shoya épie les moindres mouvements de sa camarade, prêt à bondir de sa cachette pour confondre la coupable.

Mais elle se contente de remplir un vase d'eau et d'y placer son bouquet. Tapi dans l'ombre, le garçon s'étonne de ce comportement. Perplexe, il la regarde déposer ses fleurs dans la salle de classe. *Pourquoi venir à l'école aussi tôt le matin ? Juste pour faire un peu de déco ? C'est bizarre…* Tout à coup, elle se penche sur un pupitre. *Mais qu'est-ce qu'elle fabrique ?* se demande-t-il. Il tend le cou pour mieux voir : elle est en train de laver ce bureau, dont le plateau est couvert d'injures à la craie. Une d'entre elles, en particulier, lui saute aux yeux : « Crève ! »

Alors comme ça, les autres continuent de s'en prendre à elle ? Shoya ne s'en était même pas rendu compte. C'est qu'il en aurait presque pitié d'elle… Non mais qu'est-ce qu'il raconte ? Allez, on se secoue ! Il n'a rien à faire là… Tout en regagnant le hall d'entrée, il s'interroge, tiraillé entre compassion sincère et sursaut d'orgueil. Cette fille est folle ! Elle est sérieuse ? Elle croit honnêtement que si elle encaisse toutes les brimades sans se plaindre, tout finira par s'arranger ? Qu'à force de ne pas réagir à leurs provocations, les autres vont se lasser ? Si c'est le cas, elle se fourre le doigt dans l'œil ! Non, la meilleure façon de résister, c'est de rendre coup pour coup, comme lui !

Justement, voilà que l'occasion de riposter se présente à Shoya au détour d'un couloir. Arrivé devant les casiers, il surprend Kazuki et Keisuke en train de jeter ses chaussons tout neufs à la poubelle.

— Eh, qu'est-ce que vous faites ? s'écrie-t-il.

— Oups, regarde un peu qui est là…

— J'étais sûr que c'était vous ! s'étouffe-t-il. Espèces de traîtres, vous allez me le payer !

Mais, à deux contre un, l'affaire est vite pliée. Ils se jettent sur lui et lui font subir un passage à tabac en bonne et due forme avant de l'abandonner par terre, le nez en sang. Sur le dos, les bras en croix et les yeux fermés, Shoya n'a pas la force de se relever. La colère et le désespoir le disputent en lui. *Quelle bande d'abrutis !* rage-t-il, intérieurement. L'image de Shoko en train d'effacer les insultes tracées à la craie sur le pupitre lui revient soudain en mémoire… *Je suis sûr qu'elle me déteste à mort, elle aussi*, se dit-il.

Le garçon est bien obligé de se rendre à l'évidence : tout comme elle, il subit le harcèlement de ses camarades de classe, de ces mêmes camarades qu'il considérait il y a quelques jours encore comme ses meilleurs amis… Il se couvre le visage de la main. Une question le taraude : par quel miracle Shoko parvient-elle à garder son calme ? Shoya, lui, se retient à grand-peine de tout casser. Sous ses dehors placides, elle doit forcément bouillonner de rage. Une fois de plus, il essaie de s'imaginer ce qu'elle a dû éprouver quand il se moquait d'elle, combien elle a pu le haïr pour ce qu'il lui a fait subir… Soudain, il sent quelque chose lui chatouiller le visage.

Lorsqu'il rouvre les paupières, il se retrouve nez à nez avec… nulle autre que Shoko ! Accroupie à côté de lui, elle tente d'éponger avec un mouchoir le sang des égratignures qu'il a au visage.

Shoya n'en croit pas ses yeux : il est censé être la personne qu'elle déteste le plus au monde ! Comment, mais comment peut-elle faire preuve d'autant de gentillesse envers lui ? Pendant de longues secondes, il est incapable de faire le moindre geste, mais il se reprend bien vite. Sa pitié, il n'en veut pas ! Il est parfaitement capable de se débrouiller tout seul, non mais !

— Qu… Qu'est-ce que tu veux, à la fin ? s'écrie-t-il, les nerfs à vif. Tu n'as pas besoin de faire semblant d'être sympa… Ça ne prend pas, avec moi ! Ôte tes sales pattes de là !

Il repousse les mains de sa camarade. Décidément, cette fille ne comprend rien à rien… Le plus énervant, c'est qu'elle dégouline de bienveillance en permanence. Elle lui sort vraiment par les trous de nez ! Si au moins elle pouvait arrêter de sourire comme une idiote !

— Tu trouves ça drôle ? insiste-t-il. Non parce que si tu as quelque chose à dire, dis-le !

Mais à quoi bon essayer de lui faire comprendre ? Comme toujours, les mots semblent n'avoir aucun effet sur elle. Shoya flambe d'une colère qu'il ne peut plus contenir. Il s'y abandonne complètement : il se relève maladroitement et décoche un violent coup de pied à la fillette, si fort qu'elle recule et va s'écraser contre les casiers.

— Tu n'as rien dans les tripes ! hurle son camarade, soudain incontrôlable. Toujours à jouer les victimes, espèce de rapporteuse… Et si tu disais ce que tu penses vraiment, pour changer ? Allez, vide ton sac, qu'on en finisse une bonne fois pour toutes !

Cette fois, le regard de la fillette se durcit et, sans prévenir, elle lui colle une gifle si magistrale qu'il en vacille. Un instant, il reste sonné. Jamais il n'aurait cru Shoko capable de lever la main sur lui. Mais sa joue rouge est là pour témoigner du contraire… Même la fillette semble stupéfiée de son propre geste. Elle le dévisage, une lueur d'effroi dans les yeux. Mais Shoya, lui, n'a pas l'intention d'en rester là.

— Alors là... hurle-t-il.

Aveuglé par la colère, il lui colle un bon coup de poing sur l'épaule. La fillette ne se laisse pas faire et réplique sans hésiter et plaque la main sur la bouche du garçon pour le forcer à écouter.

— Tu ne 'om'ends 'as... Je 'ais des e'orts !

Elle s'applique à prononcer chaque mot le plus clairement possible.

Alors ça, c'est une première ! Non seulement Shoko se rebiffe, mais à voix haute, en plus ! Question diction, peut mieux faire, mais c'est déjà un début... Shoya tente de repousser les doigts qui le bâillonnent.

— Mais kefke tu ragondes ? proteste-t-il en se débattant.

Dans la bataille, tous deux tombent à la renverse. Leur chute ne met pas pour autant fin au combat. Au contraire ! La fillette assène un coup de pied à son camarade avant de mordre la main qu'il approche dangereusement de son visage. Shoya, quant à lui, fulmine. Elle ne perd rien pour attendre ! Passant outre la douleur qui le fait grimacer, il contre-attaque, toutes griffes dehors. Si c'est la guerre qu'elle veut, elle l'aura ! Sur le visage de Shoko s'étale soudain un sourire bien différent de celui qu'elle affiche en permanence. À présent, il n'a plus rien d'emprunté ni d'embarrassé. Non, ce sourire-là, il ne le lui a jamais vu.

Le combat se poursuit sous les yeux d'élèves de plus en plus nombreux. Mais personne ne s'interpose jusqu'à ce que M. Takeuchi et Mme Kita arrivent en courant pour les séparer.

Un mois plus tard, un lundi matin, tombe une annonce fracassante.

— Silence, les enfants ! Shoko Nishimiya a été transférée dans une autre école, déclare leur professeur.

La nouvelle, à laquelle personne ne s'attendait, fait l'effet d'une bombe. Parmi les élèves, les commentaires vont bon train. Et lorsque, le lendemain matin, Shoya arrive en classe, il découvre, hagard, son pupitre recouvert d'une flopée d'insultes. *Eh ben, ils s'en sont donné à cœur joie, aujourd'hui !* Armé d'une éponge, il s'échine à faire disparaître injures et autres gros mots. Il est obligé de frotter le plateau de toutes ses forces pendant plusieurs minutes. Une voix s'élève soudain dans son dos :

— Alors, ça y est, t'as compris, maintenant ?

Dire que pendant des semaines, Shoya n'a rien remarqué… Peut-être ne voulait-il pas le voir ? Mais c'est officiel : le roi des imbéciles, c'est lui ! Le pupitre que Shoko venait nettoyer tous les matins, c'était celui de Shoya ! Si elle arrivait aussi tôt tous les matins, c'était pour épargner à son camarade les horreurs qu'on écrivait sur lui.

Et, à présent qu'elle a changé d'école, il revient à Shoya de s'en occuper lui-même. Chaque jour, il s'enfonce toujours plus dans la même routine : tout en frottant les inscriptions pour les faire disparaître, il repense à Shoko. Il revoit l'expression de surprise de la fillette lorsqu'il la tourmentait, son éternel sourire un peu embarrassé et le dernier visage qu'elle lui a montré et qu'il ne lui avait jamais vu, le jour où ils se sont battus… Il connaît désormais la vérité : il a été ignoble avec elle. Et elle, en retour, l'a protégé.

— Cette fille, sérieux, qu'est-ce qu'elle m'énerve ! dit-il, les yeux remplis de larmes.

Shoko Nishimiya… À l'époque, je ne pouvais vraiment pas la supporter.

Chapitre 4
Seul au monde

Le jour de la rentrée dans leur nouveau collège, ce traître de Kazuki – Shoya a du mal à croire que c'était autrefois son meilleur ami – fait passer le mot à qui veut l'entendre :

— Si j'étais vous, je ne traînerais pas avec Shoya Ishida. Il a harcelé une fille de ma classe en primaire.

L'information ne tarde pas à se répandre comme une traînée de poudre dans tout l'établissement. Très vite, les autres élèves commencent à éviter Shoya, qui passe ses journées seul du matin au soir…

Au début, le garçon tente de se convaincre que ça l'arrange bien. *Moi, tout ce que je veux, c'est qu'on me fiche la paix*, se répète-t-il. Il prend l'habitude de raser les murs afin d'éviter les autres élèves – et ça lui convient très bien. Pour tenir le coup, il se force à croire que sa solitude est un choix, pas une obligation.

Un beau jour, en cinquième, il décide de se rendre à Nagoya par ses propres moyens. C'est la première fois qu'il entreprend un trajet pareil sans personne pour l'accompagner. En chemin, il est rongé par l'appréhension, à laquelle se mêle aussi de l'impatience. A-t-il pris le train dans la bonne direction ? Et s'il s'était trompé ? Le doute s'installe très vite dans son esprit. Ce n'est qu'une fois arrivé à destination que ses inquiétudes se dissipent. Franchement, il n'y avait pas de quoi paniquer, c'était largement dans ses cordes ! Il s'en est sorti comme un chef et sans l'aide de personne, en prime. Tout ce qu'il lui fallait, c'était juste un peu d'argent pour payer son billet et un minimum de courage.

Cette petite victoire – et l'audace dont il a fait preuve ce jour-là – le fait réfléchir. Et s'il était capable de bien plus que ce qu'il croyait ? Après tout, peut-être que tout n'est pas si noir, peut-être qu'il y a encore de l'espoir, peut-être qu'il existe un moyen de renouer avec ses vieux amis. Il donnerait n'importe quoi pour ça et il a la soudaine sensation que ce lointain rêve est à portée de main.

L'objectif de ce voyage jusqu'à Nagoya ? S'acheter le nouvel album en édition limitée d'un de ses groupes de musique préférés. Le lendemain, au détour d'un couloir, il surprend une discussion entre Kazuki et Keisuke. Même eux n'ont pas réussi à mettre la main sur cette perle rare.

— Alors, ça y est ? Tu l'as trouvé ? demande le premier.

— Non, pas encore. Mais j'ai trop envie de l'écouter ! répond l'autre.

Shoya prend son courage à deux mains.

— Moi, je l'ai acheté hier. Je... je peux vous le prêter, si vous voulez ?

Dans sa tête, une seule pensée : *Avec un peu de chance, on pourrait redevenir amis.* D'ailleurs, c'est l'occasion rêvée de leur raconter son trajet en solo jusqu'à Nagoya. Il va leur en boucher un coin et leur montrer qu'il en a dans le ventre, lui ! Rien, cependant, ne l'a préparé à leur réaction.

— Non mais il est nul, ce groupe, de toute façon.

— Grave !

Et les deux garçons de lui tourner le dos et de s'éloigner dans le couloir... L'incident marque tellement Shoya qu'il cesse d'écouter les albums de ce groupe.

Les mois passant, il est bien obligé de se faire une raison : il y a des choses qu'on ne peut pas changer. La phrase de M. Takeuchi lui revient en mémoire : *« C'est comme ça, on n'y peut rien. »*

Parfois, tout seul, il se tape un petit délire : il imagine ce que risque bien d'être l'avenir qui l'attend. Des années de collège et de lycée vécues en marge de tous. Passées à éviter les photos de classe. Sans avoir jamais une seule fois osé demander à une fille de sortir avec lui. Quand, après avoir essuyé échec sur échec aux concours d'entrée à l'université, il arrivera enfin à décrocher un boulot, il se réfugiera dans les toilettes de son entreprise pendant la pause déjeuner, pour un tête-à-tête avec son bento. Une vie entière sans amis, jamais invité aux dîners et aux barbecues, à se morfondre dans son coin, seul avec lui-même.

Très vite, après la mort de sa mère, guetté par la calvitie, il s'empiffrera de nouilles instantanées en pleurant toutes les larmes de son corps pour compenser. Incapable de trouver un travail et de le garder plus de quelques semaines, malgré des journées passées à écumer les offres d'emploi, il en sera réduit à faire les poubelles pour survivre, à se bourrer de médicaments et finira, cerise sur le gâteau, par rendre son dernier souffle dans une décharge… (Pourquoi pas ?)

Oui, voilà ce que l'avenir lui réserve : une vie à l'isolement et une mort dans l'indifférence générale. Et alors ? On meurt tous un jour, non ? C'est comme ça, pas vrai ? Shoya rumine ces réflexions en traînant dans les couloirs, l'oreille basse. Mais si ça doit se finir comme ça, autant en profiter pour régler ses dettes.

Car cet album en édition limitée n'est pas le seul trésor qu'il a ramené de Nagoya. Il y a aussi acheté un manuel d'apprentissage de la langue des signes. Le but ? L'étudier avec le plus grand sérieux. Parce que Shoya a un plan en tête.

Ses années de lycée ne se passent pas franchement mieux… Jour après jour, Shoya hante les couloirs de l'établissement, telle une ombre solitaire. Peu à peu, une idée terrible s'impose à lui : s'il n'était pas là, ce serait du pareil au même.

Pour lui, c'est devenu une évidence : des amis, il ne s'en fera plus jamais. Et, après tout, c'est peut-être mieux. Si c'est pour qu'ils vous trahissent sans scrupule à la première occasion…

Au bout de plusieurs années de solitude, il se méfie désormais des autres comme de la peste. Mieux vaut ne compter que sur soi-même.

Un jour, en cours, l'adolescent, recruté malgré lui dans un groupe de travail, se retrouve obligé de collaborer avec d'autres élèves : à chaque participant sa partie à rédiger.

Mais les devoirs ne manquent pas et, englouti sous une pile de dissertations et d'exercices, il a complètement oublié le projet quand un de ses camarades l'aborde dans un couloir.

— Salut, Shoya ! Euh… Je me demandais : tu en es où, de ton côté ? Tu as bientôt fini d'écrire ta partie ?

— Ah… Euh… J'ai complètement zappé, désolé… s'excuse-t-il.

— C'est vrai qu'en ce moment, on a beaucoup de boulot, répond un autre. Mais bon… Fais attention, c'est pour bientôt.

Le jeune homme n'est pas dupe. Il sait très bien ce que ses camarades se disent : « Il n'en fiche pas une, celui-là… » « Toujours à la traîne ! » Plus le temps passe et plus, dans sa tête, il commence systématiquement à rejouer les rares conversations qu'il a eues avec ses camarades :

— Dis, Shoya, tu veux bien aller ramasser les ballons, s'il te plaît ?

Le sous-texte ? « File-nous un coup de main, crétin, au lieu de bayer aux corneilles ! »

— Dis, Shoya, pourquoi est-ce que tu restes toujours tout seul dans ton coin ?

Sous-entendu : « Tu n'es qu'un pauvre *loser*… »

— C'est quoi, ton passe-temps préféré ? Ah, c'est cool…

Pour ne pas dire : « C'est complètement naze… »

Le regard de Shoya glisse sur un trio d'élèves en plein conciliabule. Il n'a pas besoin de les entendre pour deviner de quoi ils parlent. C'est clair comme de l'eau de roche : « Attention, il nous a repérés. » « Sérieux, mais qu'est-ce qu'il nous veut ? » « Il ne peut pas se mêler de ses affaires, celui-là ! » « Pour qui est-ce qu'il se prend ? » « Il me file les jetons, je te jure. »

Shoya se couvre les oreilles pour faire taire toutes ces voix. Il ne rêve que d'une chose : qu'on lui fiche la paix ! De toute façon, il n'a plus aucune intention de se faire des amis. Tout le monde le déteste et il le leur rend bien…

Plus le temps passe, plus la paranoïa du jeune homme prend le dessus. C'est comme si ses camarades perdaient peu à peu tout intérêt, comme s'ils cessaient d'être des interlocuteurs viables, comme si ses relations avec les autres étaient condamnées à rester des voies sans issue, vouées d'emblée à l'échec.

À tel point que, dans les conversations imaginaires qu'il tient avec lui-même, il en profite pour dire tout le mal qu'il pense de chacun de ses camarades : *Tu t'es vu, toi, avec tes cheveux tout décolorés ? Tu t'es fait un shampoing à l'eau de Javel ou quoi ?* À un groupe de filles qui bavardent non loin de lui : *Et vous, vous n'avez rien de mieux à faire que de parler de garçons ? Quelle bande de cruches ! Arrêtez de faire vos intéressantes !* Et ainsi de suite… Tous y passent : l'excentrique de service, le geek de la classe, la déléguée toujours débordée… et aussi cet élève, là, celui qui fait semblant, tout le temps, d'être malade pour apitoyer les professeurs ! *Quels hypocrites…*

Personne n'est épargné par les critiques de Shoya. Il les méprise tous, sans exception. Aucun ne trouve grâce à ses yeux. Ce qui les intéresse, qui sont leurs amis ? Tout ça, ça lui passe au-dessus de la tête. Non, vraiment, il ne peut pas les saquer…

Mais, bien sûr, celui qu'il déteste le plus, c'est lui-même.

du bureau
étudiants
du jour :
Bien préparer son bac
Bird watcher

C'est en terminale qu'il retrouve enfin la trace de Shoko. Le printemps est arrivé. Après des semaines et des semaines passées à écumer chacun des cours de langue des signes de la ville, il finit par recevoir le coup de fil tant attendu.

— La jeune fille que vous recherchez, Shoko Nishimiya ? Elle est inscrite ici au cours du mardi. Vous n'avez qu'à passer vers 17 heures ! À cette heure-là, ils devraient avoir fini.

Shoya n'en revient pas. Ça y est, aujourd'hui – le jeudi 10 avril –, les dés sont jetés. Dans son calendrier, il marque les jours d'une croix jusqu'au mardi suivant, le 15 avril, qu'il entoure d'un trait épais. Puis il déchire le reste de la page à partir du mercredi 16.

Il entreprend ensuite de mettre de l'ordre dans ses affaires : il démissionne de son petit boulot, vend tout ce qu'il possède et dissimule tout l'argent qu'il en a tiré au fond d'un tiroir de sa commode avant de clôturer son compte en banque. En tout et pour tout, il y en a pour une somme rondelette ! Elle n'est pas très loin de ce que sa mère a dû débourser pour rembourser à Mme Nishimiya les prothèses auditives abîmées ou cassées de Shoko.

Puis le mardi 15 avril tant attendu arrive…

Au petit matin, Shoya place toutes ses économies dans une enveloppe qu'il dépose sur l'oreiller de sa mère, encore endormie. Dessus, il a écrit : « Voici l'argent que je te dois. » *Voilà, la boucle est bouclée.* Sa dette payée, il s'éclipse en silence et sort de la maison, la gorge serrée.

Il sait déjà qu'il n'y reviendra plus jamais. En refermant la porte, il a une dernière pensée pour sa mère : *Pardon, maman, pour ce que j'ai fait. Tu n'auras jamais pu être fière de moi…*

Car, ce jour-là, Shoya a un objectif bien précis en tête. Il attend ce moment depuis des années déjà. La mission qu'il s'est donnée, c'est de trouver un moyen de parler à Shoko. Après tout ce temps, il se doute qu'elle a dû bien changer. À dix-sept ans, elle n'a sans doute plus rien à voir avec la petite fille du temps de l'école primaire…

Arrivé au pied de l'immeuble où se tient le cours de langue des signes, il observe nerveusement la façade. Un étrange sentiment, mélange de nostalgie et de malaise, le prend aux tripes. D'un revers de manche rageur, il sèche la larme qui roule sur sa pommette et se tapote vigoureusement les joues afin de se ressaisir. *Ce n'est vraiment pas le moment de se dégonfler ! Quand faut y aller, faut y aller…* s'encourage-t-il. Il doit rassembler toute sa vaillance pour parvenir à pénétrer dans le bâtiment. À l'intérieur, il cherche Shoko du regard.

Une fois devant la porte de la salle de classe, Shoya a presque les genoux qui tremblent. Lorsqu'il aperçoit enfin la silhouette de la jeune fille, un nom, un seul, s'échappe de ses lèvres :

— Shoko…

Chapitre 5
Retrouvailles

Leurs regards se croisent. Sur le seuil de la salle, son ancienne camarade de classe le dévisage d'un drôle d'air. Il en a passé, du temps, depuis la dernière fois qu'ils se sont vus. Mais, soudain, pour Shoya, c'est comme si c'était hier.

Profitant de ce court moment de flottement, Shoko tourne les talons pour prendre ses jambes à son cou.

— Non… Attends ! l'interpelle-t-il. Shoko ! Pas si vite ! Tu ne te souviens pas de moi ? Je…

Mais rien à faire. Elle dévale l'escalier à toute vitesse sans daigner se retourner. Elle ne semble pas avoir l'intention de s'arrêter. *Non, ça ne peut pas se finir comme ça…* Il faut à tout prix qu'il lui parle !

Maintenant qu'il a racheté sa faute auprès de sa mère, plus rien ne le rattache à la vie. Plus rien, si ce n'est Shoko. Il n'aura pas la conscience tranquille tant qu'il ne lui aura pas demandé pardon… Une fois que ce sera fait, il pourra enfin s'en aller.

Il se précipite donc dans l'escalier pour se lancer à sa poursuite :

— C'est moi, Shoya, on était ensemble en CM2 ! Shoya, tu te rappelles ?

Elle ne l'a pas oublié, quand même ? Elle accélère encore un peu l'allure.

Non, attends, ne t'en va pas !

— C'est moi, Shoya Ishida ! s'époumone-t-il encore, au désespoir.

Dans sa hâte, il trébuche et s'étale de tout son long. Il reste étendu là, le front contre le sol, incapable de se relever. Les yeux fermés, il se dit que tout est fichu, qu'il a tout gâché encore une fois.

Non mais à quoi est-ce qu'il s'attendait, à la fin ? À un *happy end* ? Quel idiot ! Après tout ce qu'il lui a fait subir… Pas étonnant qu'elle ne veuille rien avoir à faire avec lui ! C'était prévisible… Ça aurait pu être pire, d'ailleurs. Il s'était attendu à tout, venant de Shoko.

À présent, c'est le cœur lourd qu'il lui faut admettre la défaite. Il a laissé passer sa seule et dernière chance de lui demander pardon. Pourtant, ce n'est pas comme si l'occasion ne s'était jamais présentée… Au contraire, même ! Mais, à chaque fois, il avait tout fichu en l'air. Dans sa tête, il se repasse les souvenirs qu'il garde de la fillette qu'elle était en primaire : son expression de surprise quand il la tourmentait, sa colère aussi lorsqu'ils s'étaient battus, sans compter ce sourire un peu embarrassé qui était sa marque de fabrique.

À l'époque, c'est elle qui s'excusait, encore et encore. Tellement, d'ailleurs, qu'elle noircissait les pages de son cahier avec des « Je suis désolée ». Mais maintenant que c'est à Shoya de lui demander pardon, le voilà qui échoue lamentablement. Anéanti de ne pas pouvoir régler cette dernière dette, il sent ses yeux se remplir de larmes.

Tout à coup, quelque chose effleure une de ses mains : la pression d'un doigt qui trace des lettres au creux de sa paume. Shoya reconnaît d'abord un « P ». Sans oser bouger, il se laisse faire et attend la suite : il devine alors un « O », puis un « U », un « R »...

Un mot, un seul, a été formé : « Pourquoi ? »

Il relève lentement la tête. Devant lui se tient Shoko. Est-ce qu'il est en train de rêver ? Non, c'est bien elle qui vient de lui poser cette question. Sans voix, Shoya sent peser sur lui le regard insistant de la jeune fille.

— Oh, je... lâche-t-il, sans trop savoir quoi répondre.

De ses deux mains, elle empoigne le bras de son ancien tortionnaire pour l'aider à se relever. Un peu gêné, il accepte son assistance. *On est bien loin de la primaire...* pense-t-il. À l'époque, il n'aurait pas hésité à repousser la main qu'elle lui tendait.

— M... mer... merci... bafouille-t-il.

Une fois qu'elle l'a remis sur pied, elle s'empresse de le lâcher, comme si ce simple contact la brûlait.

Shoya se met à réfléchir au sens de la question qu'elle vient de lui poser : Pourquoi ? Pourquoi est-ce qu'il est là ? Bien sûr, elle doit se demander ce qu'il lui veut après toutes ces années...

Voilà, on y est... Après avoir pris une profonde respiration, il de son sac le cahier de communication de Shoko. En primaire, c'est lui qui l'avait balancé à la flotte pour jouer un tour à la fillette. Dire que c'est aussi lui qui l'avait repêché quelques jours plus tard, après que ses propres affaires avaient terminé dans l'eau, jetées par ceux qu'il considérait alors comme ses amis... Tu parles d'une ironie !

Il commence à s'expliquer à voix haute :

— Tiens, c'est à toi. Tu te souviens ? C'est ton cahier de communication…

Puis il se met à signer : il brandit le poing droit, fermé, à hauteur de sa tempe, avant de l'ouvrir en grand en dépliant les doigts.

— *C'est le carnet que tu as perdu, en primaire.*

Devant les gestes de son ancien bourreau, la jeune fille reste complètement soufflée.

— *Tu connais la langue des signes ?* finit-elle par lui demander, incrédule. *Comment ça se fait ?*

— Oui, je… je l'ai apprise, répond-il tout haut.

Il s'interrompt avant de poursuivre de nouveau en signant :

— *Pour communiquer avec toi.* (Shoko écarquille les yeux, sans en revenir.) *Avant, je ne pouvais pas. Enfin, je ne faisais pas beaucoup d'efforts, c'est vrai. Mais maintenant…* ajoute-t-il.

La jeune fille, toujours aussi abasourdie, lui prend le cahier des mains et en tourne une à une les pages gondolées.

Shoya pâlit à mesure que lui reviennent en mémoire les souvenirs associés aux différents messages contenus dans le carnet. Toutes les horreurs qu'il a pu lui sortir : « *Tu as un truc à me dire ? Vas-y, je t'écoute !* » « *Elle est trop bizarre…* » « *Elle est complètement tarée !* » Tout ça alors que Shoko, elle, essayait juste de se faire une place : « Ce cahier me sert à communiquer. J'ai trop hâte qu'on devienne amis ! » Le jeune homme a la gorge serrée rien que de repenser au sourire que son ancienne camarade a esquissé en brandissant son précieux carnet, le jour de son arrivée… Quel abruti il a été ! Comment a-t-il pu lui faire autant de mal ?

Et maintenant quoi ? Il lui a redonné son cahier, mission accomplie ? Non, ce serait trop facile ! Il n'a pas assez payé pour ce qu'il lui a fait subir. S'il veut pouvoir mourir la conscience tranquille, il faut qu'il lui présente ses excuses. Il tend le bras en avant.

— Tu… tu ne devrais pas le relire ! s'écrie-t-il.

Shoko relève la tête : sur son visage se lit la surprise et ses yeux sont baignés de larmes. *Mais qu'est-ce que j'ai encore fait ?* se demande Shoya, qui se liquéfie sur place. Il n'aurait jamais dû lui rendre ce satané carnet… Non mais quel idiot ! Il tente de se justifier :

— *En fait, ce cahier, c'était surtout un prétexte pour venir te voir. J'avais besoin de te parler…*

Il s'efforce de signer du mieux qu'il peut pour lui faire comprendre la véritable raison de sa venue, mais la nervosité rend ses gestes maladroits.

— *Je… je n'arrête pas de penser à toi, depuis le CM2… À l'époque, si on avait pu se parler comme aujourd'hui, les choses auraient été différentes.* (Shoko se contente de le dévisager sans rien dire.) *Je me déteste. Je ne suis qu'un égoïste. Non mais c'est vrai quoi… J'ai dix-sept ans et je n'ai jamais rien fait de bien de toute ma vie.*

C'est la première fois qu'il s'exprime avec une telle sincérité. Les yeux rivés sur le sol de peur de se dégonfler s'il croise le regard de Shoko, il continue de signer :

— *En primaire, ma seule façon de communiquer avec toi, c'était par la violence.* (Quand il repense à ce jour où ils se sont battus, tous les deux, la honte l'envahit.)

Je m'en veux terriblement... Et le pire, c'est que je n'ai pas franchement changé depuis...

La tête basse, il brandit la paume droite, avant de ramener sa main à lui et de poursuivre :

— *Mais au moins, maintenant, j'arrive enfin à... à parler la même langue que toi.*

Il se rappelle le jour où il a jeté le cahier de sa camarade dans l'eau et la façon dont elle lui a agrippé la main avant de faire un geste qui a plongé le petit garçon qu'il était dans l'incompréhension la plus totale. Non seulement il n'a rien compris à ce qu'elle lui voulait mais, surtout, il n'a même pas cherché à le savoir ! Il s'en fichait bien ! Aujourd'hui, pourtant, tout est différent...

— *Est-ce que tu crois...* commence-t-il en la regardant droit dans les yeux avant de pointer l'index sur lui-même, puis sur elle. *Que toi et moi...* (Pour finir, comme elle l'avait fait ce jour-là, il entrelace les doigts de ses deux mains, serrés à hauteur de sa poitrine.) *On pourrait devenir amis ?*

Interdite, Shoko le dévisage. Même Shoya est surpris par sa propre audace. Non mais qu'est-ce qui lui prend ? Il est censé lui demander pardon et disparaître de cette Terre pour toujours, pas lui offrir son amitié !

Pour rattraper sa bourde, il tente de noyer le poisson et en oublie de signer.

— Euh... Enfin, c'est ce que tu as essayé de me dire à l'époque, non ? C'est bien un truc de filles, ça ! Ha ha ha...

Sans se laisser démonter, Shoko, elle, reproduit le même geste que celui qu'elle a fait, au bord du bassin, en CM2 : elle prend la main de Shoya dans la sienne.

Non loin, dans le couloir, quelques élèves du cours de langue des signes ne manquent pas une miette du spectacle et s'exclament, sans grande discrétion :

— Oh... regardez-moi un peu ça !

— Qu'ils sont mignons !

— Ça me rappelle ma jeunesse...

— Ah, c'était le bon temps !

Shoya se sent rougir jusqu'aux oreilles. Elle est vraiment déroutante, cette fille ! On ne sait jamais à quoi s'attendre avec elle... De quoi faire perdre ses moyens à n'importe qui... Et en même temps, il doit avouer qu'il éprouve plus qu'une pointe de soulagement de voir qu'elle ne l'a pas repoussé !

À présent, les voilà qui discutent ensemble en marchant, jusqu'au pont le plus proche. Qui l'aurait cru ? Certainement pas Shoya, en tout cas ! Il apprend que tous les mardis, la jeune fille vient y jeter du pain aux carpes koïs qui s'égaient dans la rivière.

Le calme de ce début de soirée contraste avec la nervosité éprouvée par le jeune homme avant ses retrouvailles avec son ancienne camarade. Quel changement d'ambiance inattendu ! Côte à côte au milieu du pont réservé aux piétons, sans personne à la ronde, tous deux observent les petits vertébrés se masser à la surface de l'eau, la gueule ouverte, attirés par la nourriture lancée par Shoko.

Intrigué, Shoya interroge la jeune fille :

— *Pourquoi tu viens ici, toutes les semaines ?*

— *Les poissons comptent sur moi !* répond-elle, un petit sourire amusé aux lèvres.

« Les poissons comptent sur elle » ? Est-ce qu'elle vient vraiment de signer ça ? Oui, pas de doute. Décidément, il a bien du mal à la comprendre, même quand ils s'expriment dans la même langue.

— *Drôle d'idée...* réplique-t-il.

Dire qu'à l'époque, il ne pouvait vraiment pas la supporter... Et voilà que maintenant, ils discutent de tout et de rien ! Ses plans ont été complètement chamboulés depuis qu'il a revu Shoko. Il se retrouve à nourrir des poissons le jour même où il prévoyait de sauter du haut d'un pont super haut pour se suicider... À bien y réfléchir, il s'agit peut-être là de la plus grande des épreuves de courage qu'il ait jamais eu à affronter.

Shoya contemple son reflet dans l'eau : non mais quel *loser* ! Regardez un peu cette mocheté avec ses yeux tout rouges et tout bouffis et ses boutons d'acné. Ça se voit bien qu'il n'a pas inventé la poudre, pour citer la mère de Shoko.

Soudain, une voix derrière lui interrompt sa réflexion.

— Shoko, on y va !

En parlant du loup... Cette voix, il la reconnaîtrait entre mille. Shoya se retourne pour confirmer ses craintes et croise un regard sévère qui le glace d'effroi. En face de lui se tient Mme Nishimiya en personne, qui le toise de la tête aux pieds pendant de longues secondes avant de s'empresser d'attraper la main de sa fille pour l'éloigner.

— Allez, Shoko ! Va m'attendre dans la voiture.

Mais l'adolescente proteste :

— En'ore un 'eu...

— Non, on rentre ! Maintenant ! lui ordonne-t-elle avant de l'empoigner par le bras.

Mais la jeune fille lui tient tête et se dérobe à sa prise, ce qui provoque la colère de sa mère.

— Dans la voiture ! Tout de suite ! insiste Mme Nishimiya d'un ton sans appel en détachant chaque syllabe.

Shoya tente de voler au secours de son ancienne camarade, qui continue de signer à toute vitesse pour marquer son refus de s'en aller.

— Excusez-moi, madame… intervient-il. Mais Shoko n'a pas fini de distribuer son pain.

Son interlocutrice fait mine de ne pas l'entendre.

— Allez, on y va ! répète-t-elle.

C'est à ce moment qu'elle remarque le vieux cahier de communication de sa fille, qui dépasse de son sac. L'espace d'un instant, la surprise le dispute à la douleur sur son visage. Puis l'agacement finit par l'emporter.

— Où est-ce que tu as trouvé ce torchon ? Débarrasse-t'en ! s'écrie-t-elle avant de s'en charger elle-même et de le balancer dans la rivière d'un geste rageur.

Le temps semble suspendre son cours au moment où, à la stupéfaction générale, Shoko s'élance en prenant appui sur la rambarde du pont pour tenter de rattraper son précieux bien au vol.

— Shoko, qu'est-ce que tu fais ? demande sa mère, blême d'effroi.

Le bras tendu à l'extrême, la jeune fille semble à un cheveu de réussir son coup… mais ses doigts se referment sur le vide. Et elle-même ne tarde pas à être emportée par son élan et à basculer par-dessus la balustrade pour s'abîmer dans la rivière.

— Shoko ! s'écrie sa mère, qui cède à l'affolement.

Sans prendre le temps de réfléchir, Shoya plonge à la suite de son ancienne camarade. Sur le pont, Mme Nishimiya, elle, contemple la scène, médusée : debout au milieu du courant, de l'eau jusqu'à la taille, sa fille fouille le fond de la rivière en remontant de temps en temps à la surface pour reprendre sa respiration.

Shoya, trempé jusqu'aux os, ne peut s'empêcher de s'étonner d'une telle attitude : *Pourquoi se donner autant de mal pour un vieux carnet rempli de messages cruels ?* Une fois de plus, le comportement de Shoko lui échappe complètement. Même s'il ne comprend décidément rien à ce qui se passe dans la tête de la jeune fille, il se contente de chercher les profondeurs avec elle. C'est d'ailleurs lui qui finit par remettre la main sur le cahier perdu, pris dans les algues où l'avait emporté le courant modéré de la rivière.

Sans tarder, il rejoint Shoko et lui tend sa trouvaille. Elle le remercie.

— *Ce cahier… Tu y tiens tant que ça ?* lui demande-t-il.

Elle opine du chef en le gratifiant d'un sourire radieux avant d'être rappelée à la réalité par sa mère.

— Allez, Shoko ! On rentre !

Les deux anciens camarades de classe sortent de l'eau puis longent la rive pour rejoindre le pont où les attend Mme Nishimiya. Auscultant sa fille sous toutes les coutures, elle en profite pour lui ôter ses prothèses auditives, non sans la gronder.

— C'est malin, elles doivent être abîmées…

Shoya, honteux, songe à sa propre mère. En primaire, c'est elle qui avait dû dédommager Mme Nishimiya pour ses bêtises à lui, pour tous ces appareils auditifs qu'il avait cassés juste pour s'amuser, pour rompre la monotonie de son existence. Ce matin, avant de partir, il venait enfin de la rembourser…

Dépassant le jeune homme sans lui prêter la moindre attention, Mme Nishimiya entraîne sa fille à sa suite. Mais Shoko se retourne vers son ancien camarade pour lui adresser un signe de la main droite, l'index et le majeur tendus à l'horizontale.

En les voyant partir, Shoya comprend que s'il veut réparer ses erreurs, c'est maintenant ou jamais ! Il prend donc son courage à deux mains et interpelle la mère de celle qui était autrefois son souffre-douleur :

— Madame Nishimiya, je… je suis désolé ! (Comme elle ne donne pas signe de s'arrêter, il continue sur sa lancée.) Je tiens à m'excuser pour ce que j'ai fait à Shoko en primaire ! Je… je regrette vraiment beaucoup ! bredouille-t-il.

Aucune réaction.

Tout ruisselant, il suit Shoko et sa mère du regard jusqu'à leur voiture, garée un peu plus loin. Lorsqu'il voit son ancienne camarade s'installer sur le siège passager, il bat en retraite, déçu.

Ses excuses ne valent-elles donc rien aux yeux de Mme Nishimiya ? Après tout, c'est vrai qu'elle a de quoi lui en vouloir… Et puis, on ne se rachète pas une conduite comme ça ! À quoi est-ce qu'il s'attendait ? *Ce que je peux être naïf, des fois…* se flagelle-t-il.

Plongé dans ses pensées, il rebrousse chemin quand, tout à coup, il entend des pas se rapprocher au pas de course, jusqu'à le rattraper. Il se retourne… pour se prendre une claque monumentale qui vient le cueillir par surprise.

Une main sur sa joue brûlante, il reste éberlué. Devant lui se tient la mère de Shoko, qui le fixe quelques secondes d'un air impassible avant de repartir sans un mot vers sa voiture.

Giflé pour avoir demandé pardon… Le choc est rude à encaisser. Est-ce que c'est là son châtiment ? En tout cas, celle-là, il ne l'a pas volée… Ça, c'est le moins qu'on puisse dire !

Pour Shoya, cette gifle n'est que justice et il a vite fait de l'oublier. En revanche, ce qui le travaille, c'est le geste que son ancienne camarade lui a adressé avant de partir : deux doigts tendus à l'horizontale, qui, en langue des signes, signifient : « À bientôt ! »

Le pensait-elle vraiment ? Bientôt, oui, mais quand ? Est-ce une invitation à revenir sur ce même pont ? S'il repointe le bout de son nez ici la semaine prochaine, pas de doute, Mme Nishimiya ne le lui pardonnera jamais et il y a même des chances pour qu'elle lui fasse la peau…

En tout cas, il se dit que reprendre contact avec Shoko, c'était une bonne chose. Oui, pour une fois, il a fait ce qu'il fallait, sans se défiler. Enfin, est-ce qu'il a vraiment bien fait ? Le doute l'assaille et il repense à l'échange qu'il a eu avec la jeune fille, quand ils pataugeaient au milieu de la rivière :

— *Ce cahier… Tu y tiens tant que ça ?*

Elle lui avait confirmé que oui et serré son précieux carnet contre sa poitrine.

— *Tu sais, j'avais perdu espoir...* avait-elle commencé d'un air sérieux avant de s'interrompre.

Perdu espoir de quoi ? s'était demandé Shoya. Mais il n'avait pas eu le temps d'y réfléchir plus avant qu'elle enchaînait déjà :

— *Merci de m'avoir rapporté mon carnet.*

Décidément, cette fille, il ne la comprendra jamais...

Lorsque Shoya rentre chez lui, ce soir-là, il constate que sa mère a mis les petits plats dans les grands pour le dîner. Tout sourire, elle l'encourage à piocher dans chacune des assiettes et chacun des bols à disposition.

— J'espère que tu as faim ! N'hésite pas à te resservir, j'ai préparé assez à manger pour quatre !

Pendant le repas, elle ne cesse de lui jeter des petits coups d'œil, sans pouvoir cacher son enthousiasme.

— Tu as l'air de bonne humeur, dis donc ! finit-il par lui faire remarquer.

— C'est parce que je suis fière de toi, mon chéri ! Ça m'a vraiment fait plaisir de trouver ça à mon réveil, explique-t-elle en brandissant une enveloppe.

Il la reconnaît sur-le-champ : c'est la sienne, celle qu'il lui a donnée pour s'acquitter de ses dettes avant de faire le grand saut et qui renferme toutes ses économies.

Une boule dans la gorge, il se dit qu'il n'aurait jamais pu voir sa mère aussi heureuse s'il était allé au bout de son plan...

De retour dans sa chambre, après le dîner, il s'empresse de recoller la partie manquante de son calendrier qui traîne encore dans la poubelle.

Les propos de Shoko lui reviennent en tête : *« J'avais perdu espoir… »* Shoya se prend à rêver : il n'est peut-être pas trop tard pour lui finalement. Et s'il pouvait remonter la pente, lui aussi ? D'ailleurs, son ancienne camarade de classe ne lui a-t-elle pas dit : *« À bientôt ! »* ? N'est-ce pas un signe ?

Alors, que faire ?

Est-ce que je dois la revoir ?

Chapitre 6
L'amitié, c'est quoi ?

Le lendemain matin, Shoya est bien obligé d'emprunter la bicyclette de sa mère pour se rendre au lycée. Ben oui… Pour rembourser sa dette, il a fallu qu'il vende toutes ses affaires : à commencer par son vélo ! Y sont aussi passés son futon, ses vêtements, ses manuels scolaires, son ordinateur… et même son portable.

Quand vient l'heure du déjeuner, les exclamations et les invitations fusent dans la salle de classe.

— Ah, je meurs de faim !

— On mange ensemble, Miko ?

Pas d'humeur sociale – pour changer ! –, le jeune homme, lui, préfère s'isoler et quitte le bâtiment principal pour aller déjeuner tout seul dans la cour déserte. Comme d'habitude… Sauf que cette fois, à sa grande surprise, un autre élève y est déjà installé.

Shoya se prend à éprouver un semblant de compassion pour son camarade d'infortune. *Une autre âme solitaire ?* se demande-t-il. À la réflexion, sa tête lui dit quelque chose… Ne serait-ce pas le garçon assis derrière lui en classe ? Comment s'appelle-t-il, déjà… Tomohiro ?

De petite taille, rondouillard et les cheveux naturellement bouclés, il n'a rien d'un séducteur et ne laisse pas grande impression. Un onigiri dans une main, une crevette frite au bout de ses baguettes dans l'autre, il grignote son repas d'un air absent.

Enfin bon… *On s'en fiche !* se dit Shoya. Ce n'est pas comme s'il s'intéressait à cette âme en peine… D'ailleurs, la présence de son camarade le dérange plus qu'autre chose. Jamais moyen d'être tranquille ! Mieux vaut s'éclipser. Il ne manquerait plus qu'on les surprenne ensemble et qu'on les croie amis…

Si, par le plus grand des hasards, il se trouve qu'ils déjeunent au même endroit et au même moment, à quelques mètres l'un de l'autre, ça ne veut pas dire pour autant qu'ils ont quelque chose en commun. Ah ça non ! Shoya n'a aucune envie qu'on les mette dans le même sac. Après tout, il ne cherche pas à se faire des amis. Sa solitude à lui est un choix…

« Des amis »… Le jeune homme se remémore la question posée à son ancienne camarade de classe la veille : *« Est-ce que tu crois que toi et moi, on pourrait devenir amis ? »* Pourquoi lui a-t-il dit une chose pareille ? Est-ce qu'il le pensait vraiment ? Le sont-ils vraiment devenus ? Shoko lui a appris qu'elle se rendait à son cours de langue des signes tous les mardis… Pourquoi ne pas retourner la voir à ce moment-là ? Ce serait l'occasion rêvée de savoir où ils en sont, tous les deux. Mais peut-être que le *« À bientôt ! »* qu'elle lui a adressé n'était pas du tout une invitation à revenir la voir. Et si elle avait juste voulu se montrer polie ?

Dans l'esprit du jeune homme défilent un milliard de scénarios qu'il rejette les uns après les autres. S'il retourne la voir le mardi suivant, que faire ensuite ? Prendre des cours de langue des signes ? L'espace d'un instant, il s'imagine en train d'apprendre à signer aux côtés de Shoko. Non, c'est un peu gros comme prétexte... Et s'il fait style de la recroiser plutôt par hasard ? Ça ne marche pas non plus parce que dans ce cas, il risque de tomber aussi sur la mère de la jeune fille...

Non, il lui faut trouver une raison valable pour approcher Shoko. Lui apporter une corbeille de fruits pour se faire pardonner de toutes les crasses qu'il lui a faites en primaire ? Et si Mme Nishimiya s'en prend encore à lui ? Il n'a aucune envie de tenter le sort !

D'ailleurs, est-il seulement digne de revoir Shoko ? À tous les coups, la réponse est non, doublée d'une gifle bien sentie pour lui remettre les idées en place... Ah, cette situation est tellement frustrante ! Shoya s'en arrache les cheveux. Comment savoir quoi faire ? Quelle excuse invoquer pour rendre visite à Shoko sans s'afficher et sans risquer de se prendre une veste ni de la part de la principale intéressée ni de la part de sa mère ?

La question le taraude à toute heure du jour et de la nuit, qu'il fasse ses devoirs ou qu'il prenne son bain. Ça en tourne presque à l'obsession.

Quand le mardi suivant arrive, il n'a toujours pas la réponse à son dilemme cornélien. Ce matin-là, pendant qu'il gare le vélo de sa mère sur le parking du lycée, il en est encore à peser le pour et le contre lorsqu'il entend une voix derrière lui :

— Eh, tu me prêtes ton vélo ?

Croyant que c'est à lui qu'on s'adresse, il se retourne, le cœur battant à tout rompre... et pousse un ouf de soulagement : heureusement, ce n'est pas lui qu'on a interpellé. Curieux, il ne peut toutefois s'empêcher de tendre l'oreille pour suivre l'échange.

— Pourquoi ?

— Juste le temps d'aller m'acheter à manger.

— Tu n'as qu'à prendre le tien !

À mieux y regarder, il reconnaît un des deux protagonistes : le garçon qui fait de la résistance n'est autre que… Tomohiro !

— Je n'en ai pas ! Allez, sois sympa, quoi… Je te le rends après la pause déjeuner, promis !

La situation dégénère quand l'autre garçon essaie de s'emparer de force du vélo. Tomohiro proteste alors avec véhémence. Il ne semble pas avoir l'intention de se laisser faire.

— Eh oh ! Bas les pattes ! Au secours ! À l'aide !

Tirée dans tous les sens, la bicyclette se met à grincer de manière inquiétante. *Pourquoi faire tant tout une histoire pour un simple vélo ?* se demande Shoya en observant la scène. Et puis pourquoi Tomohiro ne veut-il pas le prêter ? C'est ridicule… Mais bon, ce ne sont pas ses oignons. Il ferait mieux de mettre les voiles. Trop tard ! Voilà qu'il vient de croiser le regard baigné de larmes de son camarade, qui hurle de plus belle :

— À l'aide !

Shoya hésite… Il n'a pas envie de se mêler de ce qui ne le regarde pas mais, en même temps, à présent que Tomohiro l'a repéré, il est impliqué malgré lui dans cette affaire. Impossible de faire comme si de rien n'était… Il se met à penser à Shoko. Que dirait la jeune fille de son comportement ? S'il ne change pas dès maintenant, c'est qu'il ne mérite pas de la revoir, tente-t-il de se convaincre. Et puis, c'est pour la bonne cause... Désignant sa propre bicyclette de la main, il s'approche des deux garçons :

— Tu n'as qu'à prendre le mien, si tu veux, offre-t-il à l'inconnu.

— Sérieux ? Trop cool ! s'écrie son interlocuteur avant d'enfourcher le vélo et de disparaître aussitôt.

Tomohiro, recroquevillé au sol, n'en revient pas.

— Tu es bête ou quoi ?

Qu'est-ce qui lui prend ? s'agace Shoya. *Ne me dis pas merci, surtout !* S'il n'est pas content, il n'avait qu'à se débrouiller tout seul ! On croit rêver... Révolté par autant d'ingratitude, il tourne les talons et laisse son camarade en plan. L'objectif ? Mettre autant de distance que possible entre lui et cet énergumène.

Le soir, après les cours, lorsqu'il retourne sur le parking, son vélo n'est toujours pas revenu à sa place. Il doit se rendre à l'évidence : il s'est fait avoir comme un bleu ! Pourquoi faut-il toujours que ça lui tombe dessus ? Ce n'est même pas le sien, en plus... C'est celui de sa mère ! Et, bien sûr, impossible de se rappeler la tête du voleur... Ce serait trop beau. Pas le choix : il n'a plus qu'à rentrer à pied.

Furieux contre lui-même, Shoya se met à considérer cette mésaventure comme un signe du destin. C'est même un avertissement : s'il persiste à vouloir retrouver Shoko, il ne lui arrivera que des problèmes... C'est forcément ça, non ?

Tout à coup, il est sorti de ses réflexions par un homme, posté au coin de la rue.

— Tenez ! Passez nous voir ! s'écrie-t-il.

Sur le coupon de réduction qu'on vient de lui fourrer entre les mains, Shoya peut lire : « Venez goûter notre tout nouveau pain ! » L'information fait tilt dans son esprit et un souvenir remonte à la surface : les carpes koïs frétillant dans la rivière, la gueule ouverte dans l'attente de leur pitance.

Cette fois, pas de doute, l'univers le met sur la bonne voie ! Mais oui, tout s'éclaire à présent : s'il s'est fait voler sa bicyclette aujourd'hui, c'est précisément pour faire ce détour et tomber sur cette publicité ! Repérant l'adresse de la boulangerie sur le prospectus, il décide d'y faire un tour sans tarder.

Plus tard, ce soir-là, il se rend au cours de langue des signes de Shoko d'un pas décidé. Mais son capital de confiance en lui fond comme neige au soleil une fois arrivé devant la porte de la salle de classe. Au moment de frapper, d'ailleurs, sa main se met à trembler. Après avoir toqué, les secondes lui semblent durer une éternité jusqu'à ce qu'un garçon, plus jeune que lui de quelques années, finisse par lui ouvrir. Planté sur le seuil, Shoya, un sourire forcé aux lèvres, bredouille :

— Bon… Bonjour… Est-ce que Mlle Nishimiya est là ce soir ? Je m'appelle Shoya Ishida, je suis un de ses… euh… un de ses amis… Enfin, un des amis de Shoko, pas de sa mère ! Ha ha ha ! Mme Nishimiya n'est pas là, au moins ?

Il n'en mène pas large et la nervosité le fait se répandre en bla-bla inutile. Faites qu'on l'arrête ! Mais non, il poursuit sur sa lancée quand il remarque les yeux étonnés de son interlocuteur se fixer sur l'immense baguette qu'il tient sous le bras.

— Ah… pourquoi le pain ? Eh bien, c'est pour Shoko. En fait, je passais par là et je suis tombé sur une super boulangerie tout à fait par hasard. Du coup, j'ai acheté une baguette en me disant que ça pourrait l'intéresser… Pour nourrir les carpes… Parce qu'elles aiment bien le pain… Enfin, Shoko leur donne du pain donc je me suis dit qu'elles devaient aimer ça…

Craignant de passer pour un type louche, Shoya n'en finit plus de se justifier. Après de longues secondes d'un silence embarrassant, son interlocuteur se décide à mettre fin à son calvaire.

— Elle n'est pas là, répond-il sèchement.

Pourtant, lorsque le jeune homme jette un coup d'œil par l'entrebâillement de la porte, il ne peut que constater la présence de la jeune fille dans la salle de classe. A-t-il mal entendu les propos du garçon qui lui barre l'entrée ? Il retente sa chance.

— Elle n'en voudra pas, c'est ça que tu veux dire ?

— Je te dis qu'elle n'est pas là, s'obstine le cerbère.

C'est quoi, ces salades ? Il n'est pas aveugle : son ancienne camarade est pile dans son champ de vision, assise derrière un pupitre ! Pourquoi prétendre le contraire ?

— Mais, je la vois, elle est juste là… dit-il en montrant Shoko du doigt.

Son interlocuteur ne daigne même pas se retourner pour voir qui il désigne. À la place, il l'interroge, soupçonneux :

— Excuse-moi de te demander ça, mais… vous êtes vraiment amis, tous les deux ?

Pris de court, Shoya en reste coi. Il faut dire que le garçon marque un point : de quel droit se fait-il passer pour l'ami de Shoko alors que la situation entre eux n'a toujours pas été éclaircie et que lui-même se pose encore tout un tas de questions ? Il tente une nouvelle fois de s'expliquer :

— Eh bien, c'est que... Je voulais juste lui dire bonjour... Allez, quoi, tu peux bien me laisser passer, j'en ai pour deux minutes à tout casser, promis !

Devant le refus de son interlocuteur, Shoya commence à perdre patience. Après tout, il n'a besoin de l'autorisation de personne pour parler à Shoko – et encore moins de celle d'un sale garnement qui lui bloque le passage !

— Et puis, tu es qui, toi, d'abord ? demande-t-il au cerbère.

— Elle n'est pas là, se contente de répéter pour la énième fois le garçon avant de lui claquer la porte au nez.

Resté seul dans le couloir, sa baguette toujours sous le bras, Shoya n'en revient pas de cette brutale fin de non-recevoir. Désemparé de ne pas avoir pu parler à Shoko, il finit par sortir du bâtiment, la tête basse, pour prendre le chemin du retour en grignotant distraitement son butin, plongé dans ses pensées.

« Vous êtes vraiment amis ? » La question du garçon ne cesse de repasser en boucle dans sa tête. *L'amitié, c'est quoi, de toute façon ?* se demande Shoya. *À partir de quel moment est-ce qu'on peut se dire : « on est amis » ? Dès le premier regard ? Quand on s'échange nos numéros ? Ou encore quand on se prend en photo ensemble ?* Il repense à tous ses camarades de classe, tous ces groupes d'amis qui

ont l'air de bien s'amuser. Et eux ? Est-ce qu'ils savent vraiment ce que c'est, l'amitié ?

Il tourne et retourne le problème dans tous les sens quand, arrivé devant chez lui, une voix l'interpelle :

— Ah, Shoya ! Ce n'est pas trop tôt... Ça fait des plombes que je fais le pied de grue devant chez toi. Regarde un peu ce que je te ramène ! Heureusement que ton adresse était écrite dessus !

L'intéressé relève la tête et n'en revient pas : devant lui se tient Tomohiro et, à ses côtés... la bicyclette qu'on lui a volée ce matin !

— Tu as récupéré mon vélo ? demande-t-il, incrédule.

— Eh oui ! répond l'autre élève, un sourire radieux aux lèvres. Je l'ai cherché partout. J'ai fini par le retrouver abandonné dans un champ !

Shoya fixe d'un regard perplexe ce quasi-inconnu qui s'est donné tant de peine pour le tirer d'affaire. Jusqu'ici, il n'accordait jamais aucune attention à ses camarades de classe, persuadé que pas un seul d'entre eux n'avait le moindre intérêt, que toute relation était vouée à l'échec. Les yeux ronds, il prend le temps, pour la première fois depuis des années, de contempler le visage de son interlocuteur, redevenu comme par magie un être humain à part entière.

— Heureusement que je suis là, pas vrai ? continue le garçon, sans remarquer le trouble de Shoya.

— Mais... tu n'étais pas obligé de...

— Bah, c'est normal, après ce que tu as fait pour moi ! Hmm... Il a l'air super bon, ce pain !

— Quoi ? Ah oui, je l'ai acheté dans une boulangerie qui vient d'ouvrir... Tu en veux un bout ?

Et voilà comment Shoya se retrouve à partager un repas avec quelqu'un qui ne fait pas partie de son cercle familial. Ce qui n'était pas arrivé depuis des années…

Au bout du compte, Shoya a beau ne pas avoir réussi à parler à Shoko aujourd'hui, sa journée n'est pas perdue pour autant. Non seulement il vient de retrouver son vélo mais, en plus, à sa grande surprise, il a fait la connaissance d'un de ses camarades de classe, celui-là même qui est assis derrière lui en cours et qui vient de lui rapporter sa bicyclette. Son nom ? Tomohiro Nagatsuka.

Ce nouveau rebondissement fait s'interroger le jeune loup solitaire qu'il est jusqu'à tard dans la nuit : est-ce dans ces moments-là que naît l'amitié ? Tomohiro et lui sont-ils amis, à présent ?

Le lendemain matin, au lycée, la réponse semble très claire pour son camarade de classe qui, étranger à ses interrogations, lui propose de but en blanc :

— Eh, Shoya… Maintenant qu'on est potes, ça te dirait qu'on aille au ciné après les cours ?

L'espace d'un instant, le jeune homme hésite. Il faut dire qu'il n'est plus habitué à ce type de sortie « entre potes ». Malgré son scepticisme, il finit quand même par accepter la proposition.

Le soir, quand arrive l'heure de la séance et qu'il traîne encore un peu des pieds, son camarade, lui, ne cache pas son enthousiasme.

— Allez, dépêche-toi ! Le film va bientôt commencer.

Assis dans la salle obscure, Shoya épie du coin de l'œil Tomohiro, qui pleure à chaudes larmes. Est-ce qu'il a vraiment envie d'être ami avec une madeleine pareille ? Le jeune homme, dubitatif, ne sait toujours pas sur quel pied danser…

La séance terminée, les deux camarades de classe s'installent ensemble au fast-food du coin, pour manger frites et hamburgers. Tomohiro ne tarit pas d'éloges sur la superproduction qu'ils viennent de voir.

— Franchement, j'ai adoré ! Pas toi ? J'aimerais trop réaliser des films, moi aussi…

— Vraiment ? Bah, pourquoi tu n'essaies pas ?

— Attention, si tu m'encourages, je vais me lancer ! Hollywood n'a qu'à bien se tenir, j'arrive !

Un sourire teinté de nostalgie naît sur le visage de Shoya. Ce n'est pas si désagréable que ça, finalement, de profiter de la compagnie de quelqu'un d'autre que la sienne… D'ailleurs, il y a longtemps qu'il ne s'était pas senti aussi bien. Ça doit remonter à l'époque de son amitié avec Kazuki et Keisuke, avant l'arrivée de Shoko dans leur école.

À l'évocation de la jeune fille, sa bonne humeur retrouvée se flétrit et son sourire s'évanouit sur ses lèvres. Son camarade s'en aperçoit sur-le-champ.

— Ça va ? s'inquiète-t-il en le voyant pâlir.

— Oui, oui, impec ! répond Shoya en secouant la tête pour chasser les mauvais souvenirs. Au fait… Euh… Je me demandais… Comment tu définirais l'amitié, toi ?

Tomohiro trempe une de ses frites dans le ketchup devant lui et la brandit entre ses doigts telle une cigarette, avant de répliquer d'une voix pleine de maturité :

— A-t-on véritablement besoin de la définir ?

Devant cette réponse inattendue et un peu fumeuse, Shoya se dandine sur sa chaise. C'est qu'il s'attendait à plus de concret… Sans se démonter, il insiste :

— Eh bien… pas forcément, c'est sûr. Mais… tu ne crois pas que l'amitié, ça se mérite ? Imagine un garçon… le genre sale gosse qui passe son temps à embêter une fille de sa classe, par exemple. Après des années, la mère de sa camarade lui en veut toujours à mort, mais la fille, elle, finit par lui pardonner. Comment est-ce que le garçon peut savoir s'il mérite vraiment son amitié ?

— En lui posant la question ! C'est le meilleur moyen de tirer les choses au clair, tranche son voisin de table avant de le regarder droit dans les yeux. Mais au fond, pour moi, l'amitié, ça va bien au-delà des mots ou de la logique.

Avec un tel discours, il ressemble bien plus à un vieux sage qu'à un lycéen lambda…

Le mardi suivant finit par arriver et Shoya, une fois n'est pas coutume, se rend au cours de langue des signes. Fébrile, il frappe d'un poing mal assuré à la porte… qui s'ouvre sur un garçon, celui-là même qui l'avait empêché de voir Shoko la semaine précédente. C'est bien sa veine… À peine a-t-il aperçu celui qui ose troubler la tranquillité du cours du jour que le cerbère en culotte courte s'empresse d'annoncer :

— Elle n'est pas là.

Un simple coup d'œil à l'intérieur de la salle permet à Shoya de vérifier le contraire.

— Mais je la vois d'ici ! proteste-t-il.

— Et moi, je te dis qu'elle n'est pas là, s'entête le garçon, impassible.

Bien décidé à suivre le conseil de Tomohiro, le jeune homme opte pour la sincérité dans l'espoir de faire fléchir son adversaire.

— Écoute… La semaine dernière, tu m'as demandé si Shoko et moi on était amis. Pour être honnête, je n'en sais rien… Mais c'est pour ça que j'aimerais lui parler : pour pouvoir lui poser la question directement.

Le garçon qui fait barrage – pas le moins du monde amadoué par la confession qu'il vient de recueillir – ne tarde pas à riposter par tout autant de franc-parler :

— Si tu es juste venu pour te racheter une conduite, tu peux repartir tout de suite !

Cette réponse lui fait l'effet d'un uppercut et Shoya, décontenancé, recule d'un pas. Est-ce que le cerbère a raison ? Est-il venu dans le seul but de soulager sa conscience ? Est-ce par égoïsme qu'il s'obstine à vouloir parler à son ancienne camarade ? Perplexe, il ne sait pas quoi répliquer.

— Allez, salut ! lance son interlocuteur pour clore la discussion.

Mais, pile au moment où il s'apprête à refermer la porte de la salle, il se retrouve agrippé par le col de sa parka par un lycéen aux cheveux bouclés qui le soulève dans les airs.

— Qu'est-ce que… s'écrie le cerbère.

— Tu es bouché ou quoi ? l'interrompt son agresseur. Mon pote est venu voir Shoko ! Alors arrête de discuter et va la chercher ! C'est compris ?

— Tomohiro… s'exclame Shoya qui n'en croit pas ses yeux en reconnaissant son camarade de classe. Mais qu'est-ce que tu fabriques ici ?

— Ben, je t'ai suivi. C'est normal de soutenir ses potes, non ? répond l'intéressé.

Puis il relâche le col du cerbère, qui vient s'écrouler par terre. Peu impressionné, le garçon ne se laisse pas intimider par le nouveau venu.

— Oh, comme c'est mignon ! ricane-t-il. Alors, on dirait bien que tu t'es trouvé un ami avec une crotte sur la tête ? Vous faites la paire, tous les deux !

— Répète un peu, pour voir, minus ! réplique Tomohiro qui ne compte pas laisser passer un tel affront et empoigne déjà le col de celui qui vient de l'insulter.

— Lâche-moi, espèce de tête de crotte ! se met à hurler sa victime.

Le vacarme commence à attirer l'attention. Shoya, agacé par l'attitude de son camarade de classe, fait de son mieux pour le calmer en lui enjoignant de se taire.

— Arrête, Tomohiro, laisse tomber… Viens, on y va ! Tu fais trop de bruit, on va se faire virer.

Trop tard ! Plusieurs élèves du cours de langue des signes approchent déjà, attirées par le tapage.

— Tiens, mais c'est le garçon de l'autre jour ?

— Le petit ami de Shoko ?

— Qu'est-ce qui l'amène, aujourd'hui ?

— Mais non ! Ce… ce… ce n'est pas du tout ce que vous croyez ! s'écrie Shoya, le rouge au front, avant de s'enfuir à toutes jambes.

— Tout ça pour ça… soupire Tomohiro, dépité.

Shoko à ses côtés, le cerbère, lui, affiche un sourire triomphant.

Encore un échec ! rage Shoya. Quelle poisse ! À quoi joue Tomohiro, à la fin ? Pourquoi ne se mêle-t-il pas de ses oignons, celui-là ? Après tout, il ne lui a rien demandé !

Non sans pousser un soupir désespéré, il se repasse l'incident tout en se dirigeant vers le pont où Shoko et lui ont nourri les carpes la première fois qu'il est venu la voir.

Sans prévenir, quelqu'un lui attrape la main. Il fait volte-face pour se retrouver nez à nez avec... son ancienne camarade ! Le front perlé de sueur et le souffle court, on dirait qu'elle a couru pour le rattraper.

— Tiens, Shoko... Euh... Ça... ça va ? bredouille le jeune homme, les joues empourprées.

Postés à la fenêtre de la salle de cours, Tomohiro et le cerbère assistent à la scène entre Shoya et Shoko.

— Zut, elle l'a rattrapé ! peste le garçon, l'œil collé au viseur de son appareil photo.

— Un point pour Shoya, un ! s'écrie le lycéen aux cheveux bouclés, soulagé que tout ne soit pas perdu pour son ami. Mais qu'est-ce qu'il fabrique, à agiter les mains comme ça ?

— Ben, il signe ! répond l'autre, qui continue d'épier la scène en contrebas par le biais de son appareil.

— Ça alors... Mais c'est qu'il est bourré de talent, ce Shoya ! (Puis, passée l'excitation, une prise de conscience s'impose à lui.) Mais alors... ça veut dire que Shoko est...

— Malentendante, oui... complète l'autre à sa place.

Cette révélation plonge Tomohiro dans une profonde réflexion. Il se met à repenser à la conversation qu'il a eue l'autre jour avec Shoya sur la définition de l'amitié et au petit scénario imaginé par son camarade de classe. Dans cette histoire, est-ce que la fille dont il parlait était… Shoko ? Puis, se rendant compte que le cerbère en culotte courte n'a toujours pas décollé l'œil de son appareil photo, il l'interpelle :

— Eh, toi !

— Quoi encore ? grogne le garçon.

— Tu espionnes leur conversation, c'est ça ? Sale petite fouine… (Puis, après un silence.) Bon alors, qu'est-ce qu'ils racontent ?

— La barbe ! proteste l'espion en herbe, avant de se mettre à traduire les signes à contrecœur. (Shoko brandit l'index.) « C'est qui, le garçon, avec la grosse crotte sur la tête ? Pas ton ami, quand même, si ? » (En réponse, Shoya écarte les deux mains.) « Cet étron géant ? Inconnu au bataillon. »

— Arrête de te ficher de moi ! s'emporte Tomohiro.

D'un air excédé, le garçon lève les yeux au ciel avant de reprendre sa surveillance et d'interpréter les gestes de Shoya.

— « Je suis désolé. Quand je repense à ce que je t'ai fait… Je me dis que je ne mérite peut-être même pas de te parler aujourd'hui. Ces deux dernières semaines ont été un cauchemar. Ça me travaillait tellement… Je me demande si on peut vraiment devenir amis, toi et moi. »

Enfin, les pièces du puzzle s'imbriquent pour Tomohiro, qui commence à y voir plus clair.

— Pauvre Shoya… Alors c'est cette histoire qui lui mettait le moral dans les chaussettes ?

C'est pour ça qu'il m'a demandé comment je définirais l'amitié ! ajoute-t-il pour lui-même.

Pendant ce temps-là, l'espion en herbe continue son travail d'interprète. Cette fois, ce sont les gestes de Shoko qu'il décrypte.

— « Je suis contente que tu m'en parles. »

À peine a-t-il traduit cette phrase qu'il s'en étonne.

— Comment ça, elle est « contente » ?

Incrédule, il regarde de nouveau par le viseur de son appareil afin de s'assurer qu'il ne s'est pas trompé dans son interprétation.

— « En fait, moi aussi je me suis posé la même question… C'est drôle, tu ne trouves pas ? »

Sur le pont qui enjambe la rivière, les deux anciens camarades de classe échangent un sourire, soulagés de constater qu'ils sont sur la même longueur d'onde : chacun a pris le temps de la réflexion et en est venu à la même conclusion que l'autre. Puis la jeune fille extrait d'un sac des bouts de pain qu'elle se met à jeter aux carpes. Bien vite, Shoya l'imite. Lui aussi a ramené de quoi nourrir les poissons : une baguette tout juste sortie de chez le boulanger. Côte à côte, ils s'emploient donc à la tâche.

Devant cette scène, le jeune espion en herbe, l'air absent, se demande, dans un murmure :

— Pourquoi ? Tu n'as pas besoin de lui pour être heureuse. Je t'adore, sœurette, mais qu'est-ce que tu peux être bête, parfois…

Ses paroles se perdent avec le vent.

Le lendemain, au petit-déjeuner, la mère de Shoya s'étonne de la bonne humeur de son fils.

— Dis donc, tu es bien joyeux, ce matin…

— Qui ça, moi ? lui demande le jeune homme. Pas spécialement, pourquoi ?

— Menteur ! Tu n'arrêtes pas de sourire !

— Mais pas du tout, tu te fais des idées ! réplique-t-il, ne rêvant que d'une chose : devenir invisible. Bon, alors, qu'est-ce qu'on mange ou quoi ? J'ai une de ces faims, moi…

— Ça tombe bien, c'est prêt ! Au fait, mon chéri… ajoute-t-elle l'air de rien en lui servant un œuf au plat. Pourquoi est-ce que tu avais l'intention de te suicider ?

Pris au dépourvu, Shoya en reste muet de longues secondes. Elle avait tout deviné… Il commence à émettre une série de sons inarticulés. Puis il essaie de se sortir de ce bourbier du mieux qu'il peut.

— Euh… Eh bien, c'est-à-dire que… bredouille-t-il. C'est compliqué, tu sais… Je suis désolé, mais…

Sa mère le dévisage, atterrée. Jusque-là, elle avait simplement une terrible intuition, mais à le voir tenter désespérément de se justifier, le doute n'est plus permis : elle a vu juste.

— Alors, c'est vrai ? Tu avais vraiment l'intention de le faire ? explose-t-elle.

Zut, il s'est fait avoir comme un bleu ! Il aurait peut-être eu une chance en feignant l'incompréhension la plus totale mais, là, il est trop tard. Pris au piège, Shoya ne peut plus reculer : l'heure de rendre des comptes a sonné.

— Je savais que c'était louche ! continue sa mère, furieuse. Tu as laissé ta chambre dans un état impeccable, impossible de te joindre par téléphone et surtout quand j'ai vu cette date entourée sur ton calendrier…

Elle agite devant le nez de son fils le bloc avec sa feuille rafistolée à coups de ruban adhésif, avant de brandir l'enveloppe qu'il lui avait laissée sur son oreiller, ce jour-là. Dans son autre main, elle tient un briquet allumé. Elle le menace :

— Si tu ne me promets pas d'arrêter ces bêtises, je brûle cette enveloppe. Je n'hésiterai pas une seule seconde, tu peux me croire ! Toutes les économies que tu as gagnées à la sueur de ton front vont y passer !

— Quoi ? Mais non, ne fais pas ça ! s'écrie Shoya, épouvanté par l'air grave de sa mère.

— Comment peut-on être aussi stupide ? Qu'est-ce qui t'est passé par la tête, à la fin ? hurle-t-elle en tremblant de rage.

— Je suis vraiment désolé, maman… Je te jure… Mais c'est fini, tout ça, je ne recommencerai pas ! supplie-t-il en se faisant tout petit.

— Tu imagines la trouille que tu m'as fichue ! Alors écoute-moi, c'est bien simple : je vais brûler cette enveloppe et tu seras obligé de rester en vie pour travailler et me rembourser !

— Quoi ? Mais qu'est-ce que tu…

— Et quand tu auras refait des économies, *idem*, j'y mettrai le feu. Et ainsi de suite, jusqu'à la fin des temps… Tant que tu n'auras pas promis de rester en vie, cet argent, je le brûle !

— Pardon, maman ! Je te jure, je ne le ferai plus !

— Qu'est-ce que tu ne feras plus ? Je veux l'entendre ! insiste-t-elle, les joues baignées de larmes.

Shoya n'a jamais vu sa mère dans un état pareil. Mais pas de doute : à cet instant précis, elle ne plaisante pas, elle pense chaque mot qu'elle prononce. S'il n'obtempère pas sur-le-champ, elle mettra sa menace à exécution, c'est clair. De peur que sa mère, aveuglée par la rage et le chagrin, n'enflamme les billets trop tôt par erreur, il se jette à genoux, pose le front au sol et s'écrie, rongé par les remords :

— Je n'essaierai plus de me suicider ! Je te le promets !

— C'est vrai ? Je peux vraiment te croire ? demande-t-elle en reniflant.

À ce moment précis, la flamme du briquet finit par lécher l'enveloppe et l'embraser.

— Oh non ! s'écrie la mère de Shoya.

— Quoi ? s'étrangle le lycéen en relevant brusquement la tête.

— Ah, ça brûle !

Quelques minutes plus tard, les Ishida en sont réduits à contempler les économies d'une vie : elles gisent dans une assiette, complètement carbonisées.

— Oh là là… marmonne la mère de Shoya en se passant les doigts sous l'eau. Je suis vraiment désolée, mon chéri… Mais ne t'en fais pas. De toute façon, je n'avais aucune envie de me servir de cet argent-là.

— Je te rembourserai, promis ! lui assure son fils.

— Merci ! C'est adorable, mais rien ne presse. Tu peux prendre ton temps… Allez, ouste, file en cours !

le chasse-t-elle, un petit sourire aux lèvres, signe que la tempête est passée.

Tout en pédalant, Shoya repense à la promesse qu'il vient de faire. Oui, il compte bien rembourser à sa mère l'énorme somme que ses bêtises ont coûtée quand il était petit, faire table rase du passé et commencer enfin à vivre…

Chapitre 7
Shoko a un petit ami !

Sur le chemin du lycée, ce matin-là, Shoya prend son mal en patience le temps que le feu passe au vert. Au moment où il s'apprête à redémarrer, il aperçoit un visage familier : celui du cerbère du cours de langue des signes, qui voulait l'empêcher de voir Shoko.

Non loin, juché sur un pont, le garçon vient de remonter un filet. En tombe un poisson, inerte… mort. Et voilà qu'il se met à le photographier sous tous les angles, sous les yeux ébahis de Shoya.

Mais qu'est-ce qu'il fabrique ? se demande le jeune homme. *C'est super glauque ! Et puis, je ne sais pas trop quel âge il a, mais je suis à peu près sûr qu'il devrait être en cours, lui aussi.*

Ses prises de vues terminées, le photographe doit sentir qu'on l'observe, car il se retourne, se fige un instant… puis se met à courir vers l'indiscret. Quand il arrive près de Shoya, il saute dans les airs et, pied en avant, vient percuter le vélo du lycéen qui en perd l'équilibre avant de se retrouver les fesses par terre.

— Non mais ça ne va pas la tête ? s'écrie ce dernier, sous le choc.

Son assaillant, pas du tout désolé, sourit.

— Laisse-moi t'expliquer un truc, réplique-t-il. Tous ceux qui s'approchent de Shoko ont affaire à moi !

— Pardon ?

— Si on compte un coup de pied par seconde passée avec elle, ça donne quoi ? Un million ?

Sans attendre la réponse de sa victime, il se met à la rouer de coups, encore et encore, en comptant à voix haute chacune des frappes.

— Aïe ! Mais arrête ! Qu'est-ce que je t'ai fait, à la fin ?

Interrompant son tabassage en règle, le garçon s'accroupit aux côtés de Shoya et colle sa tête sous le nez du lycéen.

— Sens mes cheveux ! lui ordonne-t-il.

— Que je fasse quoi ?

Bien que profondément déconcerté, Shoya s'exécute, sans trop savoir où veut en venir son tortionnaire, qui s'empresse de poursuivre :

— Ils sentent bon, pas vrai ? Shoko et moi, on utilise le même shampoing ! dit-il en s'écartant, tout fier de lui.

— Euh… O.K… Et alors ? demande le lycéen qui se relève à son tour et redresse son vélo dans le même temps.

— Tu es un peu long à la détente, toi, dis donc ! se moque le cerbère, un sourire en coin. Hier, on a pris un bain ensemble… Elle sort avec moi, alors tu n'as pas intérêt à t'approcher d'elle ! C'est clair ?

Sonné par cette révélation choc, Shoya en lâche sa bicyclette, qui vient heurter le sol avec fracas. Il lui faut quelques secondes pour retrouver l'usage de la parole.

— Oh… finit-il par dire en redressant son vélo pour la seconde fois. Ça alors, c'est vrai ? Eh ben, pour une surprise… Alors, comme ça, elle préfère les garçons plus jeunes ? Quelle tuile ! (Puis il tapote son guidon tout cabossé afin de dissiper tout malentendu.) Pour le vélo, bien sûr !

— Tu n'es pas en retard pour le lycée ? s'impatiente son interlocuteur.

— Zut, il faut que j'y aille ! dit Shoya en enfourchant sa bicyclette à la hâte.

Avant de repartir, il pose une main sur l'épaule du petit ami de Shoko et déclare :

— Désolé, je ne savais pas que vous sortiez ensemble.

— À partir de maintenant, tu ne referas plus la même erreur.

Déjà reparti en pédalant aussi vite qu'il le peut, le jeune homme n'entend pas les dernières paroles du garçon :

— Crétin…

À quelques encablures du lycée, l'image de Shoko et du cerbère tourne en boucle dans l'esprit de Shoya. Comment a-t-il pu être aussi aveugle et ne pas voir qu'ils sortaient ensemble ? *L'idée ne m'a même pas effleuré !* se rend-il compte. *Mais bon, rien d'étonnant… Et puis, dans le fond, tant mieux pour elle ! Si elle est heureuse, alors c'est l'essentiel. Oui, je suis content pour elle*, ne cesse-t-il de se répéter pour s'en convaincre lui-même. *Très content, même…*

Enfin arrivé au lycée, le jeune homme traverse les couloirs de l'établissement au pas de course avant de s'installer à sa place habituelle, le souffle court mais soulagé d'être dans les temps à sa première heure de cours. À peine a-t-il commencé à sortir ses affaires de son sac que son voisin de devant se retourne pour lui faire lire un article de fait divers sur son téléphone.

— Salut, Shoya ! Tiens, regarde, c'est du lourd ! Non mais qu'est-ce qui t'a pris ?

« "Qui osera passer mes épreuves de courage ?" Un adolescent se vante de son comportement dangereux et irresponsable sur les réseaux sociaux », peut-il lire.

Le billet montre la photo d'un garçon en train de sauter du haut d'un pont. Malgré l'épais trait noir qui masque les yeux du fauteur de troubles pour protéger son identité, il n'y a pas de doute possible pour Shoya : c'est bien lui. De quand date ce cliché ? Sans doute de la fois où il a plongé à la rescousse de Shoko, tombée dans la rivière après que Mme Nishimiya y a jeté le vieux cahier de communication de sa fille. Mais qui a bien pu prendre cette photo ? *C'est quoi, ce délire ?*

— On dirait bien que c'est moi, oui… confirme Shoya, qui tente de trouver un sens à toute cette histoire. Mais je n'ai jamais posté ça sur les réseaux sociaux. Je ne sais même pas d'où sort cette photo…

Autour de lui, la rumeur de la présence de l'article en ligne se répand parmi ses camarades, qui se mettent à échanger des murmures entre eux, jusqu'à ce qu'une enseignante dont Shoya est incapable de se rappeler le nom pénètre dans la pièce pour réclamer le silence.

— M. Ishida ! Vous êtes convoqué en salle des professeurs. Veuillez vous y rendre immédiatement, lui ordonne-t-elle avant de placarder une affiche au mur.

AVERTISSEMENT

En conséquence de son comportement indigne d'un étudiant de cet établissement, Shoya Ishida, élève de Terminale B, est exclu pour une semaine.

Le proviseur

Le lendemain, chez les Nishimiya, Shoko est tranquillement en train de prendre un bain quand sa sœur, Yuzuru, décide de se glisser en face d'elle dans la baignoire – non sans projeter des gerbes d'eau un peu partout –, avant d'entamer la conversation.

— *Hier, j'ai croisé Shoya, par hasard… Il était avec sa copine.*

De surprise, Shoko laisse tomber dans l'eau le vieux jouet de bain en plastique qu'elle était en train de manipuler rêveusement.

Sous des dehors impassibles, Yuzuru, elle, exulte en secret et exécute même une danse de la joie dans sa tête en criant : « Victoire ! » C'est un véritable coup de maître que vient de réaliser la fille cadette des Nishimiya et elle ne se prive pas pour le célébrer. Car non seulement elle a réussi à se faire passer pour le petit ami de Shoko devant Shoya – ce qui n'a pas manqué de décourager l'effronté – mais, désormais, sa sœur aussi pense que le garçon est en couple – tuant dans l'œuf toute tentative de rapprochement de sa part. Grâce à Yuzuru, ces deux-là ne sont pas près de se rapprocher. Affaire classée !

Après encore quelques minutes passées à discuter de tout et de rien avec son aînée, la jeune fille quitte la salle de bain pour le salon, où sa mère est plongée dans la lecture d'un article de fait divers. Sur la photo qui l'accompagne, on y reconnaît facilement Shoya en train de sauter du haut d'un pont. Quand elle finit par relever le nez de sa tablette, la mère de Yuzuru interpelle sa fille cadette.

— Tu veux bien montrer ça à Shoko, s'il te plaît ? lui demande-t-elle en lui tendant l'appareil où s'affiche l'article. Et dis-lui bien que je ne veux plus qu'elle traîne avec ce garçon.

Mais elle a à peine le temps de finir sa phrase que Shoko arrive à son tour dans le salon. Une fois la tablette entre les mains, elle en reste bouche bée.

Un peu plus tard ce jour-là, Yuzuru part se promener dans le parc pour tenter d'y photographier son sujet favori : les cadavres d'animaux. Mais les propos que lui a tenus sa sœur quand elle a appris que Shoya avait une copine lui reviennent en mémoire : *« S'il est heureux, alors c'est l'essentiel. »*

Et puis quoi encore ? rage-t-elle. *Hors de question que tout s'arrange pour lui. Je le déteste, je le déteste, je le déteste !* Car il a beau avoir appris la langue des signes, ça ne change rien aux yeux de la cadette des Nishimiya. Compte-t-il vraiment se comporter comme si de rien n'était ?

Car avant même d'arriver dans l'école de Shoya, Shoko était déjà victime de harcèlement de la part des autres enfants. Et sa petite sœur, elle, était aux premières loges pour y assister.

Ils sont tous pareils... se dit la jeune fille avec amertume.

Un à un, elle revoit les visages de tous ceux qui se sont moqués de son aînée. Comme elle les a haïes, toutes ces brutes sans cervelle... Mais c'est surtout Shoko qu'elle ne comprenait pas : pourquoi, malgré les conseils répétés de sa petite sœur, ne se mettait-elle jamais en colère ? Son excuse ? Elle prétendait ne pas en être capable. Alors qu'il aurait suffi de se fâcher une bonne fois pour toutes pour qu'ils la laissent tranquille... Yuzuru en est persuadée.

C'est important, de ne pas se faire marcher sur les pieds. Mais Shoko, elle, continuait d'afficher son éternel sourire un peu embarrassé, même sous les jets de pierre. Qui sait ce qu'elle ressentait vraiment, elle qui ne montrait jamais rien ? Au fond, ce n'est pas parce qu'elle souriait qu'elle était heureuse...

Mais rien que la vue du visage impassible de sa sœur mettait Yuzuru hors d'elle. Pas une fois elle ne l'a vue s'énerver. Pas une ! Voilà pourquoi elle se chargeait de remettre à leur place tous ceux qui harcelaient Shoko : pas question de se laisser marcher sur les pieds ! Mais, à la différence de son aînée, jamais elle ne serait capable de pardonner à ces abrutis, elle !

Une fois, une bande de garçons s'en est prise à Shoko, lui balançant méchanceté après méchanceté. Yuzuru a alors réagi au quart de tour et les a bombardés de cailloux, par vengeance. Mais sa sœur s'est interposée. Un petit sourire embarrassé aux lèvres, elle n'a pas bougé, même quand les pierres ont fusé, faisant barrière de son corps pour les protéger, elle et sa cadette, mais sans riposter. Et si Shoko était vraiment incapable de se mettre en colère ? Voilà la question qui tournait en boucle dans la tête de sa petite sœur, à l'époque.

Un autre jour, quelque temps plus tard, Shoko est rentrée de sa nouvelle école dans un sale état, après s'être battue avec un de ses camarades : un garçon du nom de Shoya Ishida. À ce moment-là, Yuzuru nourrissait l'espoir que sa sœur se soit enfin affirmée et rebellée contre ses harceleurs. Mais non… À en croire la rumeur, pendant qu'elle se faisait taper dessus, elle… souriait. Visiblement – et au grand désespoir de sa cadette –, Shoko n'était pas près de changer.

Une fois revenue de sa balade dans le parc, ce soir-là, Yuzuru tombe sur son aînée qui l'attend de pied ferme dans le vestibule.

— *Qu'est-ce que tu fais là ?* s'étonne-t-elle. *Tu n'es pas encore au lit ?*

Sans prendre la peine de répondre, Shoko se précipite vers elle, avant de désigner tour à tour l'appareil photo pendu autour du cou de sa cadette et la tablette de sa mère où est encore affiché l'article sur Shoya.

— *Est-ce que tu as quoi que ce soit à voir avec cette sordide histoire ? Est-ce que c'est toi qui as pris cette photo ?* lui demande-t-elle.

— *Oui !* confirme la coupable, qui ne fait même pas mine de prétendre le contraire. *Je ne peux pas le voir en peinture, ce garçon…*

À peine a-t-elle fini sa phrase qu'elle se retrouve sèchement plaquée au mur par son aînée, qui n'a pas l'air de rigoler, mais alors pas du tout… D'ailleurs, ça ne lui ressemble pas de réagir comme ça. *Et puis, c'est quoi, cette tête ?* se demande la cadette des Nishimiya. *Je ne l'ai jamais vue dans un état pareil…*

Soudain, le jour se fait dans son esprit. Car, pour la première fois de sa vie, elle voit Shoko se mettre en colère – contre sa propre sœur en plus ! Yuzuru en reste comme deux ronds de flan. *Non, impossible…* se dit-elle sans en revenir. La douce, la gentille Shoko, qui passe son temps à accepter les coups sans se départir de son sourire, vient de perdre son calme. Et pourquoi ? À cause de l'implication de sa cadette dans la parution d'un malheureux petit article de rien du tout sur cet abruti de Shoya ? Alors là, on marche sur la tête ! *C'est tellement injuste !* se dit Yuzuru en croisant les bras d'un air de défi.

Face à cette attitude butée, Shoko se met à signer furieusement pour exprimer sa désapprobation, ce qui ne fait qu'exacerber l'irritation de sa cadette, qui l'envoie bouler.

— *Mais laisse-moi tranquille, à la fin !* s'énerve-t-elle en essayant de s'échapper de ce guet-apens.

Devant cette nouvelle rebuffade, les gestes de Shoko, empreints de colère, s'intensifient pour demander à sa sœur de réparer ses bêtises, ce qui ne manque pas de scandaliser Yuzuru.

— *Que moi, j'aille m'excuser ? Et puis quoi, encore ? Il ne manquerait plus que ça…*

Mais son aînée ne compte pas en rester là et insiste encore et encore pour que sa cadette aille présenter ses excuses à Shoya. Elle la menace même de traîner Yuzuru par la peau des fesses jusque chez les Ishida, si bien que la jeune fille finit par céder.

— *Ça va, ça va. Pas besoin de m'accompagner, je préfère encore y aller toute seule !*

L'absence de remords de sa cadette met Shoko hors d'elle. Les reproches fusent. Une fois sa leçon de morale finie, la lycéenne est toute pantelante d'avoir signé à toute vitesse.

— *Pas la peine de t'énerver... Si j'ai fait ça, c'est uniquement pour toi, pour t'aider...* se justifie Yuzuru, les larmes aux yeux, avant d'éclater en sanglots et de sortir en courant de la maison, sans même prendre le temps d'enfiler des chaussures.

Le lendemain, en fin d'après-midi, toujours exclu du lycée, Shoya est attablé à son bureau, concentré sur ses devoirs, lorsque sa sœur aînée fait irruption dans sa chambre pour lui demander d'aller récupérer sa fille, Maria, aux alentours de 17 heures. Comme il n'a pas franchement mieux à faire, il accepte sans trop se faire prier – de toute façon, sa nièce, il en est complètement gaga. Et *vice versa*, d'ailleurs ! Car à peine la petite a-t-elle aperçu son oncle, à la sortie du jardin d'enfants, qu'elle accourt pour l'embrasser.

— Shoya ! s'écrie-t-elle, tout heureuse, avant d'insister auprès du jeune homme, son plus beau sourire sur le visage, pour aller au parc.

Même s'il est privé de sortie – et devrait probablement ramener la fillette à la maison sans tarder au risque de se faire sévèrement taper sur les doigts –, il finit par céder, incapable de refuser quoi que ce soit à ce petit ange qui lui sert de nièce.

Sans la quitter des yeux, il la regarde s'amuser et courir à droite et à gauche jusqu'à ce qu'elle vienne le tirer par la main en s'écriant :

— Shoya ! Shoya ! Viens, j'ai trouvé quelque chose.

Intrigué, il suit la petite jusqu'à un tunnel de l'aire de jeux. Puis, sur les instructions de sa nièce, il se penche pour en examiner l'intérieur. Au fond du tube gît un corps, inerte, pieds nus.

— Ohé ! Tout va bien là-dedans ? demande-t-il avant de grimper dans le tunnel, craignant le pire.

Quand l'inconnu commence à remuer, Shoya pousse un profond soupir de soulagement. Il n'aurait plus manqué qu'il se retrouve avec un macchabée sur les bras ! Mais son soulagement n'est que de courte durée quand il découvre l'identité du dormeur : il s'agit… du petit ami de Shoko en personne !

— Qu'est-ce que tu fais là ? Tu ne devrais pas être en cours ? demande-t-il, surpris de le trouver là.

— Et toi, alors ? lui rétorque le garçon.

— Eh bien… répond Shoya en se passant une main dans les cheveux. En fait, j'ai été exclu… Tu n'as pas vu l'article circuler sur les réseaux sociaux ?

— C'est fou qu'ils t'aient viré, alors que ce n'est même pas toi qui as posté la photo en ligne…

— De toute façon, sauter dans la rivière, c'est interdit… commence-t-il avant de s'interrompre pour se repasser les dernières paroles de son interlocuteur. Attends un peu…

Comment est-ce que tu sais que ce n'est pas moi qui l'ai postée, cette photo ?

— Ben… Parce que c'est moi, le responsable… reconnaît le petit ami de Shoko de but en blanc.

Cet aveu inattendu prend Shoya de court, si bien qu'il en oublie qu'il se trouve dans un tunnel bas de plafond et s'y cogne le haut de la tête en hoquetant de surprise. Face à lui, le coupable garde l'oreille basse, comme s'il s'apprêtait à recevoir sans broncher son châtiment. Mais les injures et les coups ne viennent pas.

— Je… je vois… bredouille Shoya. En un sens, je suis content que ce soit toi…

— Tu es sûr que tu ne t'es pas cogné un peu trop fort la tête ? réplique le petit ami de Shoko, perplexe.

— Mais non… En fait, je comprends pourquoi tu as fait ça.

— Et tu n'es pas fâché ?

— Bah, je l'ai bien cherché, non ?

De son côté, la petite Maria commence sérieusement à s'impatienter de voir que la discussion entre les deux garçons s'éternise… d'autant que son estomac crie famine à présent !

— Shoya ! J'ai faim ! s'écrie-t-elle en les interrompant sans vergogne, un sourire innocent aux lèvres.

— C'est ta fille ? demande le garçon à l'intéressé.

— Bien sûr que non, c'est ma nièce ! répond ce dernier, amusé de l'erreur de son interlocuteur. Bon… Ce n'est pas tout ça, mais il va falloir que j'y aille, moi. Tu ferais bien de rentrer, toi aussi, si tu ne veux pas que tes parents s'inquiètent.

Puis, au moment où il s'apprête à sortir du tunnel, un bruit sourd retentit à ses oreilles : le petit ami de Shoko s'est écroulé, vraisemblablement victime d'un malaise. Revenant sur ses pas, Shoya vole à son secours et l'aide doucement à se redresser.

— Eh, ça va ? Depuis combien de temps est-ce que tu n'as rien avalé ? Ça fait longtemps que tu traînes dehors ?

— J'aime bien faire de longues balades. Et puis, ma mère a l'habitude que je fugue…

Même si c'est la vérité, Shoya ne peut pas en bonne conscience le laisser rentrer chez lui dans un état pareil. Il ne tient même pas debout ! Non, mieux vaut lui proposer de venir chez les Ishida reprendre des forces.

Après lui avoir fourni un bon dîner et proposé de prendre une douche bien chaude, Shoya prête des vêtements propres à son invité avant de lui installer un futon de fortune dans un coin de sa chambre.

Au milieu de la nuit, le jeune homme et sa mère sont réveillés par des coups frappés à la porte du salon *Ishida Coiffure*. Lorsqu'ils ouvrent au nouvel arrivant, c'est avec surprise qu'ils découvrent… Mme Nishimiya ! Le front barré par l'inquiétude, elle se tient sur le seuil de la boutique, sous une pluie battante, armée de trois parapluies qui pendent à son bras.

— Est-ce que… Est-ce que vous avez vu Shoko ? leur demande-t-elle.

— Non, pourquoi ? Qu'est-ce qui se passe ? s'enquiert la mère de Shoya.

— Elle… Elle n'est pas rentrée à la maison après les cours… bredouille la visiteuse.

Sans perdre une seconde, Shoya accepte le parapluie tendu par la mère de Shoko et s'empresse d'aller enfiler une paire de baskets avant de partir en quête de son ancienne camarade de classe. Il a presque fini de nouer ses lacets quand l'invité qui dormait dans sa chambre, réveillé par l'agitation, le rejoint.

— Shoya ? Qu'est-ce que tu fais debout à une heure pareille ? lui demande-t-il d'une voix encore pleine de sommeil.

— Shoko a disparu…

À cette annonce, toute trace de fatigue s'efface du visage du petit ami de la jeune fille. D'ensommeillés, ses yeux commencent à se remplir de larmes – ce que son hôte met sur le compte de l'angoisse. Rien de plus normal que de s'inquiéter pour la disparition de sa petite amie… D'ailleurs, à l'instar de Shoya, il ne semble pas vouloir rester les bras croisés à attendre sagement le retour de Shoko.

— Dis, Shoya… Tu veux bien me prêter des chaussures ? Je voudrais venir avec toi…

— D'accord… Ne t'inquiète pas, on va la retrouver !

Ils se mettent ensuite à sillonner les rues à bicyclette sous des torrents d'eau qui les trempent jusqu'aux os.

— Shoko ! Shoko ! s'époumone Shoya.

— Ça ne sert à rien de l'appeler, elle ne peut pas t'entendre, encore moins avec toute cette pluie ! lui fait remarquer son compagnon de recherche. De toute façon, elle n'a pas l'air d'être dans les parages. Essayons plutôt le parc Suimon !

Ils remontent donc tous les deux sur le vélo et prennent la direction indiquée par le garçon.

— Qu'est-ce qui te fait croire qu'elle sera là-bas ? demande Shoya.

— C'est un endroit où je vais souvent. Je pense qu'elle s'est inquiétée de ne pas me voir et qu'elle est partie me chercher… répond le garçon derrière lui, le visage baigné de larmes autant que de gouttes de pluie.

Une fois arrivé au parc, Shoya continue d'appeler Shoko par son nom en hurlant aux quatre vents – et ce, malgré le regard désapprobateur de son compagnon –, si bien que la fenêtre d'une habitation voisine finit par s'ouvrir brusquement. La tête d'un homme visiblement furieux d'avoir été réveillé au beau milieu de la nuit y apparaît.

— Ce n'est pas bientôt fini, ce boucan ? Où est-ce que vous vous croyez, à la fin ?

— Tu n'as qu'à rentrer, je vais continuer tout seul, propose le petit ami de Shoko.

— Pas question ! réplique aussitôt l'intéressé.

— Pourquoi tu fais ça ? Pourquoi tu m'aides à la retrouver ?

— Tu sais tout, pas vrai ? De ce que j'ai fait à Shoko quand on était petits.

— Oui… Mieux que n'importe qui, d'ailleurs !

— L'autre jour, elle m'a dit qu'elle avait « perdu espoir ».

— Je sais, j'étais là, je te rappelle.

— Bon, au fond, je ne sais pas très bien à quoi elle faisait allusion mais, ce qui est sûr, c'est que c'était ma faute à moi. Alors…

— Tu crois que je ne le sais pas ? s'impatiente son compagnon. Et, donc, c'est quoi, la suite ? Tu vas me sortir que tu te sens coupable et que c'est pour ça que tu as décidé de faire ta bonne action du jour en m'aidant à chercher Shoko, c'est ça ? Que tu te sens responsable ? Que tu t'es trouvé une conscience ? Tu me fais pitié !

— En quoi est-ce que c'est mal de vouloir réparer ses erreurs ? rétorque Shoya, piqué au vif. C'est grâce à Shoko que je ressens tout ça, que j'ai envie de faire mieux. Je n'ai plus l'intention de me défiler devant mes responsabilités, plus depuis que je l'ai revue. Ça peut te paraître idiot, mais... tant que je serai de ce monde, je ferai tout pour elle ! Tout !

Un silence accompagne son aveu.

— Tu penses vraiment ce que tu viens de dire ? lui demande le garçon en le dévisageant.

— Tu ne me crois pas ?

Mais l'air déterminé sur son visage ne laisse aucun doute sur la sincérité de ses propos.

— Vous allez la boucler, oui ! hurle une nouvelle fois le riverain mécontent.

— Bon, allons voir ailleurs... conclut le petit ami de Shoko.

C'est sous une pluie qui semble ne jamais vouloir s'arrêter qu'ils reprennent leur route, vélo en main cette fois. Sans tenir compte de l'inutilité de la méthode – et bien que s'étant moqué de ses efforts infructueux un peu plus tôt –, le compagnon de Shoya se joint à lui pour crier à tue-tête le nom de Shoko.

Tout à coup, un bruit de métal – un « clang ! » sonore – retentit dans la nuit. Les deux comparses, l'oreille tendue, tournent la tête dans tous les sens pour en déterminer l'origine. À mesure qu'ils s'en rapprochent se dessine devant eux un pont suspendu. Dessus se tient Shoko, qui frappe la structure à intervalles réguliers à l'aide d'une barre de fer.

Sans perdre une minute, le petit ami de la jeune fille se met à courir droit sur elle pour se jeter dans ses bras.

Pendant ce temps-là, Shoya en profite pour appeler sa mère d'une cabine téléphonique pour la prévenir qu'ils ont retrouvé Shoko et lui communiquer leur position. Comme pour célébrer la fin de l'incident, la pluie finit par s'estomper en fine bruine une fois tout le monde réuni au même endroit.

Dès son arrivée, Mme Nishimiya ne peut s'empêcher de gronder sa fille – quoique gentiment, il faut bien le dire, tant son soulagement de l'avoir retrouvée saine et sauve est grand. Shoya, lui, qui s'est retiré plus loin pour leur laisser un peu d'intimité, observe la scène quand il croise le regard du petit ami de la jeune fille.

— *À bientôt !* signe ce dernier.

— *Comment ça, « à bientôt » ?* l'interroge le lycéen, perplexe.

— *Si je ne te présente pas mes excuses demain, Shoko va me faire la tronche jusqu'à la fin des temps.*

Surprenant leur échange silencieux, la mère de Shoya, assise derrière le volant de sa voiture, interpelle son fils :

— Tu as appris la langue des signes ? lui demande-t-elle, étonnée.

— Ah… euh… oui, bafouille-t-il.

Quand il entend des bruits de pas s'approcher de lui, il se retourne. Devant lui, à le toiser de haut en bas de son regard glacial, se tient Mme Nishimiya. Le jeune homme se recroqueville un peu sur lui-même de peur de ce qui va suivre.

— Que ce soit bien clair… lui dit-elle d'un ton dur. Quoi que tu fasses, ça n'effacera jamais ce que tu as fait subir à ma fille en primaire.

Puis elle l'abandonne là pour rejoindre Shoko et son petit ami. Soufflé par cette déclaration, qui lui fait l'effet d'une gifle – encore une ! –, Shoya ne peut s'empêcher de lui donner raison.

— J'en suis bien conscient… dit-il, la tête basse, en serrant dans sa main son parapluie.

Le lendemain, le lycéen toujours exclu reçoit chez lui la visite de Tomohiro, qui a décidé de passer à l'improviste.

— Salut, Shoya ! Tiens, je t'ai photocopié les cours, annonce-t-il joyeusement.

Bien vite, tel un ouragan, le meilleur ami autoproclamé du jeune homme répand sa bonne humeur communicative dans la maison des Ishida. À peine a-t-il mis un pied dans la cuisine qu'il se met à aider à la préparation du dîner. Jouant le rôle d'un véritable chef, il va même jusqu'à prodiguer des conseils culinaires sur le menu du soir, si bien que son hôte en personne finit par se retrouver de corvée de récolte d'oignons verts afin d'en agrémenter la recette.

Il est d'ailleurs en train de s'acquitter de sa mission quand il entend la voix de son camarade de classe :

— Eh, Shoya ! Regarde un peu qui j'ai surpris à rôder dans les parages !

Quand il se retourne, il découvre une scène pour le moins… inattendue ! Tomohiro, un tablier de cuisine noué autour du cou, tient le petit ami de Shoko par le col de son pull. Ce dernier tente d'expliquer sa présence d'une toute petite voix.

— Je suis venu récupérer mes habits et mon appareil photo. Je les ai oubliés ici hier soir…

— De quoi est-ce qu'il parle ? « Hier soir » ? Mais comment ça ? Vous êtes amis ? Depuis quand ? s'offusque le cuisinier.

S'ensuit donc une session de rattrapage des derniers événements pour Tomohiro qui, une fois la situation clarifiée et la culpabilité du garçon reconnue dans la parution de l'article qui a valu à Shoya son exclusion, n'en démord pas : son meilleur ami a droit à des excuses en bonne et due forme. Sans quoi, c'est tout le monde au lit sans manger et tant pis pour le bon dîner qu'il vient de concocter !

Installés à table, tous ont les yeux braqués sur le petit ami de Shoko qui, mal à l'aise, ne sait pas par où commencer… Les secondes défilent, si bien que Tomohiro, impatient, plaque une main sur l'arrière du crâne du garçon pour le forcer à baisser la tête, non sans accompagner son geste de quelques encouragements.

— Allez, excuse-toi !

— Je te demande pardon, Shoya, finit par lancer le coupable.

— C'est oublié, ne t'inquiète pas ! répond l'intéressé.

Une fois cette histoire réglée, tous piochent allègrement dans leurs assiettes, le petit ami de Shoko en tête

– qui s'empiffre avec voracité sous le regard interloqué de ceux présents autour de la table : depuis combien de temps n'a-t-il rien mangé ?

— Dis, tu devrais peut-être dire à tes parents où tu es, non ? Ils ne risquent pas de s'inquiéter ? lui demande Shoya.

Devant l'insistance de son hôte, le garçon capitule et appelle sa mère.

— Allô, maman ? Je voulais te prévenir que ce soir, je dîne chez les Ishida, donc je rentrerai un peu tard. Ah et, au fait, cette histoire d'article, tout est ma faute. C'est moi qui l'ai écrit. À la base, c'était juste une blague, mais...

À l'autre bout du fil, la mère du garçon se met à hurler dans le combiné, assez fort pour que l'écho de ses cris soit entendu de tous. Ses paroles ont beau être indistinctes, son ton, lui, en revanche, a de quoi glacer le sang.

— Oui, oui... Je sais ! répond son fils, l'oreille basse, avant de raccrocher et de se tourner vers la tablée, un sourire gêné aux lèvres. Ça lui a fait un choc... C'est fou, ça, elle ne se doutait vraiment de rien !

Mais la plaisanterie ne fait pas rire Tomohiro, qui se lance dans un sermon.

— Dis donc, petit ! Tu trouves ça drôle ? Il est temps qu'on ait une petite conversation d'homme à homme, toi et moi ! Ça tombe bien je connais l'endroit idéal pour ça...

Une fois le dîner terminé, le meilleur ami autoproclamé de Shoya entraîne ses deux acolytes aux bains publics. Étrangement, le petit ami de Shoko ressemble à un animal pris au piège.

— Allez, tout le monde à poil ! s'écrie Tomohiro.

Précipité, malgré ses réticences, dans le vestiaire des hommes où, comme le veut l'usage, une ribambelle de clients de tous âges se déshabillent et se rhabillent dans une salle commune, leur jeune camarade freine des quatre fers, non sans se cacher les yeux des mains en poussant de grands cris.

— Au secours ! Laissez-moi sortir ! Quelle horreur !

N'y tenant plus, il finit par s'enfuir à toutes jambes jusque dans la rue, où il s'arrête pour reprendre son souffle. Dans son dos, il entend la respiration haletante des deux lycéens, qui sont eux aussi sortis en trombe du bâtiment pour le rattraper. Quand il relève la tête, une silhouette se dessine à l'horizon… Shoko !

— Eh, petit ! Mais qu'est-ce qui t'a pris ? s'étonne Tomohiro.

— Tu as filé tellement vite que tu en as oublié ton sac ! dit Shoya en le lui tendant, avant de se figer et de se mettre à bredouiller en apercevant Shoko, qui arrive à leur hauteur. Ah… Euh… Sa… Salut !

Gêné par la présence du petit ami de son ancienne camarade, il n'ose pas l'accueillir trop chaleureusement. Après lui avoir répondu tout aussi timidement, la jeune fille incline profondément la tête, menton sur la poitrine, pour lui demander pardon.

— *Pourquoi est-ce que tu t'excuses ? Tu n'as rien à te reprocher…* lui assure-t-il.

La réponse de Shoko lui coupe le souffle. Une main posée sur la tête de son petit ami, la jeune fille brandit l'autre, petit doigt tendu vers le haut, avant de le pointer vers le bas. Shoya les dévisage tour à tour, sans comprendre.

— En fait, je m'appelle Yuzuru Nishimiya, ajoute l'autre.

— C'est une blague, c'est ça ?

Le jeune homme cache son visage entre ses mains, mortifié en repensant à tous ces moments passés en compagnie de… de Yuzuru. Alors que pendant tout ce temps… *Non, j'hallucine !*

— Eh, qu'est-ce qui se passe ? Quelqu'un veut bien traduire pour ceux qui ne parlent pas la langue des signes ? demande Tomohiro, vexé de ne pas être dans la boucle – pour la seconde fois dans la même journée !

— Elle a dit : « Oh non ! Il y a encore tête de crotte ! » tente de plaisanter Yuzuru pour détendre l'atmosphère.

En vain.

— Tu ne peux pas être sérieux deux secondes ? s'insurge le jeune homme insulté en empoignant le plaisantin par le col de son pull.

— Tomohiro ! intervient Shoya. Ce n'est pas le petit ami de Shoko. C'est… c'est sa petite sœur !

D'abord stupéfait, le lycéen se reprend bien vite : il desserre sa prise sur le vêtement de Yuzuru et adopte une attitude des plus décontractées.

— Pff… Ça ? Je le savais déjà ! Depuis le début, même… Si je ne t'ai rien dit, c'était parce que j'attendais que tu l'apprennes de sa bouche à elle, prétend-il.

Shoya, lui, est complètement tombé dans le panneau. Pas de doute là-dessus ! Mais, après tout, quoi de plus normal que Yuzuru lui ait joué ce tour en se faisant passer pour un garçon – et même pour le petit ami de Shoko ? Depuis sa plus tendre enfance, elle a dû voir sa grande sœur se faire harceler par tous ses camarades de classe. Ce subterfuge était sans doute une façon de la protéger, de veiller encore sur elle. C'est peut-être même de toutes ces années passées à ramasser son aînée à la petite cuillère que lui viennent ses manières toujours un peu brusques et sa manie d'être sur la défensive en permanence... Oui, au fond, c'est quelqu'un de bien.

Pour mettre fin au silence qui s'étire, Shoko tend à son ancien camarade de classe un sac de toile contenant les vêtements qu'il a prêtés à Yuzuru la veille. Puis, après un dernier geste d'excuse, les sœurs Nishimiya s'apprêtent à partir de leur côté quand Shoya en profite pour leur adresser un signe, l'index et le majeur tendus à l'horizontale.

— À bientôt !

Son ancienne camarade de classe l'imite en souriant, ce qui fait battre le cœur du jeune homme un peu plus vite. Il faut dire que c'est la première fois qu'il voit le visage de Shoko s'illuminer de cette façon...

À deux doigts de lui rendre son sourire, Shoya se retient au dernier moment, hanté par le souvenir du passé. Qu'est-ce qui lui prend ? Cette sensation de bonheur qu'il éprouve, il n'y a pas droit ! *Je me déteste...* Alors quoi ? Il a beau s'être excusé, il ne mérite pas qu'elle lui pardonne. Non, ce serait trop facile !

Impossible d'effacer tout ce qu'il a fait subir à Shoko d'un simple claquement de doigts ! Impossible de passer l'éponge sur tous ces souvenirs douloureux. Mais ce sourire lumineux, ce visage rayonnant... ne risquent-ils pas de lui faire oublier le passé et toutes ses horreurs ?

Shoya n'est pas le seul que l'air enjoué de Shoko déstabilise. Yuzuru, de son côté, repense au combat qu'elle a toujours mené pour protéger sa sœur. Aujourd'hui, à voir son aînée si heureuse, ça jetterait presque aux oubliettes toutes ces années de galère et de souffrance. Si seulement...

Tout à coup, Shoko s'arrête net, le regard rivé aux pieds de sa cadette qui porte encore les chaussures empruntées à Shoya la veille.

— *Il m'a dit qu'il ne les mettait plus ! Je ne vais quand même pas rentrer pieds nus !* proteste Yuzuru.

Mais Shoko s'en fiche bien. Après avoir contraint sa sœur à se déchausser et lui avoir donné ses propres mocassins, elle se met à courir, en chaussettes, pour rendre les baskets à leur propriétaire.

— Non mais quelle idiote... marmonne la cadette des Nishimiya.

Une pensée tourne en boucle dans l'esprit de Yuzuru : *Shoya Ishida... Je ne peux vraiment pas le supporter.* Ça, au moins, ce n'est pas près de changer. Mais bon... il a eu le mérite de réussir à grimper d'un mini cran dans son estime en faisant sourire Shoko. Ce n'est peut-être pas un si gros *loser* que ça, finalement...

Voyant sa sœur peiner à rattraper les deux garçons qui sont déjà loin, elle prend une profonde inspiration, met les mains en porte-voix et crie :

— Shoya, attends !

En entendant son nom, le jeune homme se retourne, interloqué. À quelques pas de lui se tient Shoko, le souffle court.

— Oh... fait-il en croisant son regard.

Chapitre 8
À la recherche du temps perdu

Quand arrive le mardi suivant, cette fois Shoya a une excuse toute trouvée pour aller retrouver Shoko : il a toujours en sa possession le parapluie que lui a prêté Mme Nishimiya pour braver le mauvais temps lors de leurs recherches nocturnes et compte bien le lui rendre. Mais plutôt que d'aller directement voir la mère – avec laquelle il vaut mieux garder ses distances –, autant passer par la fille ! C'est qu'il y en a là-dedans, pas vrai ? Accompagné de Tomohiro, qui ne le lâche plus d'une semelle, il se rend donc sur le pont qui est devenu leur nouveau lieu de rendez-vous.

Une fois sa mission accomplie et le parapluie rendu, le jeune homme se retrouve à court de sujets de conversation. Le silence commence à s'étirer jusqu'à ce que son meilleur ami autoproclamé vienne à sa rescousse en lui suggérant à l'oreille :

— Psst, Shoya ! Pourquoi est-ce que tu ne lui demandes pas son numéro, maintenant que ta mère t'a racheté un portable ?

Pas bête ! se dit le jeune homme en remerciant son camarade d'un discret signe de tête. Il est vrai que, pour l'heure, son tout nouveau téléphone ne compte que trois contacts : sa mère et sa sœur, bien sûr, sans compter Tomohiro, qui s'est empressé d'y enregistrer son propre numéro après avoir découvert que son meilleur ami pour toujours avait – de nouveau ! – rejoint l'ère moderne. Mais comment s'y prendre pour demander son numéro de portable à la jeune fille sans lui faire peur ? Il prend une profonde respiration, puis se lance :

— *Au fait, Shoko... Tu as un portable, toi aussi, non ?*

Hochement de tête affirmatif.

— *Et tu échanges des messages avec tes amis ? Ceux du lycée, je veux dire...*

Nouveau hochement de tête.

— *Ah, cool, cool...* (Une pause.) *Et sinon, je me demandais... est-ce qu'il y a des filles... ou des garçons, hein... de notre ancienne classe de primaire que tu as perdu de vue et avec qui tu aimerais reprendre contact pour leur envoyer des SMS, comme ça, de temps en temps, pour discuter de tout et de rien ?*

Genre... moi ? ajoute-t-il en pensée, les doigts croisés dans l'espoir que Shoko comprenne le message subliminal et lui propose spontanément d'échanger leurs numéros.

Après un instant de réflexion, la jeune fille finit par dire « oui » pour le plus grand bonheur de Shoya, qui n'en revient pas d'avoir réussi aussi facilement la mission qu'il s'était donnée. Et du premier coup, en plus ! Il exécute intérieurement une petite danse de la joie, tout heureux à la perspective de pouvoir enfin communiquer avec son ancienne camarade de classe par écrit. Voilà qui devrait simplifier leurs échanges, non ?

— *Dans ce cas, je peux te donner...* commence-t-il avant de s'interrompre en remarquant que la jeune fille s'est mise à signer.

De sa main droite – le poing serré, puis l'index et le majeur d'abord tendus devant elle avant d'être croisés –, elle dessine dans les airs les syllabes d'un nom. À mesure que Shoya déchiffre, son enthousiasme retombe.

— *Miyoko ? Tu veux parler de Miyoko Sahara ?* lui demande-t-il.

Il se souvient d'elle... Une élève plutôt discrète qui, peu de temps après avoir sympathisé avec Shoko, n'a pas manqué de subir elle aussi les commentaires méprisants et autres piques pleines de venin balancés par leurs camarades. D'ailleurs, il se rappelle qu'elle a peu à peu arrêté de venir en cours – pour finir par carrément changer d'école – à la suite d'une altercation particulièrement violente avec certaines filles de la classe.

— *Tu t'inquiètes pour elle ?* demande-t-il encore.

— *Oui... Elle en a vu de toutes les couleurs à cause de moi.*

La terrible vérité se fait jour dans la tête de Shoya, qui s'en mord la langue : la jeune fille se tient pour responsable du départ de Miyoko ! À l'époque, il prenait Shoko pour une extraterrestre, une fillette naïve qui ne comprenait rien à rien, incapable même de prendre conscience de ce qui se passait autour d'elle et des dégâts qu'elle causait. Dans l'esprit du garçon, sa camarade était une vraie bombe radioactive. Mais, en fait, il l'avait sous-estimée. Bien sûr qu'elle s'était rendu compte que sa nouvelle amie ne venait plus en cours par sa faute. Non, vraiment, c'est lui qui portait des œillères en primaire... Quel abruti !

Car s'il ne s'en était pas pris à Shoko dès le premier jour, peut-être que personne ne s'en serait pris à Miyoko, peut-être qu'elle n'aurait pas été contrainte de changer d'école et peut-être que les deux jeunes filles seraient encore en contact aujourd'hui…

Shoya se fait une promesse à lui-même : celle de remuer ciel et terre pour trouver les coordonnées de leur ancienne camarade de classe.

Le mercredi suivant, le jeune homme retourne enfin au lycée, pour la première fois depuis son exclusion. Nerveux, il ne peut s'empêcher de constater que son retour ne passe pas inaperçu auprès des autres élèves, qui ne se privent pas pour lâcher quelques commentaires sur son passage.

— Tiens, revoilà Shoya !

« Non mais je rêve ! Ils ne l'ont pas exclu définitivement, celui-là ? » traduit aussitôt le principal intéressé dans sa tête.

— Vraiment ? Ah oui, tu as raison…

Ce qu'il comprend comme : « Comment ose-t-il remettre les pieds au lycée après ce qu'il a fait ? Il devrait avoir honte ! »

Le brouhaha augmente tant et si bien qu'une voix finit par s'élever pour calmer l'agitation générale.

— Ce n'est pas la peine d'en faire toute une histoire non plus. Shoya a toujours été comme ça…

Le jeune homme se retourne : celle qui a pris la parole n'est autre que Miki Kawai.

— Ah bon ? Tu le connais bien, alors ? demande-t-on.

— Pas vraiment… répond-elle. Mais on est dans la même classe depuis le CP.

Miki est effectivement sa plus ancienne camarade, sans compter un des nombreux témoins de tous ces mois passés à harceler Shoko… et de la descente aux enfers qui en a découlé. Après ça, ils n'ont pas gardé contact, même s'ils se sont suivis pendant toute leur scolarité. Une idée commence à germer dans l'esprit de Shoya : comment n'y a-t-il pas pensé plus tôt ? Miki aura peut-être les coordonnées de Miyoko, elle ! Il s'approche avec prudence de la déléguée de classe.

— Salut, Miki… Je peux te poser une question ? Tu n'aurais pas le numéro de Miyoko Sahara, par hasard ? Je ne sais pas si tu te souviens d'elle : elle était en primaire avec nous…

— Miyoko ? Non, désolée… Par contre, je sais où tu pourrais la trouver. Nao m'a dit qu'elles allaient toutes les deux à Taiyo, au lycée pour filles.

— Ah… Bon bah, merci…

Ce n'est pas vraiment ce à quoi il s'attendait mais, au moins, il tient enfin une piste. C'est décidé : dès la fin des cours, il prendra le train direction Taiyo !

En fin d'après-midi, c'est donc en compagnie de Tomohiro, fidèle au poste, qu'il se rend à la gare pour acheter un billet de train. Les deux compagnons sont en train de discuter en attendant leur tour au guichet quand, soudain, quelqu'un les interpelle :

— Salut, les garçons ! On est là !

Apercevant Yuzuru qui les salue d'un signe de la main, Shoya se fige. D'autant qu'aux côtés de la jeune fille se tient… Shoko ! Un timide sourire aux lèvres, elle avance vers eux sans cesser de replacer une mèche de cheveux rebelle derrière son oreille. Le jeune homme n'en croit pas ses yeux. Mais qui leur a dit qu'ils seraient là ? Son regard tombe sur Tomohiro.

— C'est toi qui les as appelées ? demande-t-il, sans en revenir.

— Affirmatif, chef ! confirme le coupable sans le moindre remords.

Yuzuru renchérit :

— Parce que tu crois que Shoko va rester sur la touche ? Tu rêves… Elle a insisté toute la journée pour venir alors, sois sympa, emmène-la, d'accord ? Allez, salut ! conclut-elle avant de repartir dans la direction opposée.

— Bon, ben… Moi aussi, je vais vous laisser. À plus tard, vous deux ! dit Tomohiro, en lui lançant un clin d'œil espiègle.

— Quoi ? Tu ne viens pas ? s'étrangle soudain Shoya en le regardant s'éloigner.

Voilà qu'il se retrouve seul en compagnie de Shoko. Tu parles d'un malaise… Qu'est-ce qui leur a pris, de les laisser tous les deux ? Non mais franchement, c'est la pire idée que Tomohiro ait jamais eue…

Une fois leurs billets achetés, les deux anciens camarades de classe montent dans le train pour Taiyo où ils s'adossent l'un en face de l'autre, de part et d'autre de la portière.

Le début du trajet se passe dans le silence le plus complet, sans qu'un seul sujet de conversation ne vienne le rompre. Shoya ne cesse de jeter des coups d'œil furtifs à sa voisine mais, dès que leurs regards se croisent, il baisse les yeux, gêné, feignant de n'avoir rien remarqué. D'ailleurs, il fait tout plutôt que le premier pas : il se gratte la tête, fait mine de contempler les panneaux publicitaires qui défilent de l'autre côté de la vitre, simule un bâillement…

À ce rythme, le voyage va être interminable – bien plus long encore que prévu ! À défaut de meilleure option, il finit par ralentir sa respiration – en prenant de longues et profondes inspirations, la tête appuyée contre la fenêtre et les yeux fermés – jusqu'à faire carrément semblant de s'assoupir.

Mais sa tranquillité est vite troublée par son portable qui se met à vibrer dans la poche de sa chemise pour lui signaler l'arrivée de SMS. Il sort donc son téléphone pour lire les messages entrants, envoyés depuis un numéro inconnu :

Tu es fatigué ?

En tout cas, merci d'avoir accepté que je t'accompagne aujourd'hui. Quand j'ai appris que tu cherchais Miyoko, ça m'a fait très plaisir.

Et merci aussi de t'être occupé de ma petite sœur pendant sa fugue. Elle m'a dit ce que tu avais fait pour elle et c'est vraiment super sympa de ta part…

Shoko

Est-ce que c'est vraiment Shoko qui lui a écrit tout ça ? Shoya a du mal à le croire. Pourtant, pas de doute. D'ailleurs, quand il relève la tête de son écran de téléphone, impossible de passer à côté du sourire bienveillant qui illumine le visage de la jeune fille…

Une fois leur arrêt annoncé dans les haut-parleurs et les portes du wagon ouvertes, ils descendent du train et se retrouvent aussitôt entourés d'un flot de voyageurs, tous plus pressés les uns que les autres de rentrer chez eux. Il est presque impossible de circuler dans cette gare, à cette heure-ci ! Fendant la foule, ils tentent néanmoins de se frayer un chemin jusqu'à la sortie, non sans être contraints de jouer des coudes pour éviter d'être emportés par ce flot de passagers.

Puis, après de longues minutes de marche à l'air libre, les voilà enfin devant le lycée ! Quelle aventure ! Mais comment savoir si Miyoko y est encore ? Shoya commence à suer à grosses gouttes. *J'espère qu'on n'a pas fait tout ce trajet pour rien…* Heureusement, ils tombent sur un groupe d'élèves qui traînent encore devant le portail principal. Elles pourront sans doute les renseigner. Mais, manque de chance, leur recherche tourne court : ils arrivent trop tard, Miyoko est déjà partie. Il en avertit Shoko :

— *Apparemment, elle n'est pas là. On devrait rentrer…* signe-t-il, dépité. *Je suis désolé.*

— *Merci…* se contente-t-elle de répondre en balayant ses excuses d'un geste de la main.

Il n'y a pourtant vraiment pas de quoi le remercier. Et puis, il voit bien qu'elle a les traits tirés par la fatigue.

Non seulement il lui a fait perdre son temps mais, pire encore, il lui a fait dépenser de l'argent pour se rendre jusqu'à Taiyo... Et tout ça pour rien, en plus ! *Un* loser, *voilà ce que je suis...* se lamente-t-il.

Dans le train du retour, Shoko et lui prennent cette fois place de part et d'autre de l'allée centrale et se laissent bercer par les cahotements de la rame. Seul résonne dans le wagon le crissement des pneus sur les rails.

Vite, trouver un sujet de conversation, sortir une blague, dire quelque chose, n'importe quoi... histoire de finir la journée sur une note positive. Mais Shoya a beau se creuser la cervelle, rien ne lui vient.

Il pourrait lui demander à quoi elle occupe son temps libre quand ce n'est pas à nourrir des carpes... Est-ce que c'est une adepte du karaoké ? Hmm, bien sûr que non, quelle question – il a encore en tête leur participation désastreuse au concours de chant, en primaire, due à la prestation encore plus catastrophique de la jeune fille.

Bon, quoi d'autre ? À coup sûr, mieux vaut éviter les questions sur sa famille ou sur sa mère... Pourtant, il aimerait bien savoir ce qu'elle pense des fugues dont Yuzuru semble être une habituée. Non, vraiment, c'est trop délicat comme sujet de conversation...

Et dire qu'il ne sait même pas dans quel lycée elle va ! La première fois qu'ils se sont revus, elle lui a dit qu'elle s'y plaisait, qu'elle s'y était fait des amis... Tout le contraire de la primaire ! La faute à qui ? Celle de Shoya, bien sûr...

Voilà qu'il recommence à broyer du noir... C'est malin ! Ce n'est certainement pas comme ça qu'il va faire en sorte que cette journée se finisse sur une note joyeuse. Les pensées s'entrechoquent dans sa tête à mesure qu'il tente de faire le tri entre elles. Sans lui laisser le temps de s'en rendre compte, le train arrive déjà à son terminus. Il a encore raté sa chance…

Leur aventure du jour achevée, ils se disent au revoir.

— *Bon ben… À bientôt !* signe Shoya.

En retour, Shoko s'incline poliment avant de rentrer chez elle.

Dans sa chambre, ce soir-là, le jeune homme se repasse le fil de la journée. À chaque fois qu'il voit son ancienne camarade de classe, c'est pareil : il réfléchit trop ! Il a tellement de questions qu'il n'ose pas lui en poser la moindre. Il ne va quand même pas passer son temps à jouer les dégonflés, si ?

Le débat fait rage en lui, même à mesure que ses yeux se ferment et que le sommeil le gagne. Avant de s'endormir, il prend une importante décision : demain, pour ne pas rester sur un échec, il retentera sa chance… et ce jusqu'à ce qu'il finisse par tomber sur Miyoko !

Tôt le lendemain matin, Shoya prend le premier train en direction de Taiyo. C'est l'heure de pointe et le lycéen se retrouve dans une rame bondée, collé contre les autres voyageurs sans pouvoir respirer. À deux doigts d'étouffer, il aperçoit un visage qui lui semble familier. *Est-ce que ce ne serait pas… Miyoko ?* La chance lui sourirait-elle enfin ? Avec toute cette foule, impossible d'en être sûr.

Quand le train finit par s'arrêter, tous les passagers se précipitent pour s'extirper du wagon. Dans la mêlée,

Miyoko – car c'est bien elle, plus de doute possible ! – trébuche et tombe sur le quai. Bousculé à son tour, Shoya vient s'étaler sur le sol à ses côtés. La jeune fille s'approche aussitôt de lui.

— Ça va, tu ne t'es pas fait mal, Shoya ? C'est moi, Miyoko... Tu te souviens de moi ? En fait, je t'ai aperçu à la gare, tout à l'heure. Du coup, je me suis dépêchée de monter dans la même rame que toi. Je n'en revenais pas de tomber sur toi... explique-t-elle en se relevant.

Incapable de prononcer la moindre parole, il se contente de la dévisager. Campée sur ses talons hauts, le dos bien droit, elle est plus grande que lui – il est obligé de lever un peu la tête pour la regarder dans les yeux. Avec ses cheveux coupés court et ses jambes élancées, elle a tout d'un mannequin.

Est-ce vraiment la même Miyoko Sahara ? Il n'en croit pas ses yeux. Elle a tellement changé... Rien que le ton enjoué et plein d'assurance avec lequel elle s'est adressée à lui tranche radicalement avec l'impression qu'elle lui a laissée en primaire.

À l'autre bout du quai, une lycéenne interpelle Miyoko.

— Bon, je dois y aller... dit-elle. À la prochaine, Shoya !

Au moment où elle s'apprête à rejoindre son amie, le jeune homme la retient par le bras.

— A... attends ! Il y a quelqu'un qui aimerait te revoir...

Un peu plus tard ce jour-là, à la fin des cours, Shoya retrouve Miyoko à la gare où ils sont tombés – littéralement – l'un sur l'autre ce matin.

— Désolée pour l'attente ! dit-elle en arrivant. On y va ?

Dans le train qui les ramène chez eux, ils ont leur toute première conversation depuis la primaire... Non, à la réflexion, même à l'époque, ils ne se parlaient pas vraiment. C'est sans doute leur vraie première conversation tout court. D'ailleurs, elle dévie tout naturellement sur leur ancienne camarade de classe.

— Je ne savais pas que vous vous entendiez si bien, Shoko et toi... fait remarquer la jeune fille.

— En primaire, pas vraiment, c'est vrai, répond-il, légèrement mal à l'aise. En fait, on n'est pas si proches que ça, mais on se voit souvent, ces derniers temps.

— Cool ! En vérité, je t'envie un peu. Je m'en veux de l'avoir laissée tomber... déclare-t-elle, perdue dans ses souvenirs.

Soudain, Shoya se rend compte d'un détail qui n'en est pas un du tout. À l'époque où il passait son temps à harceler Shoko, Miyoko, elle, avait déjà arrêté de venir en cours. Elle ne sait donc pas ce qui s'est passé entre eux, ce qu'il lui a fait subir. Elle n'est revenue que pour la cérémonie de fin d'année, au moment où Shoko avait déjà changé d'école. La fillette n'a d'ailleurs adressé la parole à personne de toute la journée, préférant rester seule dans son coin.

Après ça, il ne l'a recroisée qu'une unique fois. C'était au collège, à l'infirmerie. Elle était plongée dans un livre. Curieux, il lui demande si elle se rappelle ce qu'elle lisait, ce jour-là. Sa réponse ne se fait pas attendre : c'était un manuel pour apprendre la langue des signes !

Une fois le train arrivé à quai, Shoya conduit Miyoko au repaire de Shoko. Quand cette dernière le voit approcher en faisant de grands gestes, un large sourire sur le visage, accompagné de cette fille élancée aux cheveux courts, elle fronce les sourcils en tâchant de déterminer l'identité de la nouvelle venue. Puis, soudain, ça y est...

— 'iyogo ! s'exclame-t-elle en reconnaissant son ancienne camarade de classe.

— *Salut... Je suis contente de te revoir !* se met à signer Miyoko, ravie de pouvoir enfin mettre en pratique ses connaissances.

— *Tu sais parler la langue des signes ?* s'étonne Shoko en la dévisageant avec des yeux ronds.

— *Oui, un peu. Tu avais déjà commencé à m'apprendre deux, trois mots en primaire, tu te rappelles ? Tu sais, je suis vraiment désolée d'avoir disparu du jour au lendemain... J'aimerais beaucoup repartir de zéro.*

Même si ses gestes sont maladroits, la jeune fille n'en est pas moins sincère.

Dans la tête de Shoya, la déclaration de Miyoko fait écho aux paroles de Mme Nishimiya : « *Quoi que tu fasses, ça n'effacera jamais ce que tu as fait subir à ma fille en primaire.* »

Il se met alors à réécrire le passé. Si Shoko était venue à la cérémonie de fin d'année, Miyoko et elle se seraient sans doute parlé ce jour-là. Si Shoko s'était inscrite dans le même collège qu'eux, Miyoko n'aurait peut-être jamais manqué les cours. *Tout ça, c'est ma faute !* se dit-il. S'il n'avait pas été là, s'il n'avait pas tout gâché, elles ne se seraient jamais perdues de vue... Mais, à les voir aujourd'hui toutes les deux presque émues aux larmes de se retrouver, Shoya fait le vœu de poursuivre sa mission et de rendre à Shoko tous ces instants de bonheur qu'il lui a volés.

Bien décidées à rattraper le temps perdu, les deux filles s'échangent sans tarder leurs numéros si bien que, dès le week-end suivant, une sortie de groupe est déjà organisée. Shoya y est bien sûr convié. Quant à Tomohiro, c'est après avoir lu le SMS de Miyoko par-dessus l'épaule de son meilleur ami qu'il décide de s'inviter à cette journée de retrouvailles.

Le programme est préparé à la minute près. Rien n'est laissé au hasard. Pendant que les filles marchent devant eux, côte à côte, les deux garçons, eux, les suivent tranquillement. Shoya, pour sa part, tente de comprendre leur conversation mais, de là où il est, il ne peut déchiffrer que les gestes de Miyoko.

— *J'ai vérifié hier et ce sont eux qui ont le plus de choix de chansons… Au fait, qu'est-ce que tu veux manger, ce midi ? Bonne idée ! Moi aussi, c'est mon plat préféré ! À quelle heure est-ce que tu dois rentrer chez toi ? Si tôt ? Ah, c'est vrai que ta mère était déjà plutôt stricte à l'époque… Ha ha ha ! Non, je n'y crois pas ! Tu me fais marcher ? Et ta sœur, elle s'en sort, à l'école ? Ah… Et toi, le lycée, comment ça se passe ? Ça alors !*

Ce qui est sûr, c'est qu'elles ont l'air de bien s'amuser… Shoya regarde la jeune fille aux allures de top model poser à Shoko toutes les questions que lui n'a jamais osé formuler. Ça a l'air si facile pour elle… Il sent un torrent d'émotions déferler sur lui, sans pouvoir faire le tri entre elles. Plutôt que d'y céder, il tente de les ignorer en les mettant sous cloche.

Les deux jeunes filles finissent par s'arrêter devant une salle de karaoké sous le regard ahuri du Shoya. Ça ne peut pas être leur destination, quand même, si ?

— C'est une blague ? s'écrie-t-il. Mais, enfin, qu'est-ce qui te prend, Miyoko ? Tu as pensé à Shoko ?

— C'est elle qui m'a dit qu'elle voulait essayer ! rouspète son ancienne camarade de classe.

Médusé, le jeune homme ne sait pas quoi répondre et se laisse entraîner à l'intérieur du bâtiment, sans plus protester. Une fois dans le box qui leur a été attribué, Tomohiro s'empare en premier du micro et s'époumone sans aucune retenue. Lorsque la performance du meilleur ami autoproclamé de Shoya arrive à son terme, Miyoko propose à Shoko :

— *Et si on en chantait une juste toutes les deux ? Comme quand on était petites !*

Cette fois encore, le lycéen ne peut s'empêcher de se demander si Miyoko ne le fait pas exprès… Ne se rappelle-t-elle pas ce concours de chant qu'ils ont perdu en primaire ? Cette défaite, elle avait unanimement été attribuée à Shoko. Shoya lui-même ne s'était pas privé d'accuser la fillette en écrivant sur le tableau de la classe : « *Quand on chante comme une casserole, on se tait !* » Non, vraiment, mieux vaut ne pas risquer de réveiller de mauvais souvenirs chez leur ancienne camarade…

— Euh… Miyoko… chuchote-t-il. Je ne suis pas sûr que ce soit une bonne idée…

— Pourquoi ça ? s'étonne cette dernière. Ça n'a pas l'air de poser problème à Shoko en tout cas. Regarde !

Le micro fermement tenu entre ses deux mains, leur ancienne camarade de classe commence à entonner les premières paroles de la chanson. Pas de doute, elle ne s'est pas améliorée depuis la primaire ! Lorsqu'elle sent peser sur elle le regard insistant de Shoya, la jeune fille baisse aussitôt d'un ton, gênée d'être dévisagée de cette façon. Très vite, Miyoko s'empare d'un autre micro et vient à sa rescousse.

— Tu chantes toujours aussi faux, Shoko ! constate-t-elle, un large sourire aux lèvres, avant de jouer les choristes, pour le plus grand plaisir de son amie.

Les poings serrés sur les genoux, Shoya observe ses deux anciennes camarades de classe sans se départir d'un sentiment étrange. Pourquoi est-il si remonté ? Miyoko est une fille bien. Pas de doute là-dessus. Alors pourquoi ne peut-il pas s'empêcher d'être énervé contre elle ?

La réponse le percute de plein fouet : parce qu'il crève de jalousie pour celle qui a réussi là où lui a échoué. C'est grâce à Miyoko – et non grâce à lui – que Shoko s'épanouit. Et ça, ça lui reste en travers de la gorge.

Dans le fond, il n'est qu'un lâche. *« Je ferai tout pour elle ! Tout ! »* se rappelle-t-il avoir dit à Yuzuru. Ah, ça… Il peut bien le crier sur tous les toits, ce n'est que de la gueule ! Parce qu'en attendant, il n'a même pas été fichu de lui adresser la parole dans le train, encore moins de la faire sourire – contrairement à Miyoko pour qui ces choses-là viennent si facilement… D'ailleurs, il a beau être pétri de bonnes intentions, il ne fait visiblement pas le poids face à la jeune fille aux allures de top model, la seule qui semble capable de rendre Shoko heureuse.

Il se sent tellement inutile qu'il passe la fin de la séance à s'apitoyer sur son propre sort en écoutant d'une oreille distraite le duo s'égosiller.

À la fin de la journée, Tomohiro et Shoko finissent par rentrer chez eux et Shoya, lui, se retrouve seul avec Miyoko.

— On s'est bien amusés aujourd'hui, pas vrai ? dit-elle. En tout cas, moi, j'ai l'impression d'avoir rattrapé le temps perdu !

Ça y est, le moment de passer aux aveux est enfin arrivé. Il ne peut plus le repousser. Car si Miyoko et Shoko ont été privées de tant de bons moments – comme ceux qu'elles viennent de vivre aujourd'hui –, c'est à cause de lui !

Prenant son courage à deux mains, il lui avoue tout : ces mois passés à harceler Shoko, ce jour où ils se sont battus, peu de temps avant qu'elle ne soit transférée dans une nouvelle école par sa faute à lui… Bref, il ne lui cache rien. De son côté, la jeune fille lui prête une oreille attentive et l'écoute jusqu'au bout sans prononcer un mot. Quand, enfin, tout a été dit, Miyoko se lève du banc sur lequel ils s'étaient installés et déclare :

— Bon, il faut que je rentre. Mais merci de m'avoir parlé de tout ça et de t'être montré honnête avec moi.

Même son sourire ne parvient pas à cacher la tension qui crispe ses traits…

Ce soir-là, pourtant, elle lui envoie des messages :

Ne t'inquiète pas. L'important pour moi, c'est que Shoko soit heureuse !

Tiens, c'est pour toi, un petit souvenir d'aujourd'hui…

Dans le SMS suivant, il découvre une photo, prise dans la journée. Les deux amies y apparaissent, un sourire radieux étalé sur le visage. Une légende l'accompagne : « Merci de nous avoir aidées à nous retrouver ! »

En lisant ces mots, les larmes lui montent aux yeux.

mocomo
22:03
MERCI DE NOUS AVOIR AIDÉES À NOUS RETROUVER !

Chapitre 9
Un simulacre d'amitié

Le mardi suivant, Shoya et Shoko sont rejoints par leur ancienne camarade de classe sur leur pont habituel. Quand Yuzuru finit par arriver à son tour, elle est tout de suite interpellée par Miyoko, qui ne l'avait encore jamais rencontrée. Les deux jeunes filles commencent donc à faire connaissance dans leur coin pendant que Shoya et Shoko se retrouvent en tête à tête, dans un silence gênant. *Vite, dire quelque chose, n'importe quoi !* se dit le jeune homme.

Soudain, une idée lui vient : est-ce qu'il y a d'autres anciens camarades de classe de primaire avec qui elle aimerait renouer ? Sans perdre une seconde, il l'interroge. Elle réfléchit un instant, puis finit par répondre que personne ne lui vient à l'esprit, là, comme ça, avant de lui retourner la question.

— *Si moi, j'aimerais renouer avec quelqu'un de la primaire ? Non, personne non plus...*

Il se met à repenser à tous ceux qui l'ont rejeté et mis au banc des accusés : ses meilleurs amis, Kazuki et Keisuke, mais aussi leur instituteur, M. Takeuchi... Il revoit ses manuels scolaires régulièrement balancés dans l'eau, les insultes qu'il trouvait tous les matins sur son pupitre...

— *En fait, ça m'est égal*, finit-il par reprendre. *C'est du passé, tout ça. De toute façon, je n'avais pas d'amis.*

— *C'est vrai ?* s'étonne Shoko.

— Oui, puisque je te le dis ! réplique-t-il, en hurlant.

Son ancienne camarade de classe, effrayée par la violence de sa réaction, baisse la tête comme pour s'excuser d'avoir insisté. Horrifié d'avoir osé hausser le ton de cette façon, Shoya tente aussitôt de se rattraper.

— *Non, ne t'excuse pas… Je ne sais pas ce qui m'a pris…*

Mais il est très vite interrompu par une basket qui vient le heurter à l'arrière de la tête. La coupable ? Yuzuru.

— Rentre chez toi tout de suite, espèce de gros naze, lui ordonne-t-elle.

— Oui, tu as raison… Je ferais mieux d'y aller, dit-il en partant sans demander son reste.

Quel idiot… Qu'est-ce qui lui a pris, à la fin ? Rien que de repenser au passé lui a fait perdre son sang-froid… Pourtant, avoir renoué avec Shoko lui suffit amplement. Il devrait s'en contenter. Oui, le plus important, c'est elle.

Et les autres ? Il se fiche pas mal de savoir ce qu'ils sont devenus ! D'ailleurs, Miki peut bien continuer de jouer les élèves modèles si ça lui chante… Naoka, elle, ne lui a adressé la parole qu'une seule fois durant tout le collège. Pourquoi est-ce que ça devrait changer aujourd'hui ? Quant à Kazuki et Keisuke, il ne préfère même pas y penser… Non, vraiment, quoi qu'ils fassent, tous autant qu'ils sont, ça ne l'intéresse pas !

Mais il a beau tenter de s'en convaincre, impossible de se les sortir de la tête. *Quel boulet…* Même pas capable de résoudre ses propres problèmes ! Et puis, ça changerait quoi s'il les revoyait ? Est-ce qu'il leur pardonnerait ? Pas question ! Il est trop tard pour ça.

D'ailleurs, que Shoko accepte de passer du temps avec lui après tout ce qu'il lui a fait le dépasse totalement. Décidément, il n'arrivera jamais à la comprendre... Mais il n'est pas comme elle. Lui, il a besoin de couper les ponts une bonne fois pour toutes pour avancer et passer à autre chose. C'est une question de survie.

Shoya n'a plus aucune envie d'entendre parler de ses anciens camarades de classe. Ni maintenant ni jamais. Sa décision est prise et il ne compte pas revenir dessus. À quoi bon ressasser le passé ? Avec le temps, il finira bien par les oublier !

Il continue donc de cheminer jusque chez lui lorsqu'il croise une jeune fille aux cheveux longs dont le visage lui est familier. Ce n'est quand même pas...

Naoka ?

Est-ce que le destin est en train de lui jouer un mauvais tour ? Non, ça ne peut pas être elle. C'est juste son imagination. Et puis... même si c'était vraiment elle, qu'est-ce que ça peut bien lui faire, à lui, au final ? Après tout, elle appartient au passé, au même titre que tous ses anciens camarades de classe de primaire. Elle n'a plus aucune espèce d'importance à ses yeux.

Malgré tout, l'envie le démange de se retourner pour vérifier s'il s'agit bien d'elle. Pour éviter d'y céder, il presse un peu l'allure en se répétant comme un mantra qu'il n'en a strictement rien à faire, oui, rien à faire du tout. Puis, quand il sent qu'il s'est assez éloigné, il pousse un ouf de soulagement : il a tenu bon !

Mais la curiosité est trop forte. Est-ce que c'était vraiment elle ou son imagination qui lui jouait des tours ? Il faut qu'il en ait le cœur net. Il fait donc volte-face... et constate que la jeune fille en a fait de même de son côté.

En tout cas, pas de doute : il s'agit bel et bien de Naoka Ueno, son ancienne voisine de table en CM2 !

D'ailleurs, la voilà qui s'approche maintenant de lui. Shoya commence à paniquer et se fige sur place. Est-ce qu'elle l'a reconnu ? Qu'est-ce qu'elle lui veut ? Doit-il s'enfuir avant qu'elle n'arrive à sa hauteur ? Son cerveau tourne à plein régime et imagine déjà une dizaine de scénarios possibles. Mais il s'attendait à tout sauf à ça :

— Tenez, un coupon de réduction... lui dit-elle en lui tendant un prospectus, sans paraître le reconnaître.

D'une main tremblante, il accepte le tract avant de la regarder s'éloigner et distribuer ses flyers à gauche et à droite. Quand il baisse les yeux sur le coupon qu'il tient entre les mains, il y déchiffre : « Club Miaou Miaou ». Mais qu'est-ce que c'est que cet endroit ?

Entre deux cours, Shoya est plongé dans la contemplation du coupon de réduction lorsque Tomohiro surgit derrière lui pour s'en emparer.

— Où est-ce que tu as trouvé ce truc ?

— En ville... C'est une ancienne camarade de classe qui me l'a donné hier. Elle s'est contentée de me le tendre comme ça, comme si elle ne me reconnaissait pas... Tu ne trouves pas ça bizarre, toi ?

Pour sa part, il n'en a pas dormi de la nuit. Y a-t-il un message caché dans ce tract ?

— Elle veut peut-être que tu viennes la voir là-bas ? suggère son ami. On n'a qu'à y aller !

Mais la perspective n'enchante pas vraiment Shoya qui s'affale sur son pupitre.

— Je passe mon tour… En fait, on ne s'est pas quittés en très bons termes, elle et moi. Rien que d'y penser, je me sens mal…

Est-ce qu'elle espère vraiment qu'il lui rende visite ? Non, c'est impossible… Pas vrai ?

Les yeux fermés, il tente d'imaginer un scénario où Shoko, Miyoko et Naoka se retrouveraient enfin. Combien elles rigoleraient toutes ensemble en faisant table rase du passé et en devenant les meilleures amies du monde, inséparables pour toujours…

Dans ses rêves, oui ! Parce qu'une scène pareille, ça ne risque pas d'arriver… D'ailleurs, Shoko n'a pas besoin de Naoka dans sa vie. Mais… et lui ? Est-ce que Shoko avait besoin de lui dans sa vie ? Elle aurait très bien pu le rejeter mais, au lieu de ça, elle lui a accordé une seconde chance. Si ça se trouve, leur ancienne camarade de classe aussi a changé… Ne mérite-t-elle pas qu'on lui donne le bénéfice du doute ?

Bon… En admettant que les deux jeunes filles se revoient un jour, qu'est-ce qui se passerait ? Existe-t-il une possibilité pour que tout le monde réussisse à bien s'entendre ? Croire aux miracles n'est pas interdit.

Et puis, qui sait ? Revoir Naoka fera peut-être plaisir à Shoko. Au fond, ce n'est pas à lui de décider. Dans ce cas, il ne lui reste plus qu'à essayer d'en savoir plus sur leur ancienne camarade de classe et sur ses intentions !

Après les cours, c'est donc accompagné de Tomohiro qu'il part en mission au *Club Miaou Miaou*. Chapeau vissé sur la tête et masque couvrant tout le bas de son visage, Shoya pousse la porte de l'établissement, le cœur battant à tout rompre, sans trop savoir dans quoi il met les pieds. Une cloche tinte à leur entrée et deux femmes les accueillent dans une pièce peuplée de chats.

— Bonjour ! Bienvenue !

Après avoir rassemblé tout leur courage pour s'aventurer jusque-là, jamais ils ne se seraient attendus à tomber dans un bar à chats ! Ni l'un ni l'autre n'avait envisagé cette option – le nom du lieu aurait dû leur mettre la puce à l'oreille, pourtant... Ils prennent place sur un canapé et se retrouvent bientôt entourés de félins.

— Bon, elle est là, ta copine ? demande Tomohiro, impatient.

Shoya balaie la pièce du regard. Non, pas de Naoka en vue.

— Je n'ai pas l'impression... répond-il.

— Au fait, elle est comment ? Elle est sympa ?

— Bah, je ne sais pas trop... Ça fait longtemps qu'on ne s'est pas parlé.

Mais ça n'a pas toujours été le cas... Pour une raison qui lui échappait, Naoka était tout le temps collée à ses basques quand ils étaient petits : non seulement ils étaient assis l'un à côté de l'autre en classe, mais ils se retrouvaient souvent dans la même équipe, en cours de sport, ou dans le même atelier de travaux pratiques. Il avait beau ne pas trop aimer sa façon de parler – elle pouvait être vraiment pénible, avec sa langue de vipère –, il la voyait comme une fille sportive, avec des bonnes notes… une meneuse dans l'âme.

Populaire auprès de leurs camarades – qui la trouvaient sans doute aussi sympa que jolie –, elle avait tendance à critiquer Shoya dès qu'elle en avait l'opportunité, si bien qu'ils se chamaillaient très souvent. Pourtant, c'est la fille avec qui il passait le plus clair de son temps… Mais, après le CM2, ils ont complètement coupé les ponts et ne se sont plus jamais reparlé. Du moins, jusqu'à hier.

Plongé dans ses souvenirs, Shoya ne voit pas arriver la serveuse aux lunettes à monture noire et aux longs cheveux lisses, relevés en un chignon, qui leur demande, en débarrassant leurs verres :

— Vous voulez autre chose ?

Les deux jeunes hommes déclinent poliment. En l'absence de Naoka, ils n'ont aucune raison de s'attarder ici. Tomohiro, lui, est prêt à rester aussi longtemps qu'il le faut, tellement il est sous le charme de leur hôtesse.

— Elle est mignonne, tu ne trouves pas ? chuchote-t-il à l'oreille de son meilleur ami. On dirait une actrice !

Shoya lève les yeux au ciel et se dirige vers la caisse. Après avoir réglé leurs consommations et reçu un petit porte-monnaie en forme de tête de chat, gracieusement offert à chaque client pour célébrer l'inauguration de la boutique, ils quittent les lieux.

Bon et bien voilà… Ils ont fait chou blanc… Ça ne devait pas se faire, c'est tout. C'est sans doute pour le mieux. Après tout, c'est de Naoka qu'on parle. Contrairement à Miyoko, elle ne pouvait vraiment pas voir Shoko en peinture, à l'époque… Malgré tout, n'est-il pas encore un peu tôt pour tirer complètement un trait sur elle ? On ne sait jamais…

Sur le chemin du retour, le jeune homme contemple la petite bourse en forme de chat. Qu'est-ce qu'il va bien pouvoir faire de ce truc ? Est-ce que ça pourrait plaire à Shoko ? Avant de se dégonfler, il décide de retrouver Yuzuru et de lui confier le cadeau à remettre à son aînée. Au moins, il n'aura pas perdu sa journée…

Le lendemain matin, entre deux cours, Shoya reçoit des messages de Shoko.

> Merci beaucoup pour le porte-monnaie !
> Il est trop mignon avec sa tête de chat…
> Merci d'avoir pensé à moi… Je l'adore !

> Ah et aussi…

> Je voulais te remercier d'avoir pris le temps
> d'aider ma petite sœur. C'est super sympa,
> tout ce que tu fais pour elle.

Quand il relève la tête, un petit sourire flotte sur ses lèvres. Dans son dos, une voix le sort de sa rêverie.

— Eh, Shoya !

Il se retourne : c'est Miki. Est-ce qu'elle l'a vraiment appelé ? Ce n'est pas dans ses habitudes de lui parler – et encore moins en public. En général, elle préfère faire comme s'il n'existait pas. D'ailleurs, maintenant qu'il y réfléchit, ce doit même être la première fois qu'elle lui adresse la parole de sa propre initiative depuis le début du lycée. C'est un jour à marquer d'une pierre blanche...

Elle s'approche de lui.

— Nao aimerait reprendre contact avec toi. Pourquoi tu ne lui enverrais pas un message à ce numéro ? suggère-t-elle en lui tendant un bout de papier.

— Qui ça ? demande-t-il, perplexe.

— Bah, Nao. Naoka Ueno ! Tu ne te souviens pas d'elle ?

Stupéfait, il en reste bouche bée. Le destin a un drôle de sens de l'humour...

— Euh... En... en fait, je ne vais pas pouvoir, désolé, bafouille-t-il en guise d'excuses.

— Ah... répond-elle. J'imagine que tu as un emploi du temps super chargé. Tu as un petit boulot ? En tout cas, pas de problème, je transmettrai... (Mais elle n'en a pas fini avec lui.) Bon, sinon, tu ne voudrais pas venir me filer un coup de main après les cours par hasard ? J'aurais vraiment besoin de ton aide... Alors, c'est oui ? On se retrouve devant le portail ?

Devant l'insistance de la déléguée de classe, il ne peut qu'accepter. Ce rendez-vous, il tombe nez à nez avec... Naoka en personne !

— Salut, Shoya ! dit-elle. C'est fou ce que tu as changé...

Estomaqué, il ne sait pas quoi dire et se contente de la dévisager un long moment. Comment Miki a-t-elle osé lui tendre un piège pareil ? Il ne lui reste qu'une seule solution : mettre fin à l'échange le plus vite possible.

— Tiens, Naoka... Ça alors ! Ça fait un bail... Désolé, mais je n'ai pas trop le temps, là, je dois rentrer... En tout cas, content de t'avoir revue.

Mais à peine a-t-il enfourché son vélo que son ancienne camarade grimpe à l'arrière.

— Dans ce cas, je t'accompagne ! Allez, c'est parti ! s'exclame-t-elle, le poing brandi.

Mortifié, Shoya n'ose rien dire et se met à pédaler dans le silence le plus complet. Voilà qu'il se retrouve coincé avec Naoka sur son porte-bagages… Comment a-t-il fait pour se mettre dans une situation pareille ? Et puis, quelle est la vraie raison de la présence de son ancienne camarade de classe ? Pourquoi refaire surface dans sa vie maintenant ? Ces questions tournent en boucle dans sa tête quand la jeune fille, qui semble avoir attendu qu'ils s'arrêtent à un feu rouge, se décide enfin à prendre la parole.

— Est-ce que tu me détestes ? lui demande-t-elle, sans y aller par quatre chemins.

C'est l'hôpital qui se fout de la charité ! C'est elle qui le critiquait tout le temps quand ils étaient plus petits ! C'est elle qui ne pouvait pas le sentir… Pas vrai ?

— Euh… non. Pas particulièrement… bredouille-t-il. Pourquoi…

— Pff ! Avant, tu n'aurais pas pris de gants pour me le dire franchement.

Puis elle se met à gigoter à l'arrière du vélo. Quelque chose – ou plutôt quelqu'un – près de chez le fleuriste semble avoir attiré son attention.

— C'est moi ou c'est Shoko ? demande-t-elle en pointant une silhouette du doigt.

— C'est bien elle… confirme Shoya après avoir jeté un coup d'œil dans la direction indiquée par sa passagère.

La panique le gagne, à tel point qu'il se met à suer à grosses gouttes. *Faites que Shoko ne nous voie pas !* supplie-t-il. *Faites que le feu passe au vert le plus vite possible.*

— Elle n'a pas changé… Toujours toute seule, à ce que je vois ! enchaîne Naoka, avant de remarquer ce que l'adolescente tient entre ses mains. Eh, tu as vu ? C'est le porte-monnaie du café où je travaille… Dire que j'ai pu la croiser là-bas ! Non mais tu imagines l'horreur ?

— C'est moi qui le lui ai offert… avoue Shoya, que le comportement de la jeune fille dans son dos commence à agacer.

Le feu passe au vert et il se remet à rouler. Devant le silence de son ancienne camarade, il enfonce le clou :

— Je n'en reviens pas que tu en sois toujours à dire du mal des autres comme ça. Franchement, tu n'en as pas marre ?

Il sent sa passagère se raidir dans son dos – sans doute espérait-elle secrètement qu'il se joigne à ses moqueries, comme quand ils étaient petits. Mais cette époque-là est révolue. Pour lui, en tout cas.

— Tu as bien changé, Shoya… Je te préférais avant ! Arrête-toi ! lui ordonne-t-elle.

Mais son chauffeur, lui, ne donne pas signe d'obéir.

— Allez, laisse-moi descendre, je te dis !

Rien n'y fait, il continue de pédaler en ignorant ses cris.

— Tu es bouché ou quoi ? insiste-t-elle avant de hausser encore le ton. Je t'ai demandé de t'arrêter !

Devant le énième refus du jeune homme, Naoka joue son va-tout et se met à le chatouiller. Pris au dépourvu – cette fille est vraiment prête à tout ! –, Shoya en lâche le guidon et perd le contrôle de sa bicyclette. Tous deux viennent s'écraser au sol, mais son ancienne camarade de classe est la première à se relever. La voilà maintenant qui rebrousse chemin au pas de course.

— Non, Naoka ! Reviens !

Sans perdre de temps, il se lance à sa poursuite. Il doit à tout prix l'empêcher de parler à…

— Shoko ! s'exclame-t-elle. Ça alors… Quelle coïncidence de te voir ici !

Trop tard… Tout sourire, elle s'approche de la jeune fille, qui la dévisage avec appréhension. Puis, brusquement, Naoka tend la main vers l'oreille de sa victime préférée et lui ôte une de ses prothèses auditives.

— Bah alors, tu n'en as qu'une aujourd'hui ? Tiens, Shoya ! dit-elle en lui tendant son butin. Allez, jette-la, qu'on rigole un peu ! En souvenir du bon vieux temps…

Quelle petite peste ! Elle n'a vraiment pas changé, elle. Le jeune homme s'empare de l'appareil pour le rendre à sa propriétaire.

— Désolé, Shoko…

Mais Naoka ne semble pas vouloir en rester là. Choquée de le voir présenter ses excuses à leur ancien souffre-douleur, elle bondit à la vitesse d'un chat et lui arrache la prothèse des mains.

— Alors celle-là, c'est la meilleure ! dit-elle en partant d'un grand éclat de rire. Avant, ça t'aurait bien fait marrer et maintenant tu… tu t'excuses ? On aura tout vu ! Ça ne te ressemble vraiment pas, tout ça. (Elle ne semble pas pouvoir s'arrêter de rigoler, à présent.) Non mais on nage en plein délire ! Qu'est-ce qui se passe entre elle et toi, au juste ? Franchement… vous me faites trop marrer, tous les deux…

Sans saisir un traître mot de ce qui se passe, Shoko se contente de dévisager son bourreau, son éternel petit sourire embarrassé aux lèvres.

— On… on est juste amis… bafouille Shoya, mal à l'aise de la tournure des événements.

— Miki m'a dit que tu avais aussi repris contact avec Miyoko Sahara. Tu es sûr que tu vas bien ? poursuit-elle en se tenant les côtes sans cesser de pouffer. En primaire, elles étaient déjà ennuyeuses à mourir toutes les deux… Je me demande bien pourquoi tu traînes avec elles, aujourd'hui. Ça va, ce n'est pas trop dur de devoir faire semblant de les supporter ?

Incapable de s'arrêter, elle pleure de rire, à présent. Devant l'attitude de la jeune fille, Shoya se revoit, plus petit, agir exactement de la même façon. Le malaise grandit encore en lui. Un regard inquiet levé vers lui, Shoko lui demande ce qui se passe en langue des signes.

— *Je l'ai croisée par hasard...* répond-il évasivement.

Tout hilare qu'elle est, Naoka, de son côté, ne perd pas une miette de l'échange.

— Oh, excuse-moi, Shoko. Tu faisais tes courses, c'est ça ? Allez, tiens, je te rends ça... Au plaisir ! conclut-elle avant de lui remettre la prothèse auditive dans sa paume tendue et de disparaître en riant de plus belle.

Une fois qu'ils sont seuls, Shoko interroge de nouveau Shoya.

— *Ne t'inquiète pas, ce n'était rien*, répond-il en bottant en touche.

Mais la réponse ne satisfait pas la jeune fille, qui insiste lourdement pour qu'il lui fasse un résumé complet de la conversation. *Comment se sortir de ce bourbier ?* se demande Shoya, qui se sent comme un lapin pris dans les phares d'une voiture. Une seule solution : fuir !

— *Désolé... Il faut vraiment que je rentre... À la prochaine !* signe-t-il à la va-vite avant d'enfourcher son vélo sans demander son reste, sous le regard perplexe de Shoko.

En chemin, il s'interroge : aurait-il dû se montrer honnête avec elle et lui rapporter les paroles de leur ancienne camarade de classe comme elle le demandait ? Non, ça n'aurait servi à rien à part à lui faire de la peine. Il a agi pour la protéger, c'est tout ce qui compte.

« Ça va, ce n'est pas trop dur de devoir faire semblant de les supporter ? » Impossible de se sortir cette phrase de la tête.

Faire semblant, lui ? Mais non, pas du tout ! D'où est-ce qu'elle sort, cette idée ? C'est vraiment n'importe quoi !

Troublé, Shoya continue de pédaler jusqu'à ce qu'il tombe sur Naoka, quelques mètres plus loin, au coin de la rue. Assise sur un muret de pierre, la tête entre les bras, elle lève vers lui un visage bouffi, aux yeux remplis de larmes et au nez un peu rouge au moment où elle entend les freins grincer.

— Tu… tu pleures ? lui demande-t-il, inquiet.

— Non, je suis morte de rire. Ça ne se voit pas ? Je t'attendais, crétin ! Allez, en route ! répond-elle, pince-sans-rire, avant de monter à l'arrière du vélo du jeune homme.

Mais qu'est-ce qu'elle cherche, au juste ? À mettre sa vie sens dessus dessous ? Il a beau se creuser la cervelle, il n'arrive pas à comprendre ses intentions. Tout ça lui donne une de ces migraines ! Comme s'il avait besoin d'une tarée pareille dans sa vie ! Mais alors, dans ce cas… pourquoi est-ce qu'il continue de la trimballer sur sa bicyclette ?

Interrompant le cours de ses pensées, la jeune fille lui demande :

— Alors… Depuis quand vous sortez ensemble, Shoko et toi ?

— Quoi ? s'étrangle-t-il, sidéré qu'elle ait pu les croire en couple. Ah mais non, ce n'est pas du tout ce que tu crois ! Je te l'ai déjà dit, on est juste amis !

— Mais c'est qu'il sort les griffes, en plus ! plaisante-t-elle, ragaillardie par la déclaration de son compagnon. Depuis quand est-ce que vous vous reparlez, alors ?

— Depuis que je suis allé m'excuser pour tout ce que je lui ai fait subir en primaire.

— Sérieux ? Non, tu me fais marcher !

— Non, pas du tout. D'ailleurs, si j'ai repris contact avec Miyoko, c'est parce que Shoko avait envie de la revoir. C'est ma faute si elle a dû changer d'école, alors je voulais me rattraper. Au final, tout s'est très bien passé avec elle aussi. C'est pour ça que je suis allé au café où tu travailles : je me suis dit que vous pourriez peut-être tirer un trait sur le passé et devenir amies, Shoko et toi...

Naoka s'empresse de l'interrompre :

— Elle et... moi ? Amies ? Alors là, tu rêves ! Je ne peux vraiment pas la saquer, cette fille !

— Ça, j'ai vu... Ne t'inquiète pas, je n'ai pas l'intention d'insister.

— Tu sais, ce qu'il y a entre vous, ce n'est pas vraiment de l'amitié.

Les paroles de la jeune fille résonnent dans le silence.

— Quoi ? Comment ça ? demande l'adolescent.

— Si tu n'étais pas allé les trouver, toutes les deux, vous n'auriez pas repris contact et rien de tout ça ne serait jamais arrivé. Votre « amitié » ne tient pas à grand-chose, tu ne crois pas ?

Shoya freine aussi sec.

— On est arrivés, annonce-t-il. C'est bien ici que tu habites, non ?

— Oui, merci ! On échange nos numéros ?

— Sans façon.

Face à ce refus, Naoka revient à la charge.

— Est-ce que tu me détestes ?

Cette fois, il rétorque sans hésiter :

— Absolument !

Loin d'être vexée, la jeune fille, un sourire satisfait aux lèvres, se contente de rigoler, comme si elle s'attendait à cette réaction.

— Bon, allez, à plus, crétin ! dit-elle en franchissant le pas de la maison.

— La ferme, bouffonne ! rétorque Shoya.

— Espèce de crétin fini, va !

— C'est à moi que tu parles, la bouffonne ?

— À la prochaine ! conclut Naoka, sans se départir de son sourire, avant de claquer la porte.

Elle est complètement cinglée, cette fille... songe le jeune homme sur le chemin du retour. *Et alors ? Ça me fait une belle jambe ! Allez, mieux vaut penser à autre chose.*

Ce soir-là, il se couche tôt, la tête pleine des événements de la journée. Sa décision est prise : mardi prochain, il ira trouver Shoko pour lui expliquer ce qui s'est passé avec leur ancienne camarade de classe. Une longue et pénible conversation les attend...

Le diagnostic tombe :

— On va augmenter l'oreille droite. Votre audition a encore baissé depuis la dernière fois, annonce le médecin.

Un seul regard au visage inquiet de sa grand-mère suffit à Shoko pour comprendre la situation. Les deux femmes échangent un sourire crispé.

La consultation terminée, la jeune fille retourne chez elle et se jette sur son lit, sans même prendre la peine de retirer son uniforme, en étouffant un sanglot dans son oreiller.

Dans l'encadrement de la porte, sa petite sœur l'observe en silence, impuissante.

Lorsque le mardi tant attendu arrive, les sœurs Nishimiya sont à leur poste sur leur pont habituel, à regarder trembloter leurs reflets à la surface de l'eau. Yuzuru tente de rassurer son aînée que l'absence de Shoya semble préoccuper.

— *Ne t'inquiète pas, il va bien finir par arriver*, signe-t-elle. *Eh, mais au fait ! Tu as réussi à lui trouver un cadeau, hier, finalement ?*

Pour toute réponse, la jeune fille montre à sa cadette le sac qui contient son dernier achat en date.

C'est un petit geste en guise de remerciements – pour le porte-monnaie en forme de tête de chat. Mais aussi en guise d'excuses : pour cette fameuse journée où il a dû s'occuper de Yuzuru après sa fugue et pour la nuit qui a suivi, où la cadette des Nishimiya et lui ont ratissé la ville en quête de Shoko.

À l'impatience qui se lit à présent sur le visage de la lycéenne semble se mêler une autre émotion que sa petite sœur est incapable de déchiffrer. *Non mais c'est quoi, cette tête ?* se demande Yuzuru sans toutefois réussir à mettre le doigt sur ce qui la fait tiquer.

Ce jour-là, elles ont beau attendre, le jeune homme reste aux abonnés absents.

Voilà maintenant une semaine que Shoya ne s'est pas rendu au pont pour y rejoindre les deux sœurs.

Pourquoi ? Eh bien, parce que son emploi du temps ne le permet plus ! Entre ses révisions et les examens, sans compter son nouveau petit boulot à temps partiel, il n'a plus une minute à lui. Il est tout simplement débordé.

Mais, pour être tout à fait honnête, s'ajoutent aussi à tout ce stress les paroles de Naoka, qui ne cessent de résonner dans sa tête : *« Ça va, ce n'est pas trop dur de devoir faire semblant de les supporter ? » « Ce qu'il y a entre vous, ce n'est pas vraiment de l'amitié. »*

Elle peut bien dire ce qu'elle veut, ça ne me fait ni chaud ni froid, à moi ! C'est ce dont il tente de se persuader à longueur de journée. Pourtant, même s'il n'ose pas se l'avouer, il sait très bien que son ancienne camarade de classe a fait mouche et touché un point sensible. D'ailleurs, depuis qu'ils se sont quittés, il n'a pas réussi à chasser de son esprit le rire de la jeune fille.

Un tintement métallique annonce l'arrivée d'un nouveau client dans le salon *Ishida Coiffure*. En apercevant la nouvelle venue, la mère de Shoya sourit.

— Ah, Yuzuru ! Je suis contente de te voir. Tu cherches Shoya ? Il est là-bas, dans le fond.

Après l'avoir remerciée, la jeune fille s'engage dans la boutique pour finir par tomber sur celui qu'elle cherche, en train de ranger des magazines.

— Salut ! commence-t-elle avant de marquer une pause. Euh… Je peux te demander quelque chose ? Est-ce que tu as une copine, en ce moment ?

La question prend de court le jeune homme, qui ne s'attendait vraiment pas à une telle entrée en matière. *Quoi ? Mais d'où est-ce que ça sort, ça ?* s'interroge-t-il, stupéfait.

Il sent peser sur lui les regards curieux de sa mère et de la seule et unique cliente du salon de coiffure. Il se serait bien passé de ces spectatrices...

— Non... répond-il, en feignant l'indifférence.

Mais il n'est pas au bout de ses peines, car Yuzuru ne compte pas lâcher le morceau aussi facilement.

— Et cette fille, là... Naoka ? C'est une amie à toi ? insiste-t-elle.

— Mais qu'est-ce que tu vas encore t'imaginer ? Elle et moi, on était dans la même classe en primaire. C'est tout. J'ignore si on peut vraiment la considérer comme une amie... Pourquoi ? contre-attaque-t-il. Ta sœur t'a dit quelque chose ?

— Non... Je me posais juste la question.

Une fois son interrogatoire terminé, plus rien ne retient la cadette des Nishimiya chez les Ishida. Shoya la raccompagne donc à la porte. Au moment de franchir le seuil de la maison, ils tombent nez à nez avec... Naoka ! Quand on parle du loup...

— Salut ! lance-t-elle, avant que son regard ne croise Yuzuru. Tiens, c'est ton petit frère ?

Ah, ça me rassure ! se dit le lycéen. *Il n'y a pas que moi qui ai pris la petite sœur de Shoko pour un garçon...* Pas moins mal à l'aise de se retrouver entre les deux jeunes filles, il jette un rapide coup d'œil à Yuzuru pour jauger sa réaction, qui ne se fait pas attendre.

— Bon bah, à la prochaine ! s'écrie-t-elle, avant de fuir à toutes jambes dans la lumière du soleil couchant.

Shoya la suit des yeux un moment avant de se tourner vers Naoka, qui est entrée dans le vestibule.

— Qu'est-ce que tu veux ? lui demande-t-il sèchement.
— En fait… l'autre jour… j'ai… j'ai oublié de te dire quelque chose, bafouille son ancienne voisine de table, soudain toute timide. Je… je sais que depuis le CM2, tu en as vu de toutes les couleurs. Je regrette un peu de ne pas avoir essayé d'aller plus vers toi, à l'époque… J'étais vraiment à deux doigts de venir te parler à la cérémonie de fin d'année, mais je me suis dégonflée au dernier moment. Bref, je suis venue te présenter mes excuses…

Shoya n'en croit pas ses oreilles et en reste même un long moment sans voix. À mesure qu'il se repasse le petit discours de Naoka dans sa tête, un flot de sentiments hostiles le submerge jusqu'à le faire carrément exploser.

— Ce n'est pas à moi que tu devrais demander pardon, mais à Shoko ! s'écrie-t-il. Pour toutes les saletés que tu lui as balancées, sans parler de ton comportement de la semaine dernière ! Tu n'as qu'à aller la voir et si elle veut bien passer l'éponge sur le passé, alors moi aussi, j'accepterai tes excuses !

La jeune fille, jusque-là très calme, monte dans les tours face à l'agressivité de son interlocuteur.

— Tu te fiches de moi ou quoi ? Je n'en ai rien à faire, d'elle ! Tu comprends, ça ? D'ailleurs, je me moque pas mal de ce qu'elle peut penser de moi… Pourquoi est-ce que tu prends sa défense comme ça ? Tu te prends pour son chevalier servant, maintenant ? (Furieuse, elle martèle le sol de l'entrée de long en large.) Ce n'est pas à Shoko que je suis venue demander pardon, mais à toi, crétin ! Pff… Je voulais juste rattraper le temps perdu avec toi, recoller les morceaux pour que tout redevienne comme avant… comme à l'époque où cette fille n'avait pas encore tout gâché !

Pour toute réponse, Shoya ouvre la porte d'entrée et déclare :

— Va-t'en ! Je ne veux plus te voir.

La tête haute, Naoka s'exécute, non sans ajouter, avec tout le mépris dont elle est capable :

— Je parie que c'est exactement ce que se dit Shoko à chaque fois qu'elle voit ta sale tronche. Son sourire, c'est juste une façade.

La porte claque derrière elle. Shoya, lui, se prend à imaginer Shoko, son éternel sourire un peu embarrassé aux lèvres, en train de prononcer ces mêmes paroles : *« Va-t'en. Je ne veux plus te voir. »* Au fond, qui sait ce qu'elle pense vraiment ? Si ça se trouve, elle est juste trop polie pour lui demander de la laisser tranquille… Le jeune homme se laisse envahir par le découragement. Mais, au moment où il s'apprête à regagner l'intérieur de la maison, il entend dans son dos la voix de Yuzuru.

— Shoya ? s'écrie-t-elle.

Il se fige, sans oser se retourner. Ne l'a-t-il pas vue s'en aller ? A-t-elle assisté à sa dispute avec Naoka ? Oui, forcément… Il ne manquait plus que ça !

— Tu sais, ce sourire de façade, c'est un peu sa spécialité, à Shoko… C'est limite un tic nerveux, poursuit-elle. Elle le sort tout le temps, à tout le monde… Même à moi ! Alors, je serais toi, je ne m'inquiéterais pas trop. (Incapable de faire le moindre mouvement, il continue de l'écouter, le dos tourné et les épaules basses.) Ce qu'il y a, c'est que depuis que tu es revenu dans sa vie, ma sœur est beaucoup plus expressive. Elle a changé… et en bien ! Et moi, je suis contente de la voir comme ça.

— Yuzuru… commence Shoya en lui jetant un rapide coup d'œil par-dessus son épaule.

— Si tu veux que je m'en aille et que je te laisse tranquille, tu n'as qu'à arrêter de te prendre la tête pour rien, d'accord ? le coupe-t-elle. Ah… et, surtout, viens au pont mardi prochain ! Shoko a quelque chose pour toi. Allez, faut vraiment que j'y aille, moi ! À plus !

La porte d'entrée se referme avec un petit bruit sec. De nouveau seul, Shoya se repasse les dernières minutes qui viennent de se dérouler. Non, Yuzuru a raison, il devrait arrêter de se prendre la tête. Mais il a beau tenter de s'en convaincre, il sait très bien que s'il réfléchit trop, c'est parce que c'est la seule façon pour lui d'aller de l'avant. Et d'ailleurs, il s'abîme aussitôt dans la réflexion…

Dès le lendemain matin, au lycée, Shoya s'empresse d'aller voir Miki pour lui demander le numéro de Naoka.

— C'est vrai ? Tu le veux vraiment ? Ah, je savais bien que tu changerais d'avis ! Tiens, le voilà ! lui dit-elle, ravie.

Après l'avoir remercié, il s'installe sur les marches et se met à rédiger un message, effaçant plusieurs versions avant d'arriver à trouver la bonne formulation.

Naoka, c'est Shoya.

Excuse-moi pour hier. Je ne suis vraiment pas en position de te faire la morale. Oublie ce que j'ai dit, O.K. ?

En tout cas, merci d'être passée.

À une prochaine !

Sans se laisser le temps de tout réécrire pour la énième fois, il appuie sur « Envoyer ». À peine s'est-il relevé que son portable vibre. Il a reçu de nouveaux SMS. *Une réponse de Naoka ? Déjà ?*

Comme si j'avais besoin de ta permission pour passer te voir…

À bientôt !

Il fixe l'écran de son téléphone en se grattant la tête, perplexe devant cette réponse expéditive à un message qui lui a demandé une si longue réflexion. *Pff… Elle ne changera jamais.*

Le mardi suivant, après les cours, Shoya enfourche son vélo, direction le pont. Voilà deux semaines qu'il ne s'y est pas rendu. S'il a hésité à y aller la fois d'avant, ce n'est pas à cause de son emploi du temps surchargé, mais bien parce qu'il s'interrogeait encore sur ce que cachait réellement le sourire de Shoko. Depuis sa dispute avec Naoka, ça le tracasse. Mais, aujourd'hui, il a bel et bien l'intention de découvrir une bonne fois pour toutes la vérité ! Pourtant, il la redoute : car une fois qu'il saura ce que la jeune fille pense vraiment, impossible de faire machine arrière. Est-il prêt à prendre ce risque ? *Oui, il le faut !* s'encourage-t-il.

À son arrivée, Yuzuru et Miyoko sont déjà sur place, mais pas de Shoko en vue…

— Shoko n'est pas là ? demande-t-il, étonné.

— Elle est partie, elle avait mal au ventre, explique la lycéenne aux allures de top model.

— Ah… J'espère que ce n'est pas trop grave, au moins, dit-il non sans essayer de cacher au mieux sa déception.

— Moi, je crois surtout que c'est du flan, son mal de ventre… déclare Yuzuru.

Elle a bien vu la tête de sa sœur, la dernière fois, quand Shoya leur a posé un lapin. Shoko était tellement impatiente de lui donner son cadeau qu'elle n'en tenait pas en place… Mais il n'est jamais venu. À tous les coups, aujourd'hui, elle a préféré s'éviter une nouvelle désillusion et sorti cette excuse bidon en voyant qu'il n'était toujours pas au rendez-vous. Soudain, une idée germe dans l'esprit de la cadette des Nishimiya.

— Shoya… dit-elle de sa voix la plus doucereuse. Tu pourrais aller acheter du pain à la boulangerie devant la gare ? Ma sœur est partie avec la seule baguette qu'on avait et je ne voudrais pas que les carpes meurent de faim…

— Mais pourquoi moi ? Tu n'as qu'à y aller toi-même !

Ce n'est pas comme s'il en avait quoi que ce soit à faire de ces satanés poissons…

— Allez, s'il te plaît ! Surtout, va bien à la boulangerie qui est devant la gare ! C'est là qu'ils font le meilleur pain ! insiste-t-elle en poussant le lycéen dans le dos pour le contraindre à se mettre en route sans perdre de temps.

Yuzuru se félicite de son plan en voyant Shoya enfourcher son vélo. Avec un peu de chance, comme Shoko n'est pas partie depuis très longtemps, il la croisera peut-être sur sa route – surtout s'il suit bien ses indications !

Sans se douter une seule seconde du piège en train de se refermer sur lui, Shoya s'éloigne du pont en pédalant. Mais l'absence de son ancienne camarade de classe le tracasse. Déjà deux semaines qu'ils ne se sont pas vus… Non, ça ne peut pas continuer comme ça ! Il faut absolument qu'il lui parle… et tout de suite ! Il s'arrête donc sur le bas-côté et rédige son message.

Salut !

Ta sœur m'a dit que tu avais un peu mal au ventre, aujourd'hui, alors je viens aux nouvelles. Rien de grave, j'espère ?

Je suis allé au pont tout à l'heure, mais tu étais déjà partie. J'aurais bien aimé qu'on discute.

L'autre jour, tu voulais que je te répète les propos de Naoka. Au début, j'étais contre cette idée, mais tu as le droit de savoir.

Alors, voilà :

« Ça va, ce n'est pas trop dur de devoir faire semblant de les supporter ? »
« Ce qu'il y a entre vous, ce n'est pas vraiment de l'amitié. »

Ce n'est que son opinion, bien sûr, mais…
toi, tu en penses quoi, de tout ça ?

Tu crois qu'on peut vraiment
être amis, toi et moi ?

Satisfait de son message, il rempoche son portable et reprend sa route. Mais à peine s'est-il remis à pédaler que son vibreur l'avertit de l'arrivée d'un nouveau SMS.

Elle a répondu ! se réjouit-il avant de s'arrêter pour lire ce qu'elle lui a écrit.

Honnêtement, moi aussi, je me
suis posé la question.

Lui qui espérait voir ses doutes dissipés, il reste totalement soufflé par cette réponse qui n'a rien pour le rassurer, mais alors rien du tout ! Heureusement, quelques secondes plus tard, d'autres messages viennent le compléter.

En tout cas, moi, je ne me force
pas du tout à traîner avec toi.

En fait… j'aimerais beaucoup apprendre à
mieux te connaître, à l'occasion.

Comme ça, personne ne pourra plus
jamais remettre en question le fait qu'on
soit vraiment amis !

« J'aimerais beaucoup apprendre à mieux te connaître. » En relisant ces mots, Shoya sent sa gorge se nouer. Oui, lui aussi aimerait beaucoup ça.

Lorsqu'il finit par s'arracher à la contemplation de ces quelques lignes, il se rend compte qu'il n'est plus seul. Devant lui se tient une jeune fille qu'il met un certain temps à identifier... Shoko ! Avec sa nouvelle coiffure – une queue de cheval qui lui donne une allure complètement différente –, il a bien failli ne pas la reconnaître !

— *Qu'est-ce que tu fais ici ?* signe-t-il, en ouvrant de grands yeux étonnés. *Je pensais que tu étais déjà rentrée chez toi... Tu as encore mal au ventre ?*

— Cha 'a 'ieux... répond-elle à voix haute sans prendre la peine de signer. Tu 'as où ?

Il la dévisage, abasourdi. Depuis qu'ils se sont revus, ce doit être la toute première fois qu'il l'entend s'exprimer autrement qu'en utilisant la langue des signes. D'abord ce changement de look et maintenant ça... *Qu'est-ce qui lui arrive ?*

— *Où je vais ?* signe-t-il, pour être sûr d'avoir bien compris.

Comme elle hoche la tête pour confirmer, il poursuit :

— *Yuzuru m'a demandé d'aller acheter du pain. Pour les carpes !*

— Elle en a 'é'à... Je 'arie gu'elle 'eut chuste le 'anger... Ce 'est 'as la 'eine 'en ache'er...

— *Ah, attends, pas si vite !* l'arrête Shoya qui peine un petit peu à la comprendre, tant il n'est pas habitué à ce qu'elle parle à voix haute. *Tu peux répéter en langue des signes, s'il te plaît ?*

Shoko traduit donc ses paroles.

— *Yuzuru a faim, c'est tout. Ce n'était pas à toi d'aller à la boulangerie.*

Puis elle baisse la tête, mal à l'aise, avant de le regarder dans les yeux pour lui demander, après un long moment d'hésitation :

— *Je... prononce... mal ?*

La réponse, brutale, franchit les lèvres de Shoya avant même qu'il ait pu la retenir – il faut dire qu'il a bien du mal à comprendre pourquoi Shoko cherche à tout prix à vouloir s'exprimer à voix haute aujourd'hui.

— Oui...

Le feu aux joues et l'oreille basse, la jeune fille se recroqueville sur elle-même. Ce n'est pas du tout la réponse à laquelle elle s'attendait. Shoya s'empresse de s'excuser et de se justifier, multipliant les gestes des mains, mais elle évite son regard.

Planté face à elle, il finit par lui tapoter timidement l'épaule pour attirer son attention et, une fois qu'elle a relevé la tête, il répète :

— *Oui, mais tu te débrouilles très bien quand même.*

Un sourire éclatant accueille sa déclaration. Un sourire qui le fait d'ailleurs rougir jusqu'aux oreilles. Bon, mieux vaut s'en aller avant qu'elle ne s'en aperçoive ! Vite !

— Bon, ben, je dois y aller ! s'écrie-t-il en empoignant son vélo pour l'enfourcher à la hâte.

Mais sans avoir pu donner un seul coup de pédale, il se retrouve avec un sac entre les mains.

Il déchiffre les signes de Shoko : elle lui a apporté un cadeau pour le remercier.

— C'est vrai, c'est pour moi ? C'est gentil, merci ! Je peux l'ouvrir ?

Ravi, il ouvre le paquet pour en sortir de longues baguettes en bois surmontées de petits animaux : lapin, ours… Perplexe, il les observe sous tous les angles. Qu'est-ce que ça peut bien être ? Des sucettes, peut-être ? Non, ça n'en a pas l'odeur… Alors quoi ? Il n'en a pas la moindre idée. Pourtant, il n'en laisse rien paraître.

— C'est super mignon, merci ! Bon, à plus ! dit-il avant de se mettre en route.

Quelques coups de pédale plus loin, ses pensées ne cessent de revenir à Shoko. Elle n'était pas comme d'habitude aujourd'hui. Il y avait vraiment quelque chose de… de différent chez elle. Mais quoi ? Impossible de mettre le doigt dessus.

Lui revient en mémoire le message qu'elle lui a envoyé, à peine quelques minutes plus tôt : *« J'aimerais beaucoup apprendre à mieux te connaître. »* C'est vrai qu'il ne sait pas grand-chose d'elle non plus… Elle a raison : il est grand temps que ça change !

D'ailleurs, il vient peut-être de rater une occasion en or d'en apprendre plus sur elle. Il aurait pu l'interroger sur sa nouvelle coiffure, par exemple, ou lui demander pourquoi elle tenait tant à s'exprimer à voix haute aujourd'hui ou encore, tout bêtement, lui demander à quoi peuvent bien servir ces baguettes qu'elle lui a offertes…

Des questions, ça, il en a à la pelle. Mais du courage pour les poser, beaucoup moins. Au fond, s'il rechigne autant à se lancer, c'est peut-être parce qu'il a peur de faire remonter des mauvais souvenirs à la surface en essayant de nouer des liens avec son ancienne camarade de classe…

Quand il repense à la primaire… Le visage désormais empourpré de colère, il n'a qu'une envie : zigouiller l'abruti qu'il était en CM2. S'il n'avait pas été aussi débile à l'époque, tout serait beaucoup plus facile entre Shoko et lui aujourd'hui !

La fureur commence à le gagner quand tout à coup…

— A'ends ! Shoya !

Surpris par la puissance de cette voix – celle de Shoko – qu'il n'a pas l'habitude d'entendre, il écrase les freins. Dans le même temps, elle s'écrie, aussi fort qu'elle le peut pour couvrir la distance qui les sépare et le crissement des pneus.

— Du me b'ais !

Il se retourne, alarmé par le cri de la jeune fille.

— Quoi ? Qu'est-ce que tu as dit ?

Mais elle se contente de le regarder fixement.

— *Qu'est-ce qu'il y a ?* signe-t-il.

— 'u me 'lais… dit-elle d'une voix considérablement plus faible, cette fois.

— *Désolé. Je ne comprends pas. Tu peux me le dire en langue des signes ?*

— 'u… ne… p'ais… répète-t-elle encore, sa voix désormais presque réduite à un murmure.

Shoya cherche désespérément à décoder les paroles que son ancienne camarade de classe tente de lui faire comprendre.

— *Ah, j'y suis ! Tu parles de la lune, c'est ça ?* demande-t-il en dessinant le croissant de l'astre avec ses mains.

Les joues rouges et le front brûlant, la jeune fille se contente d'opiner du chef. Tout heureux d'avoir compris, Shoya lève la tête pour observer l'horizon, puis répond :

— *Oui… tu as raison. La lune est pleine, ce soir.*

Son ancienne camarade de classe esquisse l'ombre d'un sourire… avant de s'enfuir à toutes jambes sous le regard ahuri du lycéen.

Ce soir-là, dans le ciel qui commence à s'assombrir, entre les nuages rougis par le crépuscule, trône la pleine lune, toute en majesté. Elle contemple, sereine, le tourbillon de sentiments insaisissables de cette scène qu'elle baigne d'un éclat laiteux.

Chapitre 10
De nouveaux amis

La porte d'entrée de chez les Nishimiya s'ouvre à la volée sur Shoko, qui fonce dans sa chambre pour se jeter sur son lit, la tête la première sur son oreiller. Après avoir assisté à la scène, Yuzuru, le front plissé par l'inquiétude, se poste dans l'encadrement et interroge sa sœur :

— Oh là, est-ce que ça va ?

Mais Shoko continue résolument à lui tourner le dos et préfère taper un message sur son téléphone à l'intention de sa sœur.

J'ai dit à Shoya qu'il me plaisait.

— Non, sérieux ?

Stupéfaite, elle fixe d'un œil scrutateur son aînée qui, toujours étendue à plat ventre sur le lit, s'est mise à battre des jambes comme une nageuse. Très vite, un deuxième message arrive sur le portable de la cadette des Nishimiya.

Mais il n'a rien compris…

La lycéenne est à présent d'une immobilité parfaite. Seule sa respiration se fait entendre dans le silence de la chambre. Yuzuru, elle, à court de mots, se contente d'observer son aînée, impuissante. Prise d'une inexplicable bouffée d'angoisse, elle finit par s'éclipser en chipant au passage le vieux cahier de communication de sa grande sœur avant de s'enfermer dans les toilettes pour le feuilleter. *Shoko en a fait, du chemin, depuis l'école primaire*, ne peut-elle s'empêcher de constater.

À mesure qu'elle tourne les pages les unes après les autres, les souvenirs remontent à la surface. Lui revient surtout en mémoire ce jour où sa sœur est rentrée à la maison complètement trempée de la tête aux pieds. Et si Shoko ne lui avait pas tout raconté sur ce qui s'était passé à cette époque-là ?

Voulant en avoir le cœur net, elle compulse le cahier et s'aperçoit qu'il contient une multitude d'écritures différentes. Elle a vu juste ! Bien sûr que Shoya n'est pas le seul à avoir écrit des méchancetés à Shoko en primaire. Mais les autres élèves qui la harcelaient, que sont-ils devenus aujourd'hui ? Qui peuvent-ils bien être ?

Plongée dans sa lecture, elle se met à déchiffrer un à un chacun des messages laissés dans le carnet.

Au lycée, ces derniers temps, Shoya passe le plus clair de ses journées avec Tomohiro, si bien que son ami finit par lui dévoiler son grand projet : monter une véritable équipe de cinéma. L'objectif ? Participer à un concours récompensant les nouveaux jeunes talents de l'industrie. Son rêve le plus fou ? Remporter la gloire éternelle

– enfin, surtout le Grand Prix du concours et la coquette somme qui va avec.

Pas un jour ne passe sans que Shoya ne se voie proposer de participer à l'aventure. Son camarade a beau essuyer refus sur refus, impossible de lui faire lâcher le morceau. C'est qu'il peut être tenace quand il veut !

Après s'être autoproclamé réalisateur, Tomohiro nomme donc son meilleur ami assistant – sans même lui demander son avis, bien entendu – et lui confie le recrutement du reste de l'équipe. Pas un seul instant il ne se préoccupe des vives protestations du lycéen, qui ne manque d'ailleurs pas de lui rappeler que sa cote de popularité n'est pas vraiment au beau fixe !

Ce jour-là, le cinéphile revient à la charge.

— Bon, il nous manque encore des acteurs et une équipe technique… On est d'accord que tu t'en occupes ?

— Quoi ? Mais non… dit à nouveau Shoya.

— Super ! Merci de ta coopération ! répond-il sans écouter la réponse de son directeur de casting.

— Tomohiro ! proteste encore son meilleur ami. Je te l'ai déjà dit cent fois : je ne connais personne…

Surprenant leur conversation, un de leurs camarades, Satoshi Mashiba, finit par s'approcher d'eux pour leur demander, sans détour :

— C'est vrai que vous allez tourner un film ? Je peux jouer le rôle principal ?

Malgré cette candidature inespérée, le chef de projet ne semble pas vouloir accepter n'importe qui – encore moins le premier venu, aussi beau gosse soit-il – et décline la proposition sur-le-champ.

— Ah, désolé… Pour participer au tournage, il faut être ami avec Shoya.

Aussitôt, l'aspirant acteur, un grand sourire aux lèvres, pose une main sur l'épaule de l'intéressé et forme de l'autre le signe de la victoire avant de déclarer :

— On n'a qu'à le devenir !

— Eh ! Enlève tes sales pattes de mon meilleur ami ! s'écrie le réalisateur en herbe, scandalisé.

Mais Shoya, lui, n'a qu'une idée en tête : se débarrasser au plus vite de cette histoire de casting.

— Tu sais quoi, Tomohiro ? Je crois qu'on tient notre acteur principal ! déclare-t-il.

Au même instant, des exclamations joyeuses se font entendre à l'entrée de la salle de classe.

— Ça te va trop bien !

— C'est super mignon !

Les cris d'admiration viennent d'un groupe de filles, rassemblées autour d'une de leurs camarades qu'elles cachent à la vue de Shoya. *Qui est-ce que ça peut bien être ?* se demande-t-il.

— Miki ? s'écrie Satoshi, avant de s'empresser d'aller rejoindre la déléguée de classe.

Est-ce que c'est vraiment elle ? Au fur et à mesure qu'elle s'avance dans la salle, les élèves s'écartent pour la laisser passer. Une fois la foule dispersée, Shoya peut enfin identifier la lycéenne : il s'agit bel et bien de Miki, mais elle n'a plus rien à voir avec la déléguée de classe aux allures de petite fille qu'il connaît si bien. Fini, les lunettes et les habituelles tresses, ses cheveux ondulés cascadent à présent librement sur ses épaules et dans son dos.

Comment ne pas penser à Shoko et à sa queue de cheval de la dernière fois ? Qu'est-ce qui les a poussées à changer de look du jour au lendemain ? Y a-t-il là un signe à interpréter ? Piqué par la curiosité, il interroge sa camarade :

— Salut, Miki ! Sympa, ta nouvelle coupe… Pourquoi ce changement ?

— Je ne sais pas. Comme ça, pour le plaisir ! Pas besoin d'avoir une raison particulière pour changer de look, si ?

Soudain, le jeune homme repense à Shoko et à la queue de cheval qu'elle portait la dernière fois qu'il l'a vue. Et, tout à coup, il se tourne vers Miki et la regarde d'un œil nouveau. Il se laisse aller à contempler son visage que, pour la première fois depuis très longtemps, il voit clairement. Sans prévenir, son imagination s'emballe. Est-ce que le changement de coupe de Shoko n'était qu'un coup de tête, une envie passagère ? Miki a peut-être raison : il réfléchit trop. Après tout, ce n'est qu'une coiffure, pas vrai ? Ça ne veut rien dire… Malgré tout, il reste plongé dans un abîme de perplexité, incapable de tirer la moindre conclusion, lorsque sa camarade interrompt le cours de ses pensées.

— Au fait, Shoya, je t'ai vu discuter avec Satoshi tout à l'heure… dit-elle. Tu t'entends bien avec lui ?

— Ça se saurait ! répond Tomohiro à sa place.

— Je ne le connais pas vraiment… précise le lycéen, méfiant, sans trop savoir où elle veut en venir.

— Ah bon ? Mais tu ne trouves pas qu'il a quelque chose ? lui demande-t-elle.

Il en reste sans voix. *Qu'est-ce que j'en sais, moi ?* À vrai dire, il ne s'est jamais vraiment posé la question. C'est peut-être même la première fois depuis le début de l'année qu'il échange plus de deux mots avec son camarade…

— J'ai cru comprendre qu'il voulait que vous deveniez amis… insiste Miki. Il dit qu'il te trouve sympa !

Il me trouve sympa ? s'étonne Shoya, complètement pris au dépourvu. Et, à nouveau, c'est comme si on lui avait retiré ses œillères : le visage de Satoshi lui apparaît lui aussi clairement.

Il réfléchit aux paroles de la jeune fille. Quel mal y aurait-il à se faire des amis ? Après tout, si Satoshi y tient tant que ça, pourquoi pas ! Ce n'est pas comme s'il était fondamentalement contre l'idée… *Mais pourquoi moi ? Et pourquoi maintenant ?* Les yeux rivés sur le lycéen, il pèse le pour et le contre de cette nouvelle amitié quand, tout à coup, leurs regards se croisent. Grillé ! Son camarade de classe se dirige droit sur lui, un sourire aux lèvres, et reprend leur discussion là où ils l'ont laissée tout à l'heure.

— Alors ? Amis ? demande-t-il.

— Pourquoi pas ! répond cette fois Shoya.

À partir de ce moment, les deux lycéens se mettent à traîner ensemble de plus en plus régulièrement – en dépit des efforts de Tomohiro pour empêcher la naissance de cette nouvelle amitié. Shoya a encore du mal à considérer Satoshi comme un véritable ami – après tout, ils viennent juste de commencer à faire connaissance – mais, pour l'heure, sa compagnie n'est pas désagréable. Et puis, c'est plutôt sympa d'avoir quelqu'un d'autre avec qui discuter...

Le seul inconvénient de toute cette affaire, c'est Miki. Depuis que les deux garçons se sont mis à passer du temps ensemble, la déléguée de classe ne lâche plus Shoya d'une semelle. Mais le lycéen n'est pas aveugle : il a très bien compris que si elle lui adresse la parole, c'est uniquement pour se rapprocher de Satoshi. Au fond, ça ne le dérange pas plus que ça. Alors, il la laisse continuer son petit manège.

Mais toutes ces nouvelles têtes qui tournent autour de son meilleur ami ne sont pas pour plaire à Tomohiro. Au contraire, le cinéphile voit ces amitiés naissantes d'un très, très mauvais œil – à la limite de la traîtrise, même... D'ailleurs, il ne cesse de jeter à Shoya des regards en coin et d'épier ses moindres réactions.

Lorsque mardi arrive, le réalisateur en herbe n'a pas l'intention de rester sur la touche une seule seconde de plus. D'autant qu'il est plus que temps de commencer à penser à son film !

— Eh, Shoya ! Tu vas au pont, aujourd'hui ? Je peux venir avec toi ?

Quoi ? On est déjà mardi ? L'intéressé n'en croit pas ses oreilles : il n'a même pas vu la semaine passer ! Bon, c'est décidé, cette fois, il est hors de question de se dégonfler. Lors de leur dernier tête-à-tête, Shoko est partie en courant et, depuis, son départ précipité ne cesse de hanter le lycéen. Est-ce que c'était lui qu'elle fuyait ? Il est grand temps de le découvrir...

À peine arrivé au point de rendez-vous, Tomohiro s'empresse d'aller voir Yuzuru. Il a une requête : il souhaiterait utiliser l'appareil photo de la jeune fille qui dispose d'une fonction caméra permettant de tourner des vidéos. Le matériel idéal pour réaliser son film en somme !

— Pas de problème ! accepte aussitôt la cadette des Nishimiya. À une condition… En échange, tu dois m'inviter quelque part !

— Pff ! Tu es vraiment une gamine… Enfin bon, si ça peut te faire plaisir… Marché conclu ! cède Tomohiro.

— Une sortie ? C'est une super idée ! Je peux vous accompagner ? demande Miyoko.

— Plus on est de fous, plus on rit !

— On devrait aussi inviter Shoko, ajoute-t-elle.

Yuzuru hoche la tête en signe d'approbation : que sa sœur participe, ça tombe sous le sens ! De toute façon, elle n'imaginait pas y aller sans elle…

— Moi aussi je peux me joindre à vous ? demande Shoya à son tour.

— Bien sûr ! répond son meilleur ami autoproclamé.

— Super, moi aussi ! J'ai trop hâte ! renchérit Satoshi.

L'arrivée de son camarade de classe prend Shoya au dépourvu : les aurait-il suivis ? Quoi qu'il en soit, c'est Tomohiro qui paraît le plus surpris – et surtout le plus agacé – de la présence du nouveau venu.

— Toi, on ne t'a pas invité ! cingle-t-il.

Sans tenir compte de la remarque du réalisateur en herbe, Satoshi s'avance vers le petit groupe pour se présenter aux filles. Bientôt le trio commence à discuter des détails de leur future sortie.

Une question taraude Shoya : où est donc Shoko ? Depuis qu'ils sont arrivés sur le pont, pas de signe de la jeune fille. Préoccupé, il interroge Yuzuru, qui lui explique que sa sœur, prise d'un mal de ventre fulgurant, est déjà rentrée.

— Tu ne crois pas qu'elle m'évite, quand même, si ? s'inquiète le jeune homme.

— Qu'est-ce qui te fait penser ça ?

— L'autre jour, elle... elle m'a laissé en plan. Elle essayait de me dire quelque chose mais, rien à faire, je ne comprenais pas. Seulement, elle me l'a répété à plusieurs reprises. Bref, je pense que ça l'a énervée au bout d'un moment... explique-t-il. Ce n'était pourtant pas si compliqué que ça. Elle me parlait juste de la pleine lune !

Yuzuru ricane intérieurement : voilà ce qu'il a compris ? Quel abruti ! Pas étonnant que Shoko se soit mis dans un état pareil...

— Et si tu l'invitais, toi ? Si elle n'a pas envie de venir, elle refusera et puis c'est tout.

De retour chez elle, ce soir-là, la cadette des Nishimiya trouve sa sœur de nouveau allongée à plat ventre sur son lit, les bras en croix. Son portable dans une main, elle bat l'air de ses jambes, visiblement aux anges.

Il ne peut y avoir qu'une seule et unique raison à ce comportement : pas de doute, Shoya a suivi les conseils de Yuzuru et invité Shoko à leur prochaine sortie !

Chapitre 11
Réconciliation

Lorsque Shoya arrive devant la gare où ils se sont tous donné rendez-vous, les sœurs Nishimiya sont déjà là, à l'endroit même où Shoko et lui se sont parlé pour la dernière fois. D'ailleurs, aujourd'hui, un détail retient son attention : au lieu d'avoir réuni ses cheveux en une queue de cheval, la jeune fille s'est coiffée comme à son habitude, au naturel.

Une voix les interpelle, non loin :

— Salut, la compagnie ! Désolée pour l'attente !

Mais cette voix, ce n'est pas celle de Miyoko, c'est celle de… Naoka ! *C'est quoi, ce délire ?* se demande Shoya, sans en revenir.

Vêtue d'un short, sa longue chevelure lisse flottant au vent, elle s'avance vers eux, tout sourire. *Mais qu'est-ce qu'elle fait là ?* Il ne l'a pourtant pas invitée. *J'ai un mauvais pressentiment…* Sa présence n'augure rien de bon. Rien de bon du tout !

— Salut, Shoko ! s'écrie-t-elle en se plantant face à la jeune fille, avant de tendre les bras vers elle.

Qu'est-ce qu'elle manigance encore ? Shoya ne quitte pas des yeux son ancienne voisine de table et épie chacun de ses gestes, prêt à intervenir au moindre faux pas. Elle n'oserait quand même pas s'amuser à piquer les prothèses auditives de Shoko devant autant de témoins, si ?

Non, fausse alerte : elle se contente de poser les mains sur les épaules de Shoko.

— Je suis désolée… déclare-t-elle. On fait la paix ?

Sans lui laisser le temps de réagir, elle lui empoigne la main avant de la secouer énergiquement, comme pour sceller leur réconciliation. Shoya, lui, assiste à l'échange en silence, abasourdi. Shoko a-t-elle seulement compris ce qui vient de se passer ? Vu son absence totale de réaction, c'est peu probable.

Que cherche Naoka, au juste ? Il se remémore une des dernières paroles qu'il lui a adressées : *« Ce n'est pas à moi que tu devrais demander pardon, mais à Shoko ! »* Alors, c'est tout ? C'est sa façon à elle de faire amende honorable ? Elle ne pense quand même pas s'en tirer avec des excuses aussi minables ? Quelle blague !

Soudain, la jeune fille reconnaît Yuzuru.

— Tiens, mais ce ne serait pas le garçon que j'ai vu sortir de chez toi l'autre jour, Shoya ?

— Je m'appelle Yuzuru. Je suis la sœur de Shoko.

— Non, c'est vrai ? Trop drôle ! Alors, comme ça, vous vous promenez en famille ? C'est trop mignon… dit-elle avant de faire volte-face et de pointer l'index sur Shoya. Aujourd'hui, c'est moi votre guide ! Direction le parc d'attractions !

— Attends deux secondes… proteste le jeune homme. Qu'est-ce que tu fais là, de toute façon ? On ne t'a même pas invitée !

— Bien sûr que si ! Miki m'a proposé de venir.

Miki ? Mais elle n'était même pas là quand ils ont organisé cette sortie. D'ailleurs, la voilà qui arrive, suivie de peu par le reste de la bande.

— Merci à tous d'être venus ! dit-elle. Alors, on y va ?

Depuis quand est-ce que c'est elle qui commande ? se demande Shoya, un peu agacé de la tournure des événements. Décidément, déléguée de classe un jour, déléguée de classe toujours !

Toutefois, c'est sans protester qu'ils prennent leurs billets de train avant de se diriger vers le quai correspondant, tous les huit : Shoko, Yuzuru, Tomohiro, Miyoko, Naoka, Miki, Satoshi et lui.

Quelle étrange petite bande ! ne peut-il s'empêcher de songer. Il ne reste plus qu'à croiser les doigts pour que cette curieuse réunion se passe bien. Après tout, ils se connaissent à peine...

Sont-ils tous en train de jouer un rôle en prétendant se réjouir de cette sortie ou bien se montrent-ils sincères ? Font-ils semblant de se supporter ou existe-t-il un vrai terreau sur lequel bâtir une véritable amitié ?

Sur le qui-vive, Shoya se répète encore et encore la même phrase : pourvu que tout se passe bien ! Pour ça, il a intérêt à tenir son ancienne voisine de table à l'œil ! Qui sait ce dont elle est capable pour s'en prendre à Shoko ?

D'ailleurs, il s'inquiète aussi pour Miyoko. Si elle a arrêté de venir en cours en primaire, c'est à cause de Naoka et de sa langue de vipère, non ? À force de s'en prendre plein la tête, elle a fini par craquer et tout plaquer. Tout ça parce qu'elle s'était liée d'amitié avec la petite nouvelle de la classe...

Il n'a pas à attendre longtemps avant que – comme il s'y attendait – Naoka reprenne ses mauvaises habitudes et s'attaque à une de ses cibles préférées.

— Décidément, Miyoko, tu t'habilles toujours comme un sac. Tu vas nous coller la honte ! s'écrie-t-elle.

Ça commence mal… Mieux vaut la remettre à sa place au plus vite avant qu'elle ne fasse plus de dégâts. Mais sans laisser le temps à Shoya d'intervenir pour calmer le jeu, Miyoko en personne réplique :

— Pourtant, j'ai choisi la couleur que tu m'avais conseillée ! Tu n'aimes pas ?

A-t-il bien entendu ? Est-ce qu'elle a vraiment demandé des conseils à Naoka pour choisir sa tenue du jour ?

— Le problème, ce n'est pas la couleur, mais la coupe. Elle ne te va pas du tout.

L'échange laisse Shoya perplexe. Il savait qu'elles étaient dans le même lycée, mais de là à ce qu'elles soient… amies ? Non, c'est impensable ! Il s'attendait à tout sauf à ce genre de retournement de situation. Et, pourtant, pas de doute : aussi acerbes que soient les remarques de sa camarade, la lycéenne aux allures de mannequin ne semble pas s'en offusquer le moins du monde.

Les voilà même qui s'installent l'une en face de l'autre, juste à côté de Tomohiro et de Shoya dans un carré d'un côté de l'allée. De l'autre prennent place Shoko et Yuzuru face à Miki et Satoshi.

Assis près de la fenêtre, Shoya, lui, regarde le paysage défiler sans vouloir particulièrement prendre part aux conversations qui fusent de part et d'autre quand la voix de Satoshi le tire soudain de ses pensées.

— Elle est vraiment malentendante ?

— Oui… C'est pour ça que quand tu t'adresses à elle, il faut vraiment bien articuler et parler un peu plus fort, répond Miki. En primaire, j'étais assise juste devant elle. Je me retournais souvent pour l'aider et lui expliquer ce que le prof voulait qu'on fasse. Ça a été une expérience très enrichissante…

Elle en parle comme si c'était le bon vieux temps ! Non mais on marche sur la tête !

Cependant, son air nostalgique fait s'interroger Shoya : est-ce que c'est lui qui se fait des idées sur ce qui s'est passé, à l'époque ? Ses souvenirs ne correspondent-ils pas à la réalité ? En fin de compte, le problème vient peut-être du fait qu'il a tendance à voir le mal partout…

Quoi qu'il en soit, c'est en partie à cause de la déléguée de classe qu'il n'ose pas s'approcher de Shoko pour lui parler. Pourquoi faut-il toujours qu'il se complique autant la vie ?

Quand ils arrivent au parc d'attractions, c'est Miki qui – une fois n'est pas coutume – prend la tête de leur petit groupe.

— On commence par là ? Allez, suivez-moi !

Pendant qu'ils attendent leur tour devant les montagnes russes, Shoya, lui, profite de ces quelques minutes de pause pour envoyer discrètement un message à Miyoko :

> Je ne savais pas que tu étais amie avec Naoka. Vu ce qui s'était passé entre vous en primaire, je ne m'y attendais pas…

Plutôt que de lui répondre sur son portable, la jeune fille vient prendre place directement à côté de lui dans la nacelle qui s'apprête à partir.

— Quand j'étais petite, j'avais peur de ce genre d'attractions, avoue-t-elle.

— Et maintenant ?

— Aucune idée ! On verra bien… De toute façon, la dernière fois, c'était il y a cinq ans.

Cinq ans… Si ça se trouve, c'est peut-être à cause de Naoka qu'elle a peur des montagnes russes, songe le jeune homme. Qui sait ?

Le petit train entame une longue montée abrupte avant de plonger à pic à toute vitesse. Shoya pousse un grand cri de frayeur. Miyoko, elle, rit aux éclats. Les frissons du manège leur font bientôt oublier Naoka, son mauvais caractère et tout le reste pour ne plus laisser que ce moment magique hors du temps.

Une fois l'attraction terminée, tous descendent de la nacelle pour se retrouver un peu plus loin avant de filer au manège suivant. Miki continue de mener la danse.

— Direction le manoir hanté ! Allez, suivez le guide ! ordonne-t-elle.

— Attendez-nous ! s'écrie Yuzuru. Je crois que Shoko a besoin d'une petite pause…

Un bras passé autour des épaules de sa cadette pour s'y agripper de toutes ses forces, l'intéressée peine à descendre l'escalier sur ses jambes toutes flageolantes. En la voyant trembler comme une feuille après seulement un tour de manège, le groupe tout entier éclate de rire dans une ambiance bon enfant – y compris Shoya qui, malgré lui, ne peut s'empêcher de se joindre au reste de la bande. Un peu gênée de sentir peser sur elle tous ces regards, l'aînée des Nishimiya baisse la tête.

— Dis donc, Shoya, ce n'est pas sympa de se moquer ! le taquine Miyoko, qui a remplacé Yuzuru et soutient maintenant Shoko par la taille.

Sans pouvoir retenir un dernier petit rire, le jeune homme présente toutefois ses excuses à son ancienne camarade de classe, de peur qu'elle ne finisse par prendre la mouche.

— *Désolé… Est-ce que ça va ?*

Pour toute réponse, Shoko, pas vexée pour si peu, lui lance un sourire radieux en signe de confirmation.

L'échange n'échappe pas à l'ensemble du groupe.

— Tu connais la langue des signes ? Alors, là, respect ! s'exclame Satoshi en mettant une grande claque dans le dos de Shoya. Tu pourras m'apprendre un de ces jours ?

— Ça a dû te demander beaucoup de temps et d'efforts pour y arriver… Franchement, bravo ! renchérit Miki en commençant à l'applaudir.

Désormais au centre de l'attention, Shoya ne sait plus où se cacher. Depuis le temps, signer lui est devenu comme une seconde nature. Mais, au milieu de tous ces regards admiratifs, il éprouve soudain une sensation inédite : il se sent… bien. Est-ce qu'il serait en train de… de s'amuser ? En a-t-il seulement le droit ?

Voilà qu'ils enchaînent maintenant tour de chaises volantes, balade en pédalo en forme de canard… un sourire grand jusqu'aux oreilles, tout en discutant de tout et de rien comme s'ils se connaissaient depuis toujours.

Comment pourraient-ils ne pas s'amuser ? Impossible dans un endroit pareil. Après tout, ils sont dans un parc d'attractions !

C'est vraiment une drôle de sensation, se dit Shoya. Pour un peu, il aurait presque l'impression d'avoir… de véritables amis !

Qu'est-ce que Tomohiro lui avait dit, déjà, il n'y a pas si longtemps ? *« Mais au fond, pour moi, l'amitié, ça va bien au-delà des mots ou de la logique. »* Se pourrait-il qu'il ait raison, en fin de compte ?

Shoya semble comprendre pour la toute première fois les propos du réalisateur en herbe : l'amitié, ce n'est pas un concept abstrait qu'on peut définir, c'est plutôt un sentiment, un état d'esprit… La preuve : il s'est même fait à la présence de Naoka. C'est pour dire !

L'amitié… Avant, il était obsédé par ce mot et l'avait tout le temps à la bouche ou en pensée, à toute heure du jour et de la nuit, si bien qu'il n'arrêtait pas de se torturer les méninges pour en comprendre la véritable signification : qu'est-ce que ça peut bien vouloir dire, au fond, être amis ?

Mais, à présent, plus de doute ! Même si les filles et les garçons qui l'entourent sont parfois étranges, même s'il ne les connaît pas parfaitement, ce n'est pas grave. L'important, ce sont les fous rires partagés – même lui s'esclaffe. Les bons et les mauvais moments, ensemble, c'est ça, être amis.

Oui, lui qui s'est rendu malade à force d'essayer de comprendre ce que c'était que l'amitié se laisse désormais porter par la vague, heureux et soulagé d'avoir enfin compris.

— Ah, je meurs de faim ! s'écrie tout à coup Miki.

— Je ne dirais pas non à des takoyakis… renchérit Naoka. Dis, Shoya, tu ne voudrais pas aller en chercher ?

— D'accord, je m'en occupe ! accepte-t-il, de bonne humeur.

Impossible de savoir depuis quand il ne s'est pas senti aussi léger ! Comme s'il était sur un petit nuage qui se laisse flotter au gré du vent… Pendant qu'il attend sa commande, le parfum de la chair de poulpe grillée et d'une sauce aigre-douce lui taquine agréablement les narines. Tout heureux, il ne cesse de penser aux nouveaux amis qu'il s'est découverts aujourd'hui. Dans la vapeur qui s'élève du stand se dessinent les visages joyeux de chacun d'entre eux.

Mais sa petite bulle de bonheur éclate pile au moment où il s'apprête à récupérer la barquette des mains du vendeur. Car l'employé qui se tient devant lui, un sourire commercial aux lèvres, n'est autre que… Kazuki !

Kazuki Shimada était un de ses meilleurs amis d'enfance. Ils se sont rencontrés en primaire et ont très vite sympathisé au point de devenir inséparables.

Enfin, si on y réfléchit bien, non, ils n'étaient pas si proches que ça. Il leur arrivait juste de traîner ensemble de temps en temps, rien de plus. D'ailleurs, Shoya ne garde pas beaucoup de souvenirs de cette époque-là. Tout compte fait, il ne se rappelle même pas grand-chose du tout. Alors, revoir Kazuki après toutes ces années ? Ça ne l'intéresse pas le moins du monde. Pire, il s'en fiche comme de sa première boulette de poulpe !

C'est du moins ce dont il tente de se convaincre à mesure que ne cessent de remonter à la surface des souvenirs qu'il cherche désespérément à faire refluer.

Le temps semble suspendu. Les deux ex-meilleurs amis se regardent en chiens de faïence un long moment sans rien oser dire. Malgré le sourire qui étire ses lèvres, Kazuki reste de marbre, son expression ne trahissant pas la moindre émotion à la vue de Shoya qui, lui, baigne dans la confusion la plus totale.

— Je t'avais pourtant bien dit de te mêler de tes affaires, Naoka ! gronde tout à coup le vendeur en fixant un point derrière l'épaule de son ancien camarade de classe.

Naoka ? Shoya se retourne aussitôt. Derrière lui se tient bel et bien la lycéenne, les mains jointes comme pour s'excuser, un sourire contrit aux lèvres.

— Je sais, répond-elle. Désolée…

Les pièces du puzzle commencent à s'assembler : d'abord la destination choisie par la jeune fille en personne – le parc d'attractions –, puis le prétexte du déjeuner – les takoyakis qu'elle l'a envoyé acheter… Tout ça n'est qu'un coup monté, une bonne grosse arnaque pour qu'il tombe sur Kazuki ! Comment a-t-elle pu oser lui tendre un piège aussi grossier ?

Furieux, Shoya s'éloigne à grands pas sans demander son reste.

— Je t'enverrai un message plus tard ! entend-il Naoka dire à Kazuki avant qu'elle ne se lance à sa poursuite. Attends-moi, Shoya ! J'ai fait quelque chose de mal ?

— Non ! réplique-t-il sèchement, sur un ton qui indique pourtant le contraire.

— Allez, quoi… Ne le prends pas comme ça ! Je voulais juste vous aider à vous réconcilier…

Ça partait peut-être d'une bonne intention mais, en attendant, elle ne s'est pas privée pour le manipuler ! Non mais quel culot ! Et dire que lui, il est tombé dans le panneau comme un imbécile.

Pourtant… la jeune fille a beau l'avoir mis devant le fait accompli – Kazuki –, n'a-t-elle pas cherché à faire exactement comme lui quand il avait avoué qu'il aurait bien aimé qu'elle se réconcilie avec Shoko ? Ce sentiment de trahison qu'il éprouve en ce moment, Naoka l'avait-elle ressenti, elle aussi ?

— Je ne suis pas fâché… pas vraiment… murmure-t-il, sa colère retombée, avant de rejoindre les autres.

Après tout, c'est vrai : il comprend le geste de Naoka et n'en garde aucune rancune. Mais l'enthousiasme qui le submergeait un peu plus tôt a totalement disparu. Revoir Kazuki lui a flanqué un sacré coup au moral !

Sans prêter attention à son brusque changement d'humeur, le petit groupe, rassemblé sous un parasol, est en train d'imaginer à quoi pourrait bien ressembler le scénario du film de Tomohiro.

— Pourquoi pas de la science-fiction ?

— Moi, j'aime bien la fantasy…

Tout le monde y va de sa propre petite opinion. Tout le monde… sauf Shoya qui, la tête entre les mains, broie du noir sans cesser de revoir le visage de son ancien meilleur ami.

C'est au tour de Satoshi de proposer son idée.

— Moi, je verrais bien une histoire de vengeance : le héros reviendrait tuer tous ceux qui l'ont persécuté ! déclare-t-il en maniant une épée imaginaire.

— D'accord, mais… et ensuite ? demande Tomohiro. Ça ne peut pas finir comme ça. Tu ferais quoi, toi, après avoir mené ta petite vendetta ?

La réponse ne vient pas de Satoshi, mais d'un Shoya morose.

— Je me suiciderais…

Tous les regards se braquent sur lui. Son annonce crée un malaise autour de la tablée jusqu'à ce que Tomohiro le dissipe en déclarant :

— Super idée ! Franchement, c'est du pur génie !

Une fois la pause déjeuner terminée, seul Shoya refuse de retourner faire d'autres attractions et reste prostré sur un banc à ruminer de sombres pensées. Naoka vient s'asseoir à côté de lui, un jus de fruits à la main.

— Tu étais sérieux, tout à l'heure, quand tu parlais de te suicider ? lui demande-t-elle. C'est vraiment glauque, tu ne devrais pas lancer ce genre de phrases à la légère.

— Lâche-moi…

— Pas question ! déclare-t-elle.

Pour toute réponse, Shoya se contente de continuer à fixer le sol en s'efforçant d'ignorer la jeune fille.

— Tu sais, au final, on se ressemble, tous les deux, insiste son ancienne voisine de table.

— N'importe quoi !

— Mais si, réfléchis bien…

— Puisque je te dis que je ne suis pas comme toi !

— Si Shoko n'avait pas débarqué dans notre classe, en CM2, on n'en serait pas là aujourd'hui. (Cette fois, ça y est, elle a toute l'attention de son ancien camarade de classe, qui redresse enfin la tête pour la regarder droit dans les yeux.) C'est elle, la source de tous nos problèmes, quand on y pense. C'est elle qui nous a pourri la vie.

— C'est faux... Tu délires complètement !

Shoya a beau hausser le ton pour tenter de lui faire entendre raison, Naoka n'en démord pas.

— Parce que ce n'est pas elle qui a bousillé ton amitié avec Kazuki et Keisuke, peut-être ?

— Non, c'est moi qui ai choisi de couper les ponts.

— Bah moi, j'ai préféré devenir amie avec Miyoko... déclare la jeune fille avant de lui raconter comment elles ont fini par sympathiser.

C'est à l'occasion d'un concours de stylisme organisé par leur lycée que Naoka remporte le premier prix. Mais lorsqu'elle découvre sur le tableau d'affichage le nom de sa dauphine – Miyoko Sahara –, elle n'en croit pas ses yeux et ne se prive pas pour y aller de son petit commentaire.

— Ne me dites pas que c'est elle qui a obtenu la deuxième place ? raille-t-elle. C'est une blague ! Elle n'a vraiment aucun goût, cette fille !

Mais, un peu plus tard, ce jour-là, lorsqu'elle repasse non loin du tableau d'affichage, c'est sa propre création qui est descendue en flèche par les critiques.

— Non mais c'est quoi, ces motifs ? On se demande bien ce qui leur est passé par la tête pour attribuer le

premier prix à cette horreur… Tu ne trouves pas ça moche, toi, Miyoko ?

La gagnante du concours, prête à bondir de sa cachette, tend l'oreille : que va répondre sa rivale ?

— Arrête un peu de la critiquer. Sans elle, je ne serais même pas montée sur le podium ! En fait, j'ai toujours admiré son travail…

En l'entendant voler à sa rescousse, Naoka ravale sa fierté et prend sur elle pour lui proposer, au détour d'un couloir :

— On rentre ensemble, ce soir ?

Assise sur le banc à côté de Shoya, Naoka poursuit son récit :

— Dans le train, Miyoko et moi, on a un peu discuté. J'ai très vite compris qu'elle n'avait pas changé d'un poil depuis l'école primaire : toujours aussi naïve ! Mais bon… J'ai fini par reconnaître qu'elle avait du talent, je me suis excusée et on a sympathisé. C'est pour ça que je me suis dit que toi aussi, tu devrais aller parler à Kazuki. Vous pourriez mettre les choses à plat et repartir d'un bon pied, tu ne crois pas ?

Après l'avoir écoutée sans piper mot, Shoya prend enfin la parole, encore tout secoué de ses retrouvailles inopinées avec son ancien meilleur ami.

— Kazuki et moi, c'est une autre histoire… dit-il. Toi, tu détestes toujours Shoko, non ? Alors tu es plutôt mal placée pour me faire la morale…

— Tu rigoles ou quoi ? Je me suis réconciliée avec elle ce matin ! proteste la jeune fille.

— Tu parles… Tes excuses, c'était du flan ! Tu n'as même pas pris le temps d'avoir une vraie conversation avec elle pour apprendre à la connaî…

Soudain abasourdi par l'hypocrisie de ses propres propos, il s'interrompt net. Pour qui se prend-il ? Lui aussi est mal placé pour lui faire la morale…

Mais Naoka, piquée au vif par la remarque de Shoya, se lève d'un bond, avale les quelques glaçons fondus restés au fond de son gobelet et, sans le quitter du regard, déclare :

— Tu l'auras voulu ! Cette fois, on va avoir une petite conversation en tête à tête, Shoko et moi. Mais je te préviens : si je me réconcilie avec elle, tu devras recoller les morceaux avec Kazuki, Keisuke… et moi ! Marché conclu ?

Sans lui laisser le temps de répondre, elle tourne les talons pour rejoindre à grands pas leur ancienne camarade de classe, qui sort tout juste d'une attraction. Une main sur l'épaule de son souffre-douleur d'autrefois, elle se plante bien en face d'elle pour lui proposer :

— Ça te dirait de monter dans la grande roue avec moi ?

Puis, sans attendre sa réponse, elle l'entraîne de force à sa suite.

— *Shoko, attends !* s'écrie Yuzuru en les rattrapant. *Tu veux bien garder mon appareil photo ? Je voudrais refaire un tour de montagnes russes.*

Quand Shoya, rongé par l'inquiétude, finit lui aussi par arriver à leur hauteur, Naoka lui dit tout bas :

— Ne t'inquiète pas… Tout va bien se passer !

Pas plus rassuré pour autant, le jeune homme, impuissant, ne peut que les regarder monter à bord du manège et suivre des yeux leur nacelle qui s'élève petit à petit dans les airs.

Quand les deux jeunes filles descendent de la cabine une fois leur tour de grande roue terminé, elles sont attendues de pied ferme par Shoya qui n'a pas quitté son poste d'observation.

— Nous revoilà ! s'écrie Naoka avec une joie feinte.

Il les dévisage tour à tour pour tenter de savoir comment s'est passé leur tête-à-tête lorsqu'une légère brise soulève les cheveux de Shoko et dévoile une marque rouge sur sa joue. Non… Est-ce qu'elles en sont carrément venues aux mains ? C'est encore pire que tout ce qu'il a pu s'imaginer… Qu'est-ce qui a bien pu se passer à l'intérieur de cette nacelle ?

Impassible, Shoko, elle, ne laisse absolument rien paraître et retourne voir sa sœur pour lui rendre son appareil photo. *Bon, mieux vaut demander à Naoka sa version des faits…* se dit-il en s'approchant de son ancienne voisine de table qui continue de faire comme si de rien n'était.

— Alors, ça a été ? l'interroge-t-il sans trop d'espoir. Vous vous êtes réconciliées ?

— Ça n'a rien changé du tout, dit-elle, le regard fuyant, sa belle assurance complètement envolée. Mais, au moins, on est d'accord sur un point : on est deux à se détester !

— C'est tout ? Mais… qu'est-ce qui s'est vraiment passé là-dedans ? Et puis, pourquoi est-ce qu'elle a une marque rouge sur la joue ?

— Si tu veux savoir pourquoi je lui ai collé une gifle, tu n'as qu'à lui demander ! rétorque-t-elle, agacée, en reprenant du poil de la bête.

— Tu l'as... frappée ?

— Oui ! affirme-t-elle avec aplomb.

— Mais qu'est-ce qui ne tourne pas rond chez toi, à la fin ? Tu étais censée te réconcilier avec elle, pas lui en mettre une !

— Ça n'a pas marché, c'est tout...

— Ce n'était pas une raison pour la frapper !

— Pourquoi est-ce que tu ne vas pas la voir, elle, au lieu de me casser les pieds avec cette histoire ? s'écrie Naoka avant de le laisser en plan, comme pour clore définitivement la discussion.

— Mais c'est toi qui l'as giflée ! insiste-t-il en tentant de la rattraper.

— Pas la peine d'en faire tout un plat... proteste-t-elle encore. De toute façon, ce ne sont pas tes oignons !

— Au contraire ! explose Shoya, furieux.

Aussitôt, Naoka fait volte-face pour jeter le cornet de glace qu'elle vient d'acheter sur son T-shirt.

— Ah oui ? Et en quel honneur ? se met-elle à crier à son tour sous les yeux médusés du reste du groupe qui assiste à la scène. Allez, moi, je me tire !

Elle joint le geste à la parole et quitte le parc sans se retourner. Son départ marque la fin de la sortie. Peu après, tous se disent au revoir et repartent de leur côté.

Shoko, restée en retrait, lance un coup d'œil inquiet à Shoya. Lorsque leurs regards se croisent, tous deux échangent un petit sourire embarrassé.

— *Alors, tu as passé une bonne journée ?* signent-ils en même temps.

— *Oui, c'était super !* répondent-ils une nouvelle fois en chœur.

Mais leur enthousiasme semble forcé et la conversation retombe d'elle-même. Après tout, c'est à cause de Shoya si cette journée, qui a pourtant si bien commencé, se termine sur une note aussi amère. *Qu'est-ce que j'aurais dû faire ?* se demande-t-il. Si seulement il le savait…

Chapitre 12
Je te déteste

Le carillon du salon *Ishida Coiffure* retentit au moment où la porte s'ouvre pour laisser entrer Yuzuru. Sans perdre une seconde, elle repère Shoya, dans le fond de la boutique, et fonce vers lui.

— Salut ! On peut aller dans ta chambre ? demande-t-elle sans détour.

Intrigué par sa mine sérieuse, le jeune homme accepte, non sans l'interroger : pourquoi autant de mystère ?

— J'ai mis la main sur un enregistrement top secret ! lui répond-elle, impatiente de lui montrer sa trouvaille.

D'ailleurs, à peine a-t-elle fait un pas dans la pièce qu'elle allume sa tablette avant de l'installer contre le mur et d'éteindre la lumière de la chambre, sous les yeux ébahis du propriétaire des lieux. Sur l'écran apparaît une vidéo qui semble avoir été enregistrée à l'intérieur de la nacelle d'une grande roue. Non, pas n'importe quelle nacelle : celle dans laquelle Shoko et Naoka sont montées lors de leur virée au parc d'attractions !

— Ne me dis pas que tu avais laissé ton appareil allumé ? s'écrie Shoya.

— Ben si… répond Yuzuru, espiègle. Mais j'attendais d'être ici pour regarder le résultat.

D'après l'angle de la caméra, l'appareil photo repose sur les genoux de l'aînée des Nishimiya, vraisemblablement assise d'un côté de la cabine, en face de son ancien bourreau, qui semble d'une tranquillité olympienne.

Nerveux, Shoya, lui, fixe l'écran du regard. Il n'a jamais vraiment su ce qui s'était passé ce jour-là entre les deux jeunes filles. Mais, à présent qu'il est sur le point de le découvrir, il n'est plus très sûr d'avoir envie de le savoir. Impossible de reculer, pourtant.

Yuzuru lance la vidéo.

Naoka pousse un profond soupir, avant d'entamer la conversation de but en blanc.

« Tu veux que je te dise ? Je te déteste. »

Choqués par cette brutale entrée en matière, les deux spectateurs échangent un regard alarmé : voilà qui n'augure rien de bon pour la suite !

L'enregistrement se poursuit ensuite quelques instants, sans qu'aucune autre parole ne soit prononcée. Ils ne distinguent plus que le bruit d'une main qui fouille un sac. À l'écran apparaissent alors un carnet et un stylo à bille que Shoko tend à son interlocutrice, qui la rembarre sèchement.

« Est-ce qu'on ne pourrait pas s'en passer ? Tu sais, je trouve ça difficile de transmettre ses sentiments à l'écrit. Alors je vais parler bien distinctement et, en échange, je ferai un effort pour te comprendre. »

Docile, Shoko range ses affaires, non sans faire crachoter le micro de l'appareil photo qui capte des bruissements d'étoffe. Puis Naoka reprend la parole.

« En primaire, je n'arrivais pas à te cerner… Du coup, à défaut, je me suis mise à te détester. »

Dans sa chambre, Shoya ne perd pas un mot du petit discours de la lycéenne.

« Mais toi non plus, tu ne faisais pas d'efforts pour essayer de nous comprendre, moi et les autres, poursuit-elle. *Sinon, tu n'aurais pas passé ton temps à me mettre ce fichu cahier sous le nez sans même te demander si ça m'allait et tu aurais fini par te rendre compte que personne n'avait envie que tu participes au concours de chant, parce qu'avec toi, c'était la défaite assurée… C'est pour ça que j'ai fini par m'en prendre à toi, moi aussi. Toutes ces insultes que j'ai écrites dans ton carnet, toutes ces vannes que je te balançais pour te provoquer… Mais rien à faire, tu ne comprenais pas le message. Tout ce que je voulais, moi, c'était que tu nous laisses tranquilles, mes amis et moi, que tu nous fiches la paix. »*

La jeune fille marque une pause pour changer de position : elle décroise les bras avant de poser les mains sur ses genoux, son regard braqué droit sur Shoko.

« Mais non… Il a fallu que tu joues les petites rebelles en te faisant passer pour une victime auprès des adultes. »

Une fois de plus, les mots de Naoka choquent Shoya. Mais elle ne s'arrête pas là.

« À cause de toi, tout le monde s'est retourné contre Shoya, même ses amis, et moi aussi, j'en ai bavé ! Bref, on est quittes, maintenant, tu ne crois pas ? Pour tout te dire, tout à l'heure, il m'a demandé de te présenter mes excuses. Sauf que, franchement, je ne vois pas pourquoi je devrais le faire, ça ne me semble pas juste ! »

Aussitôt, Shoko, les mains jointes sur les genoux – si bien qu'elle cache désormais son interlocutrice à l'image –, prend la parole d'une toute petite voix :

« Dé'olée… »

La réplique de son ancien bourreau ne se fait pas attendre.

« Tu ne comprends vraiment rien à rien, ma pauvre. Tu crois que c'est aussi facile ? Ça ne vaut pas mieux que mes excuses de ce matin… De toute façon, tes "désolée", tu peux te les garder. En primaire, on se rendait coup pour coup, alors moi, je pense que ça va bien comme ça. En te demandant pardon, je ne ferais que me renier. »

Les deux spectateurs ne quittent pas l'écran des yeux, retenant leur souffle dans l'attente du coup de grâce, quand Naoka réapparaît soudain à l'image.

« Moi, je pense que je n'avais pas tort d'éprouver ces sentiments-là, à l'époque. Malgré tout, de l'eau a coulé sous les ponts, depuis. Je te déteste, tu me détestes… Ça ne veut pas dire qu'on ne peut pas se tolérer, si ? »

La jeune fille se lève pour s'approcher de Shoko, la main tendue.

« On fait la paix ? » lui demande-t-elle encore.

Les secondes s'étirent jusqu'à ce que l'interpellée finisse par prendre la parole :

« T… tu te trombes… Ce n'est 'as toi gue 'e dédesde, c'est boi ! »

C'est la première fois que Shoya et Yuzuru entendent Shoko faire une confidence pareille… Ils n'en croient pas leurs oreilles. Assis sur le bord de leur siège, ils se sont inconsciemment rapprochés de l'écran, suspendus aux lèvres des lycéennes… lorsqu'un bruit retentissant les fait reculer en sursautant : l'aînée des Nishimiya vient de se prendre une gifle magistrale.

« Ça, ce n'est pas mon problème ! » hurle Naoka, après avoir comblé l'espace les séparant, ses cuisses envahissant à présent tout l'écran.

Les deux témoins restent sans voix devant la brutalité de la scène qui se poursuit.

« Tu ne peux pas te voir en peinture ? Eh bien, tu sais quoi ? Ça arrive à beaucoup de gens ! Non mais sérieux ? Après tout ce que je viens de te balancer, c'est tout ce que tu trouves à dire ? »

Apparaît bientôt dans le champ de l'appareil photo la main droite de la jeune fille, toute rouge.

« En fait, ça ne m'étonne même pas. Tu étais déjà comme ça avant. Dès qu'on te balançait une vacherie, tu t'excusais aussitôt et tu te sauvais en courant. J'imagine que c'est plus facile de demander pardon et de se tirer que d'avoir une vraie conversation à cœur ouvert. Mais ça a le don de m'énerver, je te jure ! »

À présent, son visage déformé par la colère apparaît à l'image.

« Je me doutais bien que tu n'étais pas sincère… Mais, maintenant, j'en ai enfin la confirmation. Après toutes ces années, tu n'as pas changé d'un iota ! Toujours aussi incapable d'avoir une vraie conversation et de te montrer honnête ! »

C'est le moment que choisit la nacelle pour arriver au ras du sol. Naoka descend la première, suivie par Shoko, dont on entend les pas, hors champ. Puis la vidéo prend fin.

Shoya et Yuzuru restent muets de longues minutes, se contentant de contempler l'écran devenu noir. Après avoir attrapé sa tasse de thé mugicha, la cadette des Nishimiya finit par briser le silence.

— Dire que j'avais laissé mon appareil allumé pour savoir si j'allais devoir refaire le portrait à cette Naoka… (Elle boit une gorgée, puis se tourne vers le jeune homme.) Et toi, tu en penses quoi, de tout ça ?

— Moi ? Euh… Je… commence-t-il avant de s'interrompre pour prendre la mesure de ce qu'il vient de voir.

Au fond, elles avaient raison toutes les deux, non ? D'ailleurs, il aurait été bien hypocrite de prétendre ne pas comprendre le point de vue de Naoka.

— Je ne sais pas… reprend-il. Je crois que ça ne vaut pas le coup d'en faire toute une histoire… Et ta sœur ? Elle t'a raconté ce qui s'était passé ?

— Non, elle fait comme si de rien n'était. Pour changer ! Quelque part, je crois que je comprends la frustration de Naoka. Même quand on était petites, Shoko ne se confiait jamais. En fait, elle ne m'a parlé qu'une seule fois de ses problèmes.

Yuzuru se remémore ce fameux jour. Sa grande sœur devait vraiment être à bout pour s'ouvrir à elle de cette façon… Trempée des pieds à la tête, elle lui avait raconté qu'elle s'était jetée dans le bassin près de l'école pour y chercher son précieux cahier de communication, balancé par méchanceté par d'autres élèves, mais qu'elle ne l'avait pas retrouvé…

— Ah bon ? Et qu'est-ce qu'elle t'a dit, alors ? demande Shoya en la ramenant à la réalité.

— Ah… Désolée, je ne peux pas te le répéter…

— Je comprends… répond le jeune homme, avant de passer à autre chose. Dans la vidéo, Shoko a dit qu'elle se détestait… D'un côté, je vois parfaitement ce qu'elle veut dire, puisque je suis comme elle : on ne peut pas dire que je sois mon plus grand fan. Simplement, j'aimerais vraiment qu'elle réussisse à s'aimer.

L'ironie de ces dernières paroles n'échappe pas à la cadette des Nishimiya.

— Ah oui ? Et je peux savoir par quel miracle, au juste ? lui demande-t-elle.

— Je ne sais pas… Tu pourrais… essayer de la complimenter plus souvent ! suggère Shoya.

— Crétin ! Ça, c'est ton rôle à toi !

— Pourquoi moi ? Qu'est-ce que je pourrais bien lui dire ? Et puis, je ne la connais pas si bien que ça… Non, tu n'as qu'à demander à… je ne sais pas, moi… à Miyoko, tiens ! bredouille le jeune homme.

— Non, il vaut mieux que ce soit toi ! réplique Yuzuru d'un ton ferme. Tu n'as qu'à lui dire ce qui te passe par la tête. Je suis sûre que quoi que ce soit, ça lui fera plaisir.

Pour toute réponse, il accepte d'un faible hochement.

Une fois Yuzuru repartie chez elle, le jeune homme se retrouve seul dans sa chambre à réfléchir à la vidéo qu'il vient de visionner.

Ce qui est clair, c'est que son ancienne voisine de table n'aurait jamais dû gifler Shoko. Malgré tout, Shoya comprend son geste… Au tout début, contrairement à ce qu'on pouvait penser, la relation des deux fillettes était partie sur de bonnes bases : sa camarade de classe avait tenté d'aider la petite nouvelle du mieux qu'elle le pouvait en communiquant avec elle grâce à son cahier. Mais la situation avait fini par lui peser...

Encore aujourd'hui, Naoka s'était montrée plus franche que lui ne l'avait jamais été avec Shoko. Elle lui avait dit sans détour le fond de sa pensée et même avoué ce qu'elle ressentait à l'époque...

Et s'il prenait exemple sur elle ?

Le lendemain soir, lorsqu'il arrive au pont, Miyoko et les deux sœurs Nishimiya sont déjà occupées à nourrir les carpes.

— *Salut, Shoko !* lance-t-il. *Ça va ?*

Elle lui répond d'un geste timide. Bon... Quand faut y aller, faut y aller... Il prend son courage à deux mains et se lance.

— *Tu es très jolie, aujourd'hui...*

Cette déclaration complètement inattendue laisse l'intéressée stupéfaite. Quant aux deux autres jeunes filles, elles ne ratent pas une miette de la suite, un petit sourire amusé aux lèvres. Shoya, le rouge aux joues, s'efforce d'ignorer leur réaction et poursuit sur sa lancée.

— *La queue de cheval, ça t'allait bien, la dernière fois... Mais les cheveux lâchés, c'est sympa, aussi !*

Shoko, qui ne sait plus où se mettre, passe une main dans sa tignasse, qui lui tombe aux épaules.

— *Ils ont l'air tout doux !* ajoute-t-il encore.

Nouveau regard perplexe.

— *J'aime bien tes chaussettes. Elles sont vraiment cool !*

Elle fixe à présent ses pieds, visiblement embarrassée de cette pluie de compliments.

— *Et ce pain, je suis sûr que les poissons en raffolent !*

Cette fois, elle le dévisage franchement : est-ce qu'il a perdu la tête ?

— *Bref, ce que j'essaie de te dire, c'est que… tu es une fille super ! Je sais que ce n'est pas toujours facile pour toi, donc si jamais tu as besoin, je suis là !*

Elle incline le buste pour le remercier. Ça y est, il peut enfin souffler : mission accomplie ! Au passage, il vient sans doute de se ridiculiser complètement – ni Miyoko ni Shoko ne doivent avoir compris ce qui lui est passé par la tête – mais, au moins, il ne s'est pas défilé, cette fois !

Se pensant tiré d'affaire, il commence à nourrir les poissons quand il sent qu'on le prend par la manche. Il se retourne pour découvrir Shoko, qui brandit les deux mains, l'index tendu vers le haut et le pouce à l'horizontale, formant un L.

— *Tu as une question ? Bien sûr, vas-y !* répond-il aussitôt, ravi que son petit discours ait déjà fait son effet.

De la main droite, elle signe trois syllabes :

— *Na-o-ka.*

— *Quoi, Naoka ?* s'étonne-t-il.

Elle lui montre une enveloppe, scellée par un autocollant en forme de tête de chat. Sur l'endroit est inscrit : « Pour Naoka ».

— *Tu lui as écrit une… une lettre ?*

Le geste de Shoko le laisse songeur. Connaissant la destinataire de la missive – elle a tout de même giflé leur ancienne camarade lors de leur dernière sortie de groupe –, il y a toutes les chances pour que cette lettre ne mette le feu aux poudres et n'envenime la situation entre elles.

— *Pourquoi ? Qu'est-ce que tu veux lui dire ?* insiste-t-il.

Shoko fait mine de fermer sa bouche à clé.

— *C'est un secret.*

Il s'apprête à répondre que ce n'est vraiment pas une bonne idée quand Miyoko s'interpose.

— *Et si on allait la déposer tout de suite dans sa boîte aux lettres ? À cette heure-ci, elle doit encore être au lycée. On ne risque rien. Je suis convaincue que c'est la meilleure chose à faire...*

Hésitant, Shoya décide pourtant de se fier au sourire engageant et confiant de Miyoko et d'emmener leur petit groupe jusque chez les Ueno pour que Shoko y glisse son enveloppe dans la boîte aux lettres. Une fois leur mission accomplie, ils rebroussent chemin.

Malgré tout, le contenu de la lettre obsède Shoya : qu'est-ce que Shoko a pu bien écrire à Naoka ? A-t-elle voulu répondre aux accusations de son ancienne camarade de classe ? Les questions se bousculent dans sa tête lorsque Yuzuru coupe court à ses réflexions.

— Ne t'inquiète pas ! dit-elle en voyant son air pensif. Ça va aller. Naoka ne s'en rend peut-être pas compte, mais Shoko a changé depuis la primaire...

Et puis, ce n'est pas comme si son aînée n'avait pas passé des heures et des heures à réécrire encore et encore sa lettre jusqu'à en être complètement satisfaite.

— Tu en es sûre ? lui demande malgré tout Shoya.

— À cent pour cent ! répond-elle, confiante. Je te rappelle que je suis sa sœur, quand même...

Le mardi suivant, lorsque Shoya arrive sur le pont, il ne trouve que Miyoko, seule à nourrir les carpes.

— Shoko et Yuzuru ne sont pas là ? s'étonne-t-il après l'avoir saluée.

— Non, elles m'ont dit de te prévenir qu'elles avaient un empêchement aujourd'hui. Mais elles te passent le bonjour ! répond-elle en jetant des bouts de pain dans la rivière.

— Au fait, comment va Naoka ces derniers temps ? Elle ne t'a pas parlé de Shoko ? Ou de sa lettre ?

— Rien du tout.

— Ah bon ? Mais tu crois qu'elle l'a lue, au moins ?

— Bonne question… Dans tous les cas, je ne m'attends pas à ce qu'elle évoque le sujet d'elle-même. Ce n'est pas trop son style…

Le silence accompagne ses paroles, entrecoupé de temps à autre par le clapotement des carpes dans l'eau, attirées à la surface par leur pitance qui y flotte tranquillement. Bientôt, le stock de Miyoko s'épuise et sa distribution prend fin.

— Bon, je vais y aller ! À la prochaine ! dit-elle en le saluant d'un signe de la main avant de s'éloigner.

Resté seul, Shoya promène son regard le long de la rivière. Au loin, il distingue une silhouette, debout sur une des berges. Est-ce que ce ne serait pas… Yuzuru ? Difficile de la reconnaître avec son uniforme scolaire – elle qui ne le porte jamais d'habitude. Pourtant, c'est bien elle, pas de doute possible ! Perdue dans ses pensées,

elle fixe l'eau, comme hypnotisée. Mais qu'est-ce qu'elle fabrique ? À mieux y regarder, cependant, Shoya constate qu'elle pleure.

Les yeux dans le vide, la cadette des Nishimiya se repasse en boucle les dernières paroles que lui a adressées sa grand-mère, Ito, la veille : « *Je suis très fière de ma petite-fille !* »

De son côté, Shoya, lui, se demande comment aborder la jeune fille sans la mettre mal à l'aise. Assis à même le pont de pierre, il s'interroge : qu'est-ce qu'il va bien pouvoir lui dire ? Après tout, il ne l'a jamais vue dans un état pareil… Faits inédits : non seulement elle est en train de pleurer toutes les larmes de son corps mais, en plus, elle a revêtu son uniforme scolaire ! Elle n'a sans doute pas envie d'avoir de la compagnie… Et s'il lui était arrivé quelque chose au collège ? Et si Shoko s'était attiré des ennuis ?

Prenant son courage à deux mains – impossible de rester les bras ballants et de la laisser pleurer toute seule dans son coin –, il se relève, bien décidé à signaler sa présence à l'adolescente.

— Yuzu…

Son cri s'étrangle dans sa gorge : elle a disparu ! Il a beau fouiller les berges du regard, plus de trace de la collégienne. Où a-t-elle bien pu passer ?

— Alors, ça roule ? fait une voix dans son dos. Je ne pensais pas que tu serais encore là, à cette heure…

Lorsqu'il se retourne, il tombe nez à nez avec… Yuzuru, qui affiche son habituel sourire suffisant. D'abord surpris de voir qu'elle s'est déjà remise de ses émotions, il choisit de la jouer comme elle et de faire comme si de rien n'était.

— Ce n'est pas souvent qu'on te voit habillée comme ça ! Qu'est-ce qui t'est arrivé pour que tu te décides enfin à retourner en cours ?

Mais sa question, pourtant lancée de façon désinvolte, semble avoir touché un point sensible…

— Rien… rien de particulier, bredouille-t-elle, sa belle assurance envolée.

Entre l'absence de Shoko et Yuzuru qui n'a vraiment pas l'air dans son assiette, il y a forcément quelque chose qui ne tourne pas rond. Mais quoi ? Pourvu qu'il ne soit rien arrivé de grave ! Rongé par l'inquiétude, Shoya propose à la jeune fille d'aller manger un morceau autant pour essayer de détendre l'atmosphère que pour tenter de lui délier la langue.

Une fois à table, les deux adolescents discutent de tout et de rien. Bientôt, Yuzuru commence à se confier : si elle porte son uniforme, c'est parce que sa grand-mère se marie aujourd'hui ! Mais Shoya constate, un peu surpris, que la nouvelle des noces de son aïeule n'a pas l'air de vraiment la réjouir. Devant l'air sceptique de son interlocuteur, qui ne croit à son histoire qu'à moitié, flairant l'embrouille, la cadette des Nishimiya s'efforce donc de lui faire comprendre la situation à l'aide de petites dosettes de sauce.

— Ça, c'est moi, dit-elle en déposant un échantillon devant elle, avant d'en attraper un autre. Et ça, c'est une personne que j'aimais beaucoup. On s'entendait hyper bien mais, hier, elle est partie très loin.

Joignant le geste à la parole, elle éloigne la seconde dosette de la première. Toujours confus – quel est le rapport avec le mariage de son ancêtre ? –, Shoya l'interroge :

— Mais… euh… De qui est-ce que tu parles ?

— Ben… De ma grand-mère ! Elle s'est mariée et elle est partie très loin !

— Ah bon ? Mais je croyais que la cérémonie avait lieu aujourd'hui ?

Décidément, il a bien du mal à comprendre où la jeune fille veut en venir exactement…

— Oui, c'est le cas ! Enfin bref… conclut-elle, un sourire triste aux lèvres. Maintenant, je me retrouve toute seule et ça me déprime d'avance !

— Hmm… répond Shoya, songeur, avant de s'emparer de trois petits paquets de sauce, qu'il approche un par un de celui censé représenter Yuzuru. Mais je suis là, moi ! Et il y a Miyoko… et Tomohiro, aussi ! Et je suis sûr qu'on peut encore rallonger la liste.

Yuzuru se contente d'observer en silence les quatre dosettes rassemblées les unes à côté des autres sur la table.

— Si tu t'ennuies, tu peux venir chez moi quand tu veux, tu sais… poursuit le jeune homme. Maria et ma mère t'adorent ! Et puis… Shoko est là, elle aussi, non ?

— Oui, mais c'est à moi de veiller sur elle, pas l'inverse ! répond-elle vivement, avant de s'interrompre.

Son portable vibre : elle vient de recevoir un message de sa mère. D'un trait, elle avale son thé glacé puis se lève de sa chaise.

— Faut que je file ! Merci pour le repas. Je prends ça pour la route, dit-elle en attrapant au vol son hamburger.

— Attends, je t'accompagne ! s'écrie soudain Shoya dans son dos.

— Pas la peine !

— Mais il fait nuit dehors… insiste-t-il.

— Je suis une grande fille.

— Je m'inquiète pour toi, Yuzuru.

— Arrête un peu ton cirque, on croirait entendre Ito, ma grand-mère…

— Je t'ai vue pleurer, tout à l'heure.

Cette fois, son aveu la fait s'arrêter net.

— Et alors ? Ce ne sont pas tes oignons ! gronde-t-elle.

Elle persiste à lui tourner le dos.

— Bien sûr que si, répondit-il d'une voix douce.

— Et pourquoi ça, hein ? Ce n'est pas comme si on était amis.

Impossible pour Shoya de voir son visage : est-ce qu'elle pleure ? Est-ce qu'elle est vraiment fâchée contre lui ? Quoi qu'il en soit, il ne peut pas la laisser tomber. Pas maintenant.

— Moi, j'ai envie de croire que si. Je m'en voudrais s'il t'arrivait quelque chose.

L'espace d'un instant, on n'entend plus que les mouches voler jusqu'à ce que la sœur cadette de Shoko s'avoue vaincue en déclarant :

— Bah fais ce que tu veux…

— J'y compte bien ! Allez, en route ! dit-il en la rattrapant au pas de course.

Ils progressent côte à côte de longues minutes, des larmes dévalant les joues de Yuzuru de temps à autre, jusqu'à ce qu'ils finissent par arriver devant un grand bâtiment austère que la jeune fille désigne comme sa destination.

— C'est ici… dit-elle. Merci de m'avoir raccompagnée. À plus !

Puis elle entre dans l'immeuble sans demander son reste. À l'entrée de la bâtisse a été installé un écriteau sur lequel on peut lire : « Veillée funèbre de Mme Ito Nishimiya ». Interloqué, Shoya décide de suivre discrètement la collégienne dans les couloirs jusque dans une pièce où trône un autel. Agenouillée devant se tient Shoko, toute de noire vêtue, bientôt rejointe par sa sœur.

Tout s'explique à présent. Il avait imaginé le pire… sauf ça : la mort de leur grand-mère. La gorge nouée, il voudrait aller les voir et leur dire d'être fortes, mais il préfère s'éloigner sans bruit, de peur de déranger. Après tout, il ne fait pas partie de la famille.

En passant devant un coin cuisine attenant, il remarque une femme en kimono noir, occupée à laver des bols à thé. Il la reconnaît sans mal : c'est la mère de Shoko et Yuzuru. Interrompant sa tâche, elle étouffe un sanglot, les épaules tremblotantes, et sèche les larmes qui menacent de dévaler sur ses joues du revers de la main. *Tenez bon !* lui intime-t-il en pensée avant de reprendre son chemin vers la sortie.

Il est presque arrivé à la porte quand il croise une autre jeune femme aux traits familiers dont le nom ne lui revient pourtant pas tout de suite. Il lui faut quelques secondes pour s'en souvenir : c'est Mme Kita, la responsable du suivi des élèves sourds et malentendants de son ancienne école primaire. *Que fait-elle ici ?* s'interroge-t-il. Curieux, il fait demi-tour pour lui emboîter le pas jusque dans la salle où se tient la cérémonie. De loin, il la regarde s'entretenir avec Shoko lorsqu'une voix s'élève derrière lui en le faisant sursauter.

— Tu es encore là, toi ? File avant de te faire choper par ma mère ! Sinon, tu risques encore de t'en prendre une… le presse Yuzuru en le poussant sans ménagement vers la sortie.

Mais à peine quelques pas plus loin, les voilà qui tombent justement sur celle qu'ils voulaient à tout prix éviter ! La poisse ! Sans laisser le temps au jeune homme d'ouvrir la bouche, la cadette des Nishimiya prend les devants et s'empresse d'expliquer la situation à sa mère avant que la situation ne dégénère.

— Je l'ai croisé par hasard en venant ici et il a insisté pour m'accompagner.

— Je vois… lâche Mme Nishimiya du bout des lèvres avant de s'éloigner sans plus s'émouvoir de la présence de l'ancien harceleur de son aînée.

Shoya n'en revient pas de s'en tirer à si bon compte ! Alors quoi ? Pas de gifle, cette fois ? Bon, mieux vaut ne pas tenter le diable et s'en aller quand même en quatrième vitesse avant qu'elle ne change d'avis et ne décide de revenir lui mettre un pain. On ne sait jamais… Il s'apprête à repartir sans perdre une minute vers le hall d'entrée lorsque Yuzuru jette un regard mauvais à sa mère et déclare :

— Elle n'a pas versé une seule larme depuis la mort de mamie… Il y a vraiment quelque chose qui ne tourne pas rond chez elle !

Pour l'avoir vue pleurer de ses propres yeux, Shoya, lui, sait très bien que c'est faux. Aussi cherche-t-il à apaiser la fureur de la fille cadette des Nishimiya du mieux qu'il peut tout en rejoignant la sortie.

— Je suis sûr que tu te trompes… Elle est forcément triste, elle aussi. Moi, je pense qu'elle cache juste ses émotions. Un peu comme toi tout à l'heure…

— Ça, ça m'étonnerait ! crache la collégienne.

Agacée qu'il prenne la défense de sa mère et la mine renfrognée, elle plonge les mains dans les poches de son uniforme avant de s'apercevoir très vite qu'elles ne sont pas vides et d'en sortir une feuille soigneusement pliée.

— Qu'est-ce que c'est ? Mais qu'est-ce cette lettre fait dans mon uniforme ? s'écrie-t-elle en la retournant dans tous les sens avant de lire l'inscription qui figure au recto : « Pour Yuzuru ». C'est l'écriture de ma grand-mère ! Ah non, c'est vraiment glauque… Je préfère ne pas la lire. Ça me file les jetons !

À présent, elle tient la feuille du bout des doigts, comme si le papier était sur le point de prendre feu.

— Allez, fais un effort… l'encourage Shoya.

— Pas question ! Ça me met trop mal à l'aise, ce genre de trucs macabres. Et puis… je n'ai pas du tout envie de lire ses derniers mots.

Assise sur un muret devant le funérarium, recroquevillée sur elle-même, les bras serrés autour de ses jambes, l'adolescente laisse tomber la lettre par terre. Shoya la ramasse et la lui tend.

— Tu voudrais bien me la lire, toi ? demande Yuzuru d'une toute petite voix.

Compréhensif, il déplie la feuille et commence sa lecture à voix haute.

— « Yuzu, c'est mamie. Es-tu à l'école, en ce moment ? Non, te connaissant, ça m'étonnerait ! D'ailleurs, si tu lis ces quelques lignes, c'est que tu es à mes funérailles. Ta maman doit être triste que je ne sois plus là. »

— Même pas, c'est un vrai robot sans cœur ! la contredit sa petite-fille, morose.

— « Mais je suis sûre qu'elle trouve du réconfort auprès de ta sœur et toi et qu'elle est très fière de vous deux, tout comme moi. »

— Tu parles… Elle n'arrête pas de nous engueuler !

— « Vos efforts sont loin de passer inaperçus et elle travaille dur pour vous soutenir dans vos études. »

— La bonne blague ! Elle s'en fiche complètement, oui ! À chaque fois que Shoko a dû changer d'école, on s'en est pris plein la figure… Pour le soutien, on repassera !

— « Je sais que tu la trouves distante et j'en ai beaucoup discuté avec elle. Elle ne souhaite que le meilleur pour Shoko et toi. C'est juste qu'elle l'exprime… à sa façon. »

— Ben voyons !

— « Quand Shoko a été victime de harcèlement et perdait ses appareils auditifs, tout ce que ta mère aurait voulu, c'est que ta sœur règle le problème elle-même. »

La voix de Shoya se met à trembler légèrement à l'évocation d'incidents qui le concernaient directement et dont il était en grande partie responsable.

— Pour ce que ça a servi ! Elle attendait juste que la situation ne s'aggrave. J'ai bien vu qu'elle faisait semblant de s'inquiéter, crache Yuzuru, les poings serrés au souvenir de cette époque. À cause d'elle, ça a été de pire en pire !

— « Elle était convaincue que, même si ça ne résolvait rien, laisser ta sœur se débrouiller lui permettrait de devenir plus forte. »

— Je rêve ou quoi ? Ma mère ne faisait que dicter sa loi, sans se préoccuper une seule seconde des sentiments de Shoko ! s'écrie l'adolescente, rouge de colère.

— « Elle pense qu'en se montrant sévère, elle vous aide à vous endurcir. Mais c'est parce qu'elle est très exigeante avec elle-même. Surtout depuis le divorce, depuis que ton père est parti, effrayé par le handicap de Shoko. Tu n'étais même pas encore née. Je parie qu'aujourd'hui, elle a tout préparé sans verser la moindre larme… D'ailleurs, je suis sûre que toi aussi, tu t'es efforcée de rester impassible comme un roc, non ? »

Yuzuru tente de se couvrir les oreilles pour ne pas entendre les paroles de sa grand-mère. En vain. N'y tenant plus, elle arrache la feuille des mains de Shoya, en fait une boulette et la jette par terre.

— Mais qu'est-ce qui te prend ? s'écrie le jeune homme.

— Merci pour aujourd'hui, mais tu peux rentrer chez toi, maintenant. Je n'ai rien à voir avec ma mère. Rien du tout ! Mamie se trompe sur toute la ligne ! proclame la collégienne, furieuse, avant de retourner à l'intérieur du bâtiment.

En chemin, elle croise sa mère, un plateau de thé entre les mains, sur le pas du funérarium.

— Je ferais mieux d'y aller, dit Shoya non sans ramasser la boulette de papier pour la déposer sur la tablette, entre deux bols fumants. Tenez, c'est une lettre de votre mère pour Yuzuru. Désolé pour tout...

Il a déjà fait demi-tour quand elle l'interpelle.

— Shoya ! s'écrie-t-elle. Merci de t'occuper d'elle...

De retour chez elle ce soir-là, Yuzuru entrouvre la porte de la chambre de sa grand-mère pour y trouver Shoko, seule dans les ténèbres, en train de pleurer devant le portrait d'Ito. Sans un bruit, elle l'observe depuis le couloir à mesure que de vieux souvenirs remontent à la surface.

Quand elle était en primaire, la cadette des Nishimiya était elle-même victime de harcèlement de la part des autres élèves de l'établissement. Pourquoi ? Tout ça à cause de l'élocution inhabituelle de son aînée...

Les insultes et les moqueries pleuvaient si souvent qu'un jour, agacée d'être la cible de leurs mauvaises blagues, Yuzuru a fini par dire à sa sœur : « *Tu sais... Je crois que tu devrais éviter de parler devant les autres.* » Elle n'aurait jamais dû lui dire ça – c'était égoïste, elle en a parfaitement conscience, aujourd'hui. Mais le mal était fait.

Depuis ce jour-là, sa sœur a renoncé à s'exprimer autrement qu'en utilisant la langue des signes à l'école ou ailleurs – en tout cas en public. À la maison, cependant, c'est une autre histoire. Leur grand-mère lui faisait travailler sans relâche sa diction pour l'aider à s'améliorer et à prendre confiance en elle à l'oral.

Ito a toujours cru en ses petites-filles. La preuve ? Même ce fameux jour où Shoko a avoué à Shoya qu'il lui plaisait sans réussir à se faire comprendre et où Yuzuru l'a regardée, impuissante, se morfondre sur son lit, leur grand-mère, elle, n'a pas cessé de sourire, convaincue qu'elles sauraient trouver ensemble une solution.

Toujours dans le couloir, la cadette des Nishimiya prend une grande respiration. Ito partie, c'est à elle à présent de reprendre le flambeau et d'aider Shoko à améliorer son élocution. C'est sa mission – non seulement pour se faire pardonner, mais aussi pour rendre hommage à sa grand-mère. Prenant son courage à deux mains, elle pousse la porte et entre dans la chambre avant d'aller s'asseoir face à sa sœur. Puis, d'une voix forte et en prenant soin de bien articuler, elle commence à réciter des mots tout en les signant, afin que son aînée les répète.

— Tourniquet !

— 'ourni'uet !

— Tulipe !

— 'ulibe !

— La lune est pleine.

— La lune est 'eine.

— Tu me plais.

— Du be…

Le visage cramoisi, Shoko s'interrompt en plein milieu de sa phrase en se rendant compte de ce que sa sœur tente de lui faire dire. En guise de vengeance, elle lui donne une petite tape sur l'épaule.

— Il faut bien que tu fasses des efforts si tu veux déclarer ta flamme à Shoya, non ? se justifie la cadette des Nishimiya, en formant un cœur à l'aide de ses mains.

Trop, c'est trop ! Shoko réagit au quart de tour et se jette sur Yuzuru pour lui faire ravaler ses paroles à grand renfort de chatouilles.

Chapitre 13
Tournage

Aujourd'hui, c'est le grand jour : Tomohiro présente enfin au reste de l'équipe son script. Au bout de quelques pages à peine, les commentaires fusent déjà...

— C'est vraiment ça, ton scénario ? lui demande Satoshi, sceptique. Tu ne penses pas que c'est un peu trop... ambitieux pour nous ?

— Toi, on ne t'a pas sonné ! répond l'intéressé du tac au tac.

— Et puis, ton héros, je ne suis pas sûr que ce soit un rôle pour moi... se plaint encore son camarade de classe. Qui est-ce qui va tenir la caméra ? Je vous préviens, moi, ce n'est pas trop mon truc.

— Mais on ne t'a rien demandé, à toi ! finit par s'agacer le réalisateur.

Comme toujours dès que les deux garçons sont dans la même pièce, il faut qu'ils se crêpent le chignon... Miki s'interpose entre les jeunes coqs, un sourire bienveillant aux lèvres.

— Arrêtez un peu de vous chamailler, tous les deux. Pourquoi on n'en discuterait pas tous ensemble calmement autour d'un bon repas ? Allez, pas la peine de se prendre le chou pour ça !

Shoya, lui, hésite à se lancer dans un projet pareil à quelques jours seulement d'importants examens. Sa conclusion ? Mieux vaut passer son tour et se concentrer sur ses révisions... Mais c'était sans compter sur Tomohiro, qui propose de se réunir chez son meilleur ami sans même lui demander son avis – ni la permission. Ce dernier n'a d'ailleurs même pas le temps de protester que Satoshi approuve déjà l'idée. En voyant Shoya hésiter, Miki s'approche de lui pour l'encourager.

— Allez, fais un petit effort, juste pour aujourd'hui !

Le jeune homme capitule, mais ne peut dissimuler sa surprise quand il constate que sa camarade lui emboîte le pas.

— Euh... toi aussi, tu viens chez moi ?

— Évidemment ! Je fais partie de l'équipe, non ?

Mais Shoya n'est pas au bout de ses surprises... Car à peine arrivés dans le salon des Ishida, les voilà qui tombent sur Naoka, déjà attablée !

— Mais qu'est-ce que tu fais chez moi ? laisse échapper le propriétaire des lieux, abasourdi.

— C'est moi qui l'ai appelée, explique Miki, un sourire aux lèvres. Après tout, Nao aussi fait partie de l'équipe, pas vrai ?

Si Tomohiro regarde l'intruse avec méfiance, son meilleur ami, lui, en reste complètement interdit, incapable de faire autre chose que de se remémorer sa dernière conversation avec la jeune fille. Il se fait la réflexion que c'est d'ailleurs la première fois qu'ils se revoient depuis leur violente dispute au parc d'attractions. Malgré tout, Naoka se comporte comme si rien ne s'était passé ! Étrange...

Un détail lui revient soudain en tête : la lettre de Shoko ! Est-ce que Naoka l'a lue ? Il y a des chances… Pourtant, il hésite à lui poser la question de but en blanc. Non, mieux vaut s'abstenir. Après tout, elle risque encore de piquer une crise et de l'envoyer promener avec perte et fracas. Tout à ses pensées, Shoya entend à peine Miki s'adresser à leur ancienne camarade de classe.

— Vas-y, Nao !

L'intéressée se tourne alors vers leur hôte du jour, l'oreille basse.

— Je suis vraiment désolée de m'être énervée l'autre jour, commence-t-elle avant de planter ses yeux dans les siens. Sincèrement…

Mal à l'aise face à ces excuses en apparence sincères, le lycéen évite le regard de la jeune fille.

— Ne t'en fais pas pour ça ! répond-il malgré tout. Je l'avais bien cherché.

Visiblement soulagée, elle esquisse un sourire.

— Tu ne m'en veux pas, c'est vrai ? Tu sais quoi ? La prochaine fois, je serai sympa avec Shoko, promis !

Mais Shoya a bien du mal à considérer cette promesse autrement que comme des paroles en l'air. Après tout, peut-il vraiment faire confiance à Naoka ?

Comme lors de leur dernière sortie de groupe au parc d'attractions, Miki prend la direction des opérations.

— Alors, pour résumer, nous sommes sept : Tomohiro, le réalisateur, Shoya, son assistant, Yuzuru, qui nous prête son appareil photo et assure la technique, Miyoko, en charge des costumes, Satoshi, qui tient le rôle principal, et enfin Nao et moi. Si on gagne le Grand Prix, on se partagera la récompense équitablement. Ça te convient, Tomohiro ?

— Oui… se contente de marmonner l'intéressé.

— On n'est que sept ? s'étonne Shoya.

Il lui semble oublier quelqu'un, mais qui ?

— Il nous faut un compositeur ou une compositrice pour la bande-son ! fait remarquer Satoshi sans tenir compte de la question de son camarade de classe.

— C'est vrai, ça ! approuve Miki.

— J'ai un ami qui fait de la musique. Je pourrais lui demander de nous filer un coup de main, suggère Naoka.

— Bonne idée ! s'écrie la déléguée de classe. Du coup, on sera huit.

Les rouages de son cerveau tournant à plein régime, impossible pour Shoya de se défaire de l'impression qu'il manque quelqu'un à l'appel jusqu'à ce que la réponse le frappe d'un seul coup. *Mais bien sûr ! Ils ont oublié Shoko !* Il tente d'en avertir les autres.

— Au fait, commence-t-il, vous avez pensé à Sho…

Première tentative et premier échec : sa voix est couverte par celle de Naoka qui s'empare du script des mains de Tomohiro en s'écriant :

— C'est le scénario ?

Tandis qu'elle se met à le lire et que le silence retombe dans le salon, Shoya en profite pour reprendre la parole.

— Vous n'oubliez pas quelqu'un ?

— Ah bon ? Qui ça ? s'exclame leur cheffe de groupe.

Mais, au même moment, Naoka accapare l'attention de son amie.

— Dis, Miki, tu l'as lu, ce script ?

— Je l'ai survolé rapidement, oui… répond cette dernière.

— Tu ne trouves pas que cette fille me ressemble ?

— Ha ha ha, c'est exactement ce que je me suis dit ! s'écrie Satoshi.

Leur conversation se poursuit bientôt sans plus se soucier des deux autres membres de l'équipe.

— Il vous paraît vraiment faisable, ce scénario, à vous ?

— Pas trop, non… À mon avis, on n'y arrivera jamais.

— Et si on en écrivait un nouveau ?

Aussitôt, Shoya saisit sa chance.

— On pourrait demander à Shoko de s'en charger ! propose-t-il.

Mais le trio poursuit ses conciliabules sans même sembler entendre sa suggestion.

— Moi, je veux bien m'en occuper ! déclare Miki. Bon, le concept de départ, c'est un film fantastique sur le thème de la vengeance… Et si on ajoutait une fée ?

— Son costume, j'en fais mon affaire ! s'exclame Naoka.

— Vous allez arrêter de tout décider entre vous ? proteste Tomohiro en leur lançant des regards noirs.

En vain. Il aurait parlé à un mur que ça aurait eu le même effet…

— Alors on est d'accord, c'est moi qui rédige le script ? demande Miki.

— Je compte sur toi pour faire de mon personnage un héros qui déchire ! la prévient Satoshi.

— Moi aussi, je veux un rôle ! exige Naoka.

— Pas de problème ! Tu aimerais jouer quoi ?

Comment la situation a-t-elle pu dégénérer à ce point ? Voilà que Miki s'empare du poste que Shoya voulait justement proposer à Shoko. À ce rythme, toutes les missions auront été distribuées et il ne lui restera plus rien à faire ! Alors que le trio continue de discuter comme s'ils étaient seuls au monde, l'assistant du réalisateur hausse le ton pour tenter une nouvelle fois de se faire entendre.

— Et Shoko, qu'est-ce qu'elle pourrait faire ?

Les débats cessent aussitôt et tous se tournent vers leur hôte du jour. Au lieu de lui répondre, le trio se contente de le fixer d'un drôle d'air. Shoya, lui, ne s'attendait pas à une réaction pareille de leur part. Non mais qu'est-ce qui leur prend de le regarder de travers comme ça ? Après tout, Shoko est venue au parc d'attractions avec eux. Elle fait partie de l'équipe tout autant que n'importe qui dans cette pièce. Alors où est le problème ?

C'est Tomohiro qui finit par briser le silence en sortant en trombe du salon, de grosses larmes dévalant ses joues. Tous le suivent des yeux, ébahis.

— Je vais voir ce qu'il a ! annonce Shoya en abandonnant à son tour le trio.

Quelques instants plus tard, il retrouve le réalisateur en herbe accroupi au pied d'un pylône électrique, non loin de la maison des Ishida.

— Ça va ? lui demande-t-il. Qu'est-ce qui t'arrive ?

— Sho… Shoya… Tes copains sont vraiment sympas, mais… mais ils vont finir par tout gâcher et détruire complètement mon film ! s'écrie le cinéaste entre deux sanglots. Ce scénario, c'est l'histoire de notre amitié, à toi et à moi !

Devant l'air étonné de son meilleur ami, Tomohiro commence à lui expliquer la genèse de son grand œuvre.

— Si tu n'étais pas intervenu au moment où j'allais me faire voler mon vélo par cette brute, on ne serait pas devenus amis et je n'aurais jamais eu l'idée de tourner un film. Et eux, ils…

Son camarade en reste bouche bée : il ne se doutait pas une seule seconde que cet événement revêtait une telle importance pour son ami…

— Au fait, ce jour-là, continue le réalisateur en herbe, pourquoi est-ce que tu m'as aidé ?

La question prend Shoya de court. Il s'efforce alors de se rappeler l'état d'esprit dans lequel il se trouvait à ce moment-là.

— Il y a quelques mois encore, je ne m'en serais sans doute même pas mêlé… répond-il. Mais, après avoir revu Shoko, j'ai eu envie de changer.

Les yeux remplis de larmes, Tomohiro garde le silence un instant avant de reprendre la parole.

— Je vois… Elle fait partie intégrante du récit. Sans elle, aucun de nous ne serait là aujourd'hui !

— Exactement ! Et, pourtant, elle est la seule à ne pas faire partie de l'équipe.

L'esprit soudain traversé par une illumination de génie, le cinéaste se redresse d'un bond, un sourire éclatant aux lèvres.

— Allez, on y retourne ! Grâce à toi, j'ai retrouvé ma motivation ! lance-t-il.

Ensemble, ils regagnent la maison des Ishida et rejoignent le petit trio qui les attendait avec impatience dans le salon. Sans leur laisser le temps de dire quoi que ce soit, Tomohiro déclare d'un ton solennel :

— J'ai une annonce à vous faire.

Même Shoya tourne vers son ami un regard surpris. Que peut-il bien s'apprêter à dire ? Vont-ils seulement l'écouter ?

— J'ai décidé de demander à Shoko de nous aider ! poursuit le réalisateur en herbe.

— Nous aussi, on a bien réfléchi à la question… dit Naoka.

— Oui… renchérit son amie. Ce n'est pas parce que Shoko est malentendante qu'on est obligés de l'inclure. Qu'est-ce qu'elle pourrait faire, de toute façon ?

Comme Shoya s'y attendait, les deux amies ne semblent pas disposées à intégrer leur ancienne camarade de classe au sein de l'équipe.

— Ce sera à elle de décider, répond Tomohiro.

— Mais… tente d'objecter Miki.

— Le réalisateur, c'est moi ! tonne-t-il.

Cette brusque démonstration d'autorité prend tout le monde de court. Plus personne n'ose plus bouger une oreille ni émettre la moindre protestation. Même Naoka semble intimidée.

— Moi, ça me va… finit par déclarer Satoshi.

— Dans ce cas, moi aussi ! renchérit Miki. Après tout, si on travaille tous ensemble, on devrait y arriver.

Satisfaits d'avoir réussi à obtenir gain de cause, Shoya et Tomohiro échangent un regard complice.

D'une efficacité redoutable, Miki ne perd pas une minute pour rédiger un nouveau script qu'elle s'empresse de présenter à Satoshi, en classe, dès le lendemain matin. Mais, sans laisser le temps à son camarade d'en feuilleter la moindre page, Tomohiro s'empare du précieux document pour le passer au crible en examinant chaque ligne avec une attention redoublée. Il s'isole dans un coin, la scénariste à ses côtés, pour discuter des changements à apporter au film. Plantés là, Satoshi et Shoya décident de s'installer non loin.

— Bon, on dirait qu'on n'a rien à faire pour l'instant… fait remarquer le premier.

— Et si on en profitait pour réviser ? propose le second.

Le réalisateur en herbe, qui n'a rien perdu de leur conversation, se retourne pour intervenir.

— Ah non, toi, Shoya, tu as du pain sur la planche ! Et pas qu'un peu : il faut que tu nous trouves un lieu de tournage, des figurants, des accessoires… Bref, pas le temps de bayer aux corneilles !

— Quoi ? Mais je ne m'en sortirai jamais tout seul… se plaint l'intéressé.

— Tu n'as qu'à demander à Shoko de t'aider ! répond son meilleur ami, en lui faisant un clin d'œil.

— Bonne idée ! Je m'en occupe, approuve-t-il, rasséréné à la mention du nom de la jeune fille.

Sur leur pont habituel, Miyoko, Yuzuru, Shoya et Shoko nourrissent les carpes depuis un moment déjà lorsque le lycéen trouve enfin le courage d'exposer son plan à cette dernière.

— *Bon, normalement, je suis juste l'assistant de Tomohiro. Mais j'ai plutôt un rôle d'homme à tout faire. Du coup, je me suis dit que tu pourrais peut-être m'aider à accomplir toutes mes missions. Enfin, si ça te dit, bien sûr...* (Quand il constate que son ancienne camarade de classe ne répond rien, il prend encore plus de pincettes.) *Tu sais quoi ? Tu n'as qu'à prendre ton temps pour y réfléchir. Tu n'es même pas obligée d'accepter.*

Mais qu'on le fasse taire ! Plus ça va et plus il s'enfonce. Heureusement, une sonnerie de téléphone vient lui sauver la mise et arrêter le flot ininterrompu de ses paroles. À la lecture du message envoyé par son meilleur ami, son front se plisse. Miyoko s'empresse alors de jeter un coup d'œil par-dessus son épaule pour le questionner :

— Qu'est-ce qui se passe ?

— Tomohiro me demande de récupérer une cagoule, des gants de travail, une corde, un couteau de cuisine, une paire de menottes et du ruban adhésif... répond-il, la tête penchée vers l'écran de son portable. Tout ça pour le 18. Je ne sais pas ce qu'il compte faire de tous ces accessoires, mais ça m'a tout l'air dangereux ! Vous croyez que je trouverai ce qu'il faut dans un magasin de bricolage ?

— Mieux vaut ne pas tout acheter en même temps, ça serait suspect, fait remarquer Yuzuru, pince-sans-rire.

— Shoko est d'accord pour t'aider avec les courses, annonce Miyoko.

— *C'est vrai ?* demande Shoya, tout sourire, à la principale intéressée.

Tomohiro vient de lui fournir l'occasion parfaite pour faire de son ancienne camarade de classe un membre à part entière de l'équipe de tournage ! Sans dissimuler sa joie, il déclare :

— *Tu m'enlèves une sacrée épine du pied ! Merci ! On se retrouve mardi prochain, alors ?*

Il a posé ses deux mains sur les épaules de la jeune fille, mais ce n'est que quand il croise le regard embarrassé de Shoko qu'il prend conscience de son geste et s'écarte à la hâte.

— *Désolé, je… je me suis laissé emporter*, s'excuse-t-il. (*Pourvu qu'elle ne me prenne pas pour un obsédé !*) *Bon, ben, j'y vais ! J'ai plein de contrôles en ce moment… Je t'enverrai un message avec les détails, Shoko !*

Puis il prend ses jambes à son cou sans demander son reste.

— *Sacré Shoya !* s'esclaffe Yuzuru en se tournant vers sa sœur. *Il aurait très bien pu t'envoyer un message, mais non, il a préféré faire le déplacement pour t'en parler en personne. C'est gentil de sa part, hein ?*

Chapitre 14
Je ne veux pas y aller !

Après des semaines et des semaines passées à en parler, voilà que les examens sont enfin derrière Shoya, et les résultats, entre ses mains ! Mais pas de bonne nouvelle à l'horizon : ses notes sont catastrophiques. Assis à son pupitre, le lycéen broie du noir quand Tomohiro s'approche pour discuter du lieu de tournage du film.

— J'aimerais tourner dans une école primaire… Eh, mais pourquoi on ne filmerait pas dans la tienne, tiens ? s'écrie-t-il, frappé par l'inspiration. Tu veux bien te charger des repérages et demander les autorisations nécessaires ?

— Comment ça, mon école ? Non, pas question ! refuse tout net son meilleur ami.

— Mais pourquoi ?

— Parce que…

Incapable de trouver les mots pour se justifier, il laisse sa phrase en suspens. Il faut dire que l'établissement est associé à un sacré paquet de mauvais souvenirs… Non, y retourner, c'est au-dessus de ses forces !

Heureusement, Satoshi, qui a surpris leur conversation, se propose spontanément de se renseigner auprès de son ancienne école à lui. Il passe de longues minutes au téléphone à tenter de négocier, puis la sentence tombe.

— Désolé, ils ont refusé ! annonce leur camarade. Tu étais dans quelle école déjà, Shoya ? Je vais chercher leur numéro.

— Suimon… répond l'intéressé à contrecœur.

À peine quelques secondes plus tard, Satoshi s'empresse de passer l'appel. Une fois qu'il a raccroché, il déclare :

— On a rendez-vous mardi prochain pour leur expliquer notre projet en détail ! Ils prendront leur décision à ce moment-là.

Pourquoi n'ont-ils pas dit non ? se lamente son camarade. Vite, il faut inventer un prétexte – n'importe lequel – pour ne pas y aller… Tout plutôt que de retourner dans cette école de malheur. Mais il n'a pas à se creuser longtemps les méninges : il a déjà une excuse toute trouvée !

— Mardi prochain ? Je suis pris, ce jour-là. Je dois aller faire des courses avec Shoko…

— Dans ce cas, je peux aller au rendez-vous à ta place, se propose une nouvelle fois Satoshi. Je n'ai rien de prévu, de toute façon.

— C'est vrai ? C'est super sympa ! se réjouit le lycéen en retrouvant le sourire.

Mais il le perd bien vite quand Tomohiro vient mettre son grain de sel.

— Attendez un peu, tous les deux ! Il vaut mieux que ce soit toi, Shoya, qui y ailles, c'est évident ! Avec ton statut d'ancien élève, tu as plus de chances d'arriver à les convaincre. Tu n'as qu'à emmener Shoko !

La proposition du réalisateur en herbe est pleine de bon sens. Sauf que… pour Shoya, elle a tout d'une très, très mauvaise idée.

— M… mais… tente-t-il encore de protester.

— Un problème ? demande son meilleur ami, le sourcil levé.

Si Shoya ne veut pas que son attitude paraisse trop suspecte, il ferait mieux de capituler… À son corps défendant, il répond donc, d'une voix blanche et les épaules voûtées :

— Non, non, tout va bien…

Tu parles… *Bien sûr que oui, il y a un problème !* a-t-il envie de crier. Et pas qu'un d'ailleurs ! C'est toute une montagne… voire une avalanche de problèmes qui lui tombe dessus !

— Tu es vraiment sûr que ça ne te dérange pas que je vous accompagne ? demande Satoshi, un sourire en coin.

— Au contraire ! s'empresse de répondre Shoya. Grâce à toi, on ira beaucoup plus vite… Heureusement que tu es là ! *Pas vrai, Shoko ?*

Pour toute réponse, la jeune fille esquisse un sourire. Comme prévu, les trois amis se sont donné rendez-vous le mardi suivant dans un magasin de bricolage pour y≈faire leurs achats : une corde, des gants de travail, des menottes… Chacun se met en quête des accessoires réclamés par le réalisateur en herbe. Tandis qu'ils arpentent les allées, les deux garçons discutent de ce qui se passera après le bac.

— On est en terminale… Tu ne crois pas qu'on a mieux à faire que les courses ? Comme réviser, par exemple, dit Shoya en repensant à ses mauvais résultats scolaires. Je m'inquiète un peu pour l'avenir de Tomohiro…

— Il ne faut pas ! répond Satoshi. À mon avis, il a tout prévu ! (C'est vrai que leur camarade de classe semble plus que déterminé à devenir un réalisateur de renom. Le cinéma, c'est sa passion.) Et toi, tu sais ce que tu veux faire plus tard ?

— Je vais sûrement aller dans une fac du coin mais, après ça, va savoir…

Bien que préoccupé par les examens et l'entrée à l'université, il n'a pas vraiment pris le temps de réfléchir à ce qu'il ferait une fois son bac en poche. Et pour cause : à peine quelques mois plus tôt, il ne comptait même pas vivre assez longtemps pour le passer…

— Moi, je veux devenir prof ! déclare son ami.

— C'est vrai ? C'est super !

— En fait, un de mes anciens camarades de classe est sur le point de se marier, il va même bientôt avoir un bébé ! Du coup, je me suis dit que ce serait sympa d'avoir son enfant comme élève…

Partagé entre l'admiration et l'envie, Shoya écoute Satoshi évoquer avec une calme assurance ses rêves d'avenir. *Si seulement je pouvais éprouver une telle confiance en moi…* se prend à imaginer le lycéen. Plongé dans ses pensées, il s'aperçoit qu'ils ne sont plus que deux au détour d'une allée.

— Tiens, où est passée Shoko ?

Chariot en main, ils partent à sa recherche et fouillent tout le magasin jusqu'à finir par tomber sur la jeune fille, postée devant une étagère, une cagoule sur la tête. L'accessoire, qui ne laisse voir que ses yeux et sa bouche, lui donne des airs de braqueuse de banque.

Devant cette vision totalement inattendue, les deux garçons éclatent de rire. Shoko soulève alors lentement le bas du masque, visiblement embarrassée d'avoir été surprise en pleine séance d'essayage.

En voyant le rouge monter aux joues de son ancienne camarade de classe, Shoya retrouve bien vite son sérieux. *Zut… J'espère qu'elle n'est pas fâchée.* Satoshi, lui, semble ne rien avoir remarqué de l'attitude de la jeune fille. Il s'empare à son tour d'une cagoule du même genre et l'enfile en s'exclamant :

— Regarde un peu ça, Shoko ! Et moi, comment tu me trouves avec ?

Cette fois, les trois amis partent d'un grand éclat de rire. *Pas de doute, Satoshi est vraiment quelqu'un de bien*, songe Shoya en observant du coin de l'œil le jeune homme, qui porte toujours sa cagoule ridicule.

Leur tour du magasin terminé, il ne leur reste plus que quelques derniers achats à effectuer dans une autre boutique. Enfin, en plus d'honorer leur rendez-vous à Suimon, l'ancienne école primaire de Shoya et Shoko. Ils se répartissent donc les missions : les deux garçons chargent leur amie de terminer les courses pendant qu'ils s'occupent des repérages et d'obtenir l'autorisation de filmer dans l'établissement.

Si Shoko se propose de les accompagner, Shoya, lui, insiste sur l'importance de mettre à profit leur nombre pour gagner du temps et finir au plus vite les tâches qui leur ont été imposées. En vérité, il cherche surtout à lui éviter de revivre des mauvais souvenirs associés à leur ancienne école primaire.

Une fois la jeune fille partie de son côté, les deux lycéens se mettent eux aussi en route. Au moment où ils traversent un jardin public, non loin de l'établissement scolaire, Shoya est pris d'un soudain accès de nostalgie. Ce parc, il y venait souvent jouer avec ses copains… Il s'apprête à en faire la remarque à Satoshi quand une conversation animée éclate à deux pas d'eux.

— Allez, reste encore un peu !

— Mais il est déjà super tard. Mes parents vont me disputer…

— Qui va porter nos affaires, si tu t'en vas ?

— Ne les fais pas tomber, surtout… Sinon tu risques de les salir !

Quatre fillettes sont en train de se délester de leurs cartables pour les fourrer sans ménagement dans les bras d'une cinquième. Puis, abandonnant sur place leur camarade chargée comme une mule, elles partent jouer à chat sans plus s'en préoccuper.

Non mais quelles sales petites pestes ! Shoya jette un coup d'œil à Satoshi, qui se précipite déjà vers la laissée-pour-compte. Les jambes flageolantes, elle commence déjà à ployer sous son chargement. Sans perdre une minute, son sauveur l'en débarrasse donc, non sans balancer par terre chacun des sacs abandonnés par leurs propriétaires.

Alertées par le bruit, les quatre coupables font volte-face. L'étonnement se lit sur leurs traits : comment se fait-il que leurs précieuses affaires gisent dans la poussière ? Et qui peut bien être ce lycéen qui les dévisage avec un air de défi ?

— Non mais ça ne va pas la tête ? s'écrie celle qui semble être la cheffe du groupe.

— C'est quoi, ton problème ? proteste une autre.

Téméraires mais pas courageuses, les deux fillettes restantes préfèrent garder le silence et se cacher derrière leurs amies.

— Vos cartables, vous les portez vous-mêmes ! rétorque Satoshi d'un ton glacial qui les laisse sans voix, avant de se tourner vers son camarade, un sourire satisfait aux lèvres, comme si rien ne s'était passé à peine une poignée de secondes plus tôt. On y va, Shoya ?

L'intéressé n'en croit pas ses yeux. Bouche bée, il dévisage son ami l'espace d'un instant avant de lui emboîter le pas. Après quelques minutes passées à cheminer l'un à côté de l'autre sans qu'aucune parole ne soit échangée, Satoshi finit par expliquer de lui-même la raison de son comportement.

— Ce genre de chose, je ne peux pas laisser passer. Moi aussi, quand j'étais petit, les autres me faisaient porter leur cartable.

À ces mots, son camarade de classe blêmit, mais tente de ne rien laisser paraître de son trouble.

— Ça… Ça n'a pas dû être facile, bredouille-t-il.

Quel hypocrite il fait ! Shoya, lui, quand il était petit, contrairement à Satoshi, était du côté des harceleurs. S'il avait un minimum de courage, il lui dirait toute la vérité, là, tout de suite, maintenant. Mais non, il n'est qu'un lâche, une poule mouillée, un dégonflé… Pas un mot ne franchit ses lèvres et son aveu reste bloqué au fond de sa gorge.

Pris d'un mal de ventre qui lui retourne l'estomac à chaque pas, il se dit qu'il n'a absolument aucune envie de retourner dans son école primaire. Mais il a beau vouloir freiner des quatre fers et prendre ses jambes à son cou, il n'a pas le choix. Impossible de reculer si près du but. La mort dans l'âme, il suit donc Satoshi vers son ancien établissement, incapable de se défaire d'une pensée qui tourne en boucle dans sa tête : *Je ne veux pas y aller !*

Chapitre 15
L'école primaire Suimon

Une fois devant le portail de son ancien établissement scolaire, Shoya se fige, les jambes raides, les poings serrés et les paumes moites.

— C'est là. Allons-y... annonce-t-il, la bouche pâteuse, avant de se contraindre à mettre tant bien que mal un pied devant l'autre.

Lorsque la salle des professeurs se profile devant eux, il réduit imperceptiblement l'allure, si bien que c'est Satoshi qui pénètre en premier dans la pièce.

— Bonjour ! lance son camarade de classe à l'adresse d'une enseignante présente sur les lieux, avant de commencer à lui exposer la raison de leur visite.

À ses côtés, Shoya tente de se faire tout petit et ne cesse de balayer la pièce du regard, mal à l'aise. Les souvenirs affluent par vagues. Cette chaise, là, il s'en souvient très bien... C'est celle qu'occupait toujours son professeur lorsqu'il le convoquait dans cette même salle pour lui faire la morale.

— Ne serait-ce pas Shoya Ishida ? demande soudain dans son dos une voix qu'il reconnaîtrait entre mille.

Un frisson lui remonte le long de l'échine. La gorge nouée, il se retourne avec appréhension... Devant lui se dresse M. Takeuchi. *Oh non, pas lui !* Sans laisser le temps au lycéen de dire quoi que ce soit, l'enseignante avec laquelle Satoshi s'entretenait prend la parole.

— Oh, c'est un de vos anciens élèves ? Dans ce cas, vous tombez bien ! Ça vous dirait de jeter un coup d'œil à leur projet ? suggère-t-elle en tendant à son collègue le scénario qu'elle s'apprêtait à feuilleter.

— Pourquoi pas… répond ce dernier.

— Merci beaucoup ! dit Satoshi en inclinant le buste.

Le dos droit mais la tête basse, Shoya, lui, fait tout son possible pour éviter le regard de son ancien professeur. Il n'a qu'une envie : disparaître sous terre…

— Alors comme ça, tu es au lycée Tochi ? lui demande M. Takeuchi après quelques secondes d'un silence pesant. Félicitations ! Tu en as fait, du chemin !

Shoya ouvre de grands yeux étonnés. S'il s'attendait à ça ! L'enseignant se montrerait presque… gentil. Est-ce bien le même homme que celui qui passait son temps à le sermonner ?

— J'ai reconnu l'uniforme, poursuit le professeur. Moi aussi, j'ai étudié là-bas. Tu as vraiment dû travailler dur pour y entrer !

— Vous trouvez qu'il a beaucoup changé ? demande Satoshi, curieux d'en apprendre plus sur le passé de son ami.

— Oh que oui ! À l'époque, il était plutôt du genre à écraser des insectes juste pour tuer l'ennui… Pas vrai, Shoya ?

M. Takeuchi jette à son ancien élève un sourire entendu. Ce dernier tente de le lui rendre pour faire bonne figure, mais il est plus gêné qu'autre chose. Le front perlé de sueur, il ne sait pas trop quoi penser de l'attitude de son ancien enseignant. *Pitié, pourvu qu'il en reste là avec ses vieilles histoires !* supplie Shoya en lui-même. Il pousse un ouf de soulagement quand son camarade réoriente la discussion sur leur projet de film.

— Nous aimerions tourner la scène de la page deux ici, pendant les vacances d'été, si vous êtes d'accord.

— La décision appartient au directeur ou encore à son adjoint, leur explique M. Takeuchi en se dirigeant vers une photocopieuse pour y scanner le scénario, avant de rechanger de sujet de conversation. Lorsque tu étais en CM2, Shoya, la situation était compliquée et tu étais dans une classe… à problèmes, dirons-nous. Mais, quand je vois que tu es devenu quelqu'un de bien, je me dis que ça a peut-être eu du bon, tout ça.

Du bon ? songe le principal intéressé, sidéré. Comment son ancien professeur ose-t-il dire une chose pareille avec tout ce qui s'est passé ? Rien de positif n'est sorti de ces années de primaire ! Et puis, qu'est-ce qui lui fait croire qu'il a changé ? Son uniforme ? Pff…

— Je n'ai pas une si haute opinion de moi-même, déclare Shoya en lançant un regard noir à l'enseignant.

— Inutile de te rabaisser… insiste M. Takeuchi en balayant sa remarque de la main. Pour être honnête, ta classe a juste tiré le mauvais numéro. À partir de là, ça ne pouvait que mal tourner, c'est évident.

— Le mauvais numéro ? répète le lycéen en contenant à grand-peine sa colère.

— Tu sais bien ! Cette fille malentendante… Beaucoup pensent que le fait d'avoir un handicap leur donne tous les droits. Cette élève avait déjà eu des ennuis dans une autre école, mais tu crois que ça a servi de leçon à sa famille ? Non, bien sûr. (Shoya serre les poings et se mord la langue.) Si je n'avais pas suggéré que cette petite soit transférée dans un établissement spécialisé, sa mère n'aurait sans doute même pas réagi ! Ces gens-là ont tendance à oublier que la liberté des uns s'arrête là où commence celle des autres, comme on dit. Enfin, bref… ça arrive souvent. Toi, tu n'as pas eu de chance, c'est tout ! Tenez, jeune homme…

Ses photocopies terminées, l'ancien professeur de Shoya remet le scénario entre les mains de Satoshi.

— Vous parlez de Shoko, c'est ça ? demande ce dernier, un sourire engageant aux lèvres.

— Ah, vous la connaissez aussi ? s'étonne l'enseignant.

— Oui ! C'est une amie de Miki Kawai, qui est dans le même lycée que nous. On la voit souvent, du coup. Qu'est-ce qui lui est arrivé exactement ?

— Shoko était le souffre-douleur de la classe, sans cesse à se faire harceler par l'un ou l'autre de ses petits camarades, explique-t-il. Elle en a vu de toutes les couleurs, la pauvre. J'avais beaucoup de peine pour elle.

Il est sérieux ? bouillonne Shoya intérieurement. En un claquement de doigts, le voilà qui change son fusil d'épaule pour faire passer Shoko de coupable à victime.

— C'était une petite fille sérieuse et gentille, poursuit le professeur. Je ne veux pas entrer dans les détails, mais… Disons que quand j'avais le dos tourné, certains élèves en profitaient pour… pour casser ses appareils auditifs, par exemple. Ils s'en sont même pris à elle physiquement !

Jointures blanchies, mâchoire serrée, Shoya est à deux doigts d'exploser. Qu'est-ce qu'un homme qui juge ses interlocuteurs rien qu'à leur uniforme pourrait bien savoir de Shoko ? Trop, c'est trop ! Le lycéen n'a pas l'intention de rester là à l'écouter une minute de plus. Hélas, M. Takeuchi n'en a pas fini.

— Pendant ce temps-là, les autres faisaient semblant de ne rien voir. La vérité, c'est qu'ils étaient tous complices. Shoya, toi, tu as juste payé les pots cassés… Après tout, tant mieux si ça t'a permis de grandir !

Allons-nous-en, Satoshi ! le supplie l'intéressé en son for intérieur, sans pourtant pouvoir faire le moindre pas vers la sortie. *Pas la peine d'écouter ce ramassis de phrases creuses plus longtemps. Viens, on y va !*

Comme s'il avait reçu le message, son camarade de classe change soudain radicalement d'attitude. Après avoir dévissé le bouchon de la bouteille en plastique qu'il tient à la main, il en déverse le contenu sur M. Takeuchi puis, impassible, tourne les talons sans prononcer un seul mot.

Le visage complètement aspergé d'eau, l'enseignant reste en état de choc. Seul retentit désormais le bruit des gouttelettes qui viennent inexorablement s'écraser au sol les unes après les autres.

Plantant là son ancien professeur tout dégoulinant, Shoya se lance à la poursuite de Satoshi, déjà loin. Dans son dos tonne la voix de M. Takeuchi, remis de sa surprise :

— Shoya ! hurle-t-il, furieux. Considère votre demande comme rejetée ! Ça ne m'étonne pas que tu sois ami avec un idiot pareil…

Piqué au vif, son ancien élève se retourne pour le foudroyer du regard.

— Vous vous trompez, rétorque-t-il simplement.

Au moment de franchir le pas de la salle, il tombe non pas sur Satoshi, comme il s'y attendait, mais sur Shoko. Inquiet, il l'interroge.

— *Tout va bien ? Qu'est-ce que tu fais ici ?*

— *Ça fait un moment que je n'avais pas remis les pieds ici. J'avais envie de passer.*

Quand elle aperçoit M. Takeuchi, elle incline la tête pour le saluer. Mais Shoya ne tarde pas à l'entraîner à sa suite.

— *Ils ont dit non. Allons-nous-en*, lui annonce-t-il.

Leur ancien professeur les suit des yeux tandis qu'ils s'éloignent tous les deux dans le couloir.

— Tu vois que tu es devenu quelqu'un de bien ! crie-t-il à l'adresse du lycéen.

Mais ce dernier n'est pas dupe. Seule sa pratique de la langue des signes lui vaut ce compliment. Il force l'allure pour mettre autant de distance que possible entre lui et cet hypocrite de première. Il faut croire qu'ils n'ont pas du tout la même définition de ce qu'est quelqu'un de bien.

Une fois dehors, ils sont assaillis par le chant assourdissant des cigales. Bientôt, ils repèrent Satoshi, posté près du portail, qui leur fait signe de la main.

— Désolé pour tout à l'heure, dit-il. Tout est ma faute, j'ai tout gâché. Il n'en faut pas beaucoup pour me mettre hors de moi et votre prof, là, ça a été la goutte d'eau qui a fait déborder le vase !

— Je comprends, ne t'inquiète pas… tente de le rassurer son camarade de classe.

Satoshi s'adresse directement à Shoko, cette fois.

— Si quelqu'un t'embête, tu n'as qu'à me le dire : je lui donnerai une bonne leçon !

Son ami se charge de traduire sa déclaration en langue des signes, avant de répéter de vive voix la réponse de la jeune fille.

— Elle dit : « C'est gentil, mais ce n'est pas la peine. »

Sur ces mots, les trois compagnons quittent l'enceinte de l'école. Sur le chemin du retour, Shoya en profite pour observer Satoshi à la dérobée. Par moments, il lui ferait presque peur avec ses réactions impulsives. Et puis, il le croit sur parole quand il dit être capable de donner une bonne leçon à quiconque s'en prendrait à Shoko ! Mais, au fond, Shoya ne peut s'empêcher d'envier son camarade car, contrairement à lui, il n'hésite pas à agir, à défendre ses convictions.

— *M. Takeuchi, notre ancienne école… Tout m'a paru plus petit qu'avant. Pas toi ?* demande tout à coup Shoko.

Shoya, qui n'y avait pas vraiment fait attention, réfléchit à la question que vient de lui poser son ancienne camarade de classe. Est-ce que lui aussi, un jour, il verra les choses de la même façon ?

Chapitre 16
Dispute

Les vacances d'été approchent à grands pas…

Les bras croisés, Shoya fixe d'un regard vide les résultats de ses examens de fin de trimestre. Ses notes ne sont pas aussi bonnes qu'il l'espérait. Mais, avec tout ce qui s'est passé ces dernières semaines, ce n'est pas comme s'il avait eu le temps de réviser. Son planning était surchargé, entre son nouveau petit boulot, les journées passées avec Shoko, Yuzuru, Miyoko, Naoka, sans oublier…

— Shoya ! Ohé, Shoya ! La Terre à Shoya !

Les cris de Tomohiro le tirent brusquement de ses pensées. Tiens, quand on parle du loup !

— Qu'est-ce qu'il y a ?

— Il faut que tu me trouves des figurants en urgence ! Il m'en faudrait cinq ou six.

— Tu n'as qu'à demander à quelqu'un d'autre. Je te l'ai déjà dit cent fois : je ne connais personne. Et puis, pendant les vacances, je dois réviser à fond, proteste Shoya.

— Tu n'es pas sérieux ! Mais… et mon film, alors ? C'est quoi, le plus important, pour toi : notre amitié ou tes études ? s'écrie le réalisateur en herbe en lui jetant un regard désespéré, sans se soucier d'attirer l'attention de leurs camarades de classe.

Voilà qu'au milieu des rires étouffés, Shoya croit entendre des chuchotements s'élever un peu partout dans la salle de classe : « C'est quoi, ce cirque ? » « Ils pourraient parler moins fort, quand même ! » Pour la discrétion, on repassera... Non, des ennuis, il en a eu sa dose, pas besoin d'en rajouter !

Après avoir rangé ses affaires, il prend son meilleur ami par le bras et l'entraîne dehors, loin des oreilles indiscrètes. Une fois dans la cour de l'établissement, il s'efforce de calmer le réalisateur et de lui faire entendre raison.

— Ce n'est pas si grave que ça si on manque de figurants. On peut très bien se débrouiller sans, non ?

En vain...

— Comment peux-tu dire une chose pareille ? s'écrie Tomohiro, qui marche à ses côtés. Et puis, tu me dois bien ça ! Dire que j'ai accepté que Shoko rejoigne l'équipe et participe au film pour te faire plaisir...

— Comment ça ? C'est ton amie, à toi aussi, non ?

— Oui, mais c'est surtout parce qu'elle compte pour toi que je l'ai engagée !

Piqué au vif, Shoya se met à accélérer le pas.

— Quoi qu'il en soit... je n'ai pas de temps à perdre avec ces histoires. Je dois aller bosser. En plus, tu m'as collé la honte, tout à l'heure. Toute la classe s'est moquée de nous.

Frappé en plein cœur par ces mots, le réalisateur, qui s'est lancé à sa poursuite, s'arrête net dans sa course.

— Tu as honte de moi ? murmure-t-il, sidéré, en regardant son meilleur ami s'éloigner.

Depuis leur dispute, Tomohiro évite Shoya comme la peste, visiblement rancunier. Il faut dire que l'homme à tout faire du réalisateur n'y est pas allé avec le dos de la cuillère !

Il a d'ailleurs conscience d'avoir dépassé les bornes et compte bien se faire pardonner. De toute façon, ils ne peuvent pas rester fâchés pour toujours, pas vrai ?

C'est lors de l'heure d'étude qu'il décide de prendre son courage à deux mains et de faire le premier pas vers son meilleur ami. Il se retourne vers son camarade, assis derrière lui, et dit, sur le ton de la conversation :

— J'ai eu 29 sur 100 en japonais. Et toi ?

Impassible, Tomohiro ne détache même pas les yeux de son cahier et sa réponse, cinglante, ne tarde pas à se faire entendre dans toute la classe.

— Tu ferais mieux de regarder devant toi, monsieur 29 sur 100. Je n'ai pas le temps de bavarder.

Autour d'eux, un concert de rires étouffés accueille la déclaration fracassante du jeune homme. Shoya n'en revient pas que son camarade ait osé l'humilier de la sorte devant toute la classe – pour couronner le tout, plus personne n'ignore maintenant qu'il a eu une mauvaise note. Qu'est-ce qui lui a pris de le rembarrer comme ça ? Ça ne lui ressemble pas… Le cœur lourd, le lycéen n'insiste pas et retourne à ses cahiers.

Les vacances d'été ont fini par arriver sans que les deux amis ne se réconcilient…

On est mardi et Shoya a retrouvé Shoko sur le pont pour nourrir les carpes, comme à leur habitude. Non loin, Miyoko et Yuzuru discutent entre elles. Le lycéen confie à son amie ses états d'âme.

— *Depuis ce jour-là, on ne s'est plus adressé la parole, pas même le dernier jour avant les vacances d'été. Il me fait la tronche. Mais, moi aussi, j'ai des raisons d'être en colère contre lui ! Après tout, je ne suis pas son larbin ! Enfin, bref… Désolé de t'embêter avec mes histoires…* s'excuse-t-il après avoir vidé son sac, un sourire contrit aux lèvres.

— *Alors, vous n'êtes plus amis ?* demande la jeune fille.

— *Je ne dirais pas ça, non. Ce n'est pas comme si on se détestait. Enfin, je crois…*

— *Et, pour le film, qu'est-ce qui va se passer ? Vous laissez tomber ?*

— *Aucune idée*, avoue Shoya en haussant les épaules. *De toute façon, le projet doit sans doute être à l'arrêt…*

Ce qui n'est pour lui déplaire, lui qui n'a jamais eu tellement envie d'y participer, à ce satané film !

— *Au fait,* reprend-il en changeant de sujet, *tu as prévu quelque chose pendant les vacances ? Moi, rien du tout. Je pensais peut-être en profiter pour passer du temps avec ma nièce et l'emmener quelq…*

Sans lui laisser le temps de finir sa phrase – et donc d'inviter de façon détournée Shoko à les accompagner, lui et sa nièce –, Miyoko l'interrompt.

— Tiens, regardez qui voilà !

Du doigt, elle désigne l'autre bout du pont d'où arrive Tomohiro d'une démarche pleine d'assurance.

— Qu'est-ce que tu fais là ? demande Shoya, surpris.

Est-il venu se réconcilier ?

— Rien de spécial… réplique-t-il sur un ton de défi en tuant dans l'œuf tous les espoirs de son camarade. J'ai juste décidé que l'équipe du film se retrouverait ici chaque semaine, c'est tout.

— Ah bon ? Je n'étais pas au courant. Tu aurais pu m'en parler, quand même !

— C'est moi, le réalisateur, je fais ce que je veux ! D'ailleurs, c'est Shoko que je suis venu voir. Alors, si tu n'es pas content, dégage ! crache Tomohiro. De toute façon, je croyais que tu avais honte de traîner avec moi, non ?

Soufflé par l'agressivité dont fait preuve son meilleur ami à son égard, Shoya le dévisage, lèvres pincées et oreilles basses.

— Si j'ai bien compris, tu n'as plus besoin de moi. Parfait, ça m'arrange ! Du coup, je vais y aller. À la prochaine, tout le monde ! dit-il en rassemblant ses affaires.

— Attends un peu ! l'apostrophe le réalisateur en le retenant par la manche de son T-shirt quand il passe devant lui. Où est-ce que tu crois que tu vas comme ça ? On n'a pas fini notre petite conversation.

— Qu'est-ce qui te prend ? Tu viens de me dire de dégager, non ? Il faudrait savoir ce que tu veux !

Puis Shoya retire son bras d'un coup sec, arrachant le tissu des doigts de son camarade qui pousse un petit cri de douleur et secoue la main dans tous les sens.

— Aïe ! Tu m'as fait mal ! s'écrie-t-il, scandalisé.

Alarmé par les cris de son ami, le lycéen craint un instant de l'avoir véritablement blessé sans le vouloir. Il revient donc sur ses pas… pour se prendre un coup de poing dans l'épaule, suivi d'un deuxième, puis d'un troisième.

— Excuse-toi ! Tout de suite ! Allez ! hurle Tomohiro en le cognant encore et encore.

Shoya pare l'assaut soutenu du cinéaste du mieux qu'il peut avant de finir par riposter : des deux mains, il repousse son camarade, qui tombe brutalement à la renverse.

— Ça, tu vas me le payer ! s'écrie ce dernier en se relevant tant bien que mal, rouge de colère.

Sitôt sur ses pieds, Tomohiro pousse un cri rageur puis assène un crochet du gauche à son adversaire, mais… ne rencontre que du vide. Car Shoya a anticipé le mouvement et reculé d'un bond. Furieux d'avoir raté sa cible, le réalisateur redouble d'efforts pour tenter d'atteindre son ennemi et fait pleuvoir les coups, en vain.

— On devrait peut-être les arrêter… dit Miyoko, inquiète de la tournure des événements.

À peine a-t-elle terminé sa phrase que le combat cesse aussi brusquement qu'il a commencé. Sous les yeux ébahis de l'assistance, Shoko s'est interposée entre les deux garçons pour mettre fin à la bagarre. Elle toise d'ailleurs Shoya d'un regard sévère qui le réduit au silence : il ne l'a jamais vue aussi en colère. Puis elle se tourne vers Tomohiro, qui la dévisage un instant puis baisse la tête d'un air contrit.

— Tu as raison, Shoko, dit le réalisateur, l'oreille basse, avant de s'adresser à son adversaire. Je te pardonne pour aujourd'hui, mais c'est bien parce qu'elle me le demande. Tu as intérêt à être là mardi prochain.

* * *

Shoya s'apprête à partir quand Miki, Satoshi et Naoka, qui, chose étonnante, salue tout le monde – y compris Shoko, qui lui répond d'un discret signe de tête –, font leur apparition sur le pont.

— Pardon pour le retard ! s'excuse la déléguée de classe.

À présent au complet, l'équipe de tournage commence à prendre ses marques : Miki montre à Tomohiro les dernières modifications apportées au scénario pendant que Miyoko et Naoka prennent les mesures de Yuzuru afin de préparer son costume.

Un peu en retrait, Shoya observe la scène en se demandant si sa place est bien parmi eux. Coupant court à son dilemme, le réalisateur l'interpelle.

— Eh, Shoya ! Tu veux bien tenir ça une minute ?

Dans sa voix a disparu toute trace de ressentiment. Et dire qu'à peine quelques instants plus tôt ils étaient en train de se battre comme des chiffonniers ! À présent, toute l'équipe semble bien s'amuser. Même Shoya finit par se prendre au jeu et se laisser emporter par la bonne humeur générale. Jusqu'à ce que Shoko s'approche de lui, l'air inquiet, en désignant ses yeux du doigt. Quand Naoka remarque son geste, elle se mêle à la conversation.

— Qu'est-ce qui se passe, Shoya ? Pourquoi est-ce que tu pleures ? demande-t-elle.

— Je…

Une larme solitaire vient rouler sur la joue du jeune homme et s'écraser au creux de sa main. Il s'est mis à pleurer sans même s'en rendre compte. Ce ne sont pas des larmes de tristesse, mais plutôt de joie. Car il a entrevu, l'espace d'un instant, ce que ses vacances d'été pourraient être. Lui qui les a toujours passées en compagnie de sa famille, voilà qu'il envisage maintenant de passer ses journées avec ce petit groupe vraiment singulier d'anciens camarades et de nouveaux. Tout compte fait, quelle chance d'avoir des amis avec qui se chamailler !

Tomohiro s'approche à son tour.

— Mes coups étaient vraiment si puissants que ça ? demande-t-il, même s'il n'a pas réussi à atteindre sa cible une seule fois.

— Oui, ça doit être ça… répond Shoya, un petit sourire aux lèvres.

Chapitre 17
Le cauchemar recommence

L'été bat son plein. Comme d'habitude, Shoya passe ses journées à travailler, réviser, faire la sieste, bouquiner et s'occuper de sa nièce. Mais, chose inédite cette année, il participe aussi au tournage du film de son meilleur ami, qui suit son cours sans nouveau coup d'éclat.

Assis sur un banc, le jeune homme regarde l'équipe au grand complet s'activer sur une petite colline. Sa mission à lui ? Attendre gentiment les ordres du réalisateur en chef… Ce qui lui convient très bien ! D'ailleurs, quel genre de film ses camarades sont-ils en train de monter ? Un fantastique sur le thème de la vengeance ? En tout cas, c'est ce qui était prévu au départ…

Et Shoko ? Quel est son rôle, finalement ? A-t-elle fini par trouver sa place ? Tout – depuis le grand sourire qu'elle affiche en permanence jusqu'à ses éclats de rire – indique que oui. Tout heureux de voir qu'elle s'est si bien intégrée, Shoya ne la quitte pas des yeux. Sentant peser sur elle le regard de son ancien camarade de classe, la jeune fille finit par tourner vers lui son visage radieux. Elle remue doucement la tête en guise de remerciements et signe :

— *Merci, Shoya ! Grâce à toi, je passe de super vacances !*

Voilà qui ne pourrait pas lui faire plus plaisir ! Le rouge commence à lui monter aux joues. Tout se déroule vraiment à merveille – encore mieux que ce qu'il avait espéré. Même si, au fond, cette histoire de film ne l'intéressait pas spécialement au début, force est de constater qu'il permet à tout le monde de se rapprocher. C'est au moins un des avantages de ce tournage ! Si seulement ça pouvait ne jamais s'arrêter…

Shoya se perd dans la contemplation du ciel bleu, qui reflète parfaitement son état d'esprit actuel – vaste, limpide et dégagé, à l'exception d'un seul petit nuage à l'horizon. Il savoure ce sentiment de sérénité presque totale qui se propage dans tout son être, avant de reporter son regard sur ses camarades, au loin. Ils se donnent à fond dans ce tournage et semblent vraiment tous s'amuser comme des petits fous. Peut-être que s'il avait déjà décidé de ce qu'il allait faire après le bac, il serait plus insouciant, lui aussi.

Une question l'intrigue, cependant : pourquoi ont-ils tous accepté de participer à ce film, finalement ? Quelle est la raison qui les a poussés à se lancer dans une aventure pareille ? Piqué par la curiosité, il se met à les interroger discrètement les uns après les autres.

— Moi, je ne perds rien à participer, lui répond un jour Miyoko. Au contraire, c'est un plus pour mon projet professionnel. C'est exactement ce que je veux faire plus tard, donc non seulement je me fais la main, mais j'emmagasine de l'expérience. En plus, si on gagne, on recevra une récompense. D'une pierre deux coups ! Pas vrai, Nao ?

— Oui, absolument ! J'ai l'intention de tenter le concours d'entrée d'une école de stylisme, à Tokyo. Donc si on remporte le concours, j'aurai plus de chances d'y être acceptée.

Elles ont pensé à tout ! ne peut s'empêcher de se dire Shoya, impressionné. Et qu'en est-il de Miki ? Pas la peine de lui poser la question, il connaît déjà la réponse : elle ne participe que parce que Satoshi est de la partie et que le garçon lui plaît. Ça se voit comme le nez au milieu de la figure !

Un jour qu'ils se sont réunis au lycée pour une journée d'étude avec leur classe quasiment au grand complet, l'assistant du réalisateur cherche encore à savoir pourquoi Satoshi, lui, a rejoint l'aventure. Parce qu'il veut devenir acteur ? À cause de Miki ? Imaginant supposition après supposition, il l'observe de loin quand l'intéressé sent peser sur lui le regard scrutateur de Shoya et finit par se tourner vers lui.

— À quoi tu penses ? le questionne-t-il. Tu me fixes depuis tout à l'heure avec un drôle d'air...

— Ah... euh... Non, à rien en particulier. Je me demandais juste ce qui t'avait donné envie de participer au tournage.

— Facile : toi !

Étonné – et un peu gêné –, Shoya en reste bouche bée. Il ne s'attendait pas du tout à cette réponse...

— Ah bon ? finit-il par lancer en retrouvant l'usage de la parole.

— Ben oui... Quand j'ai vu cette photo de toi en train de sauter du haut d'un pont, j'ai été stupéfait. Toi, le bourreau de travail, asocial dans l'âme, capable de faire un truc aussi dingue… Je me suis dit que tu étais beaucoup plus complexe que tu n'en avais l'air. Ça m'a tout de suite donné envie d'apprendre à te connaître et de venir te parler.

— Pourtant, plus personne ne voulait m'adresser la parole, après ça… réplique Shoya en poussant un petit rire amer.

— Tu as raison. Mais je ne suis pas vraiment comme tout le monde. C'est sans doute pour ça que les autres avaient fait de moi leur souffre-douleur quand j'étais petit…

— En te voyant aujourd'hui, on ne dirait pas !

— Qu'est-ce qui te fait dire ça ?

Le lycéen ne sait pas quoi répondre… La tournure que prend cette conversation le met un peu mal à l'aise. Où veut en venir son camarade ?

— D'après toi, quel type d'enfant est plus susceptible d'être pris pour cible ? demande encore Satoshi sans se départir de son sourire, qui prend une teinte sinistre aux yeux de son camarade.

— Euh, je ne sais pas…

— Allez, fais un petit effort ! À ton avis, pourquoi est-ce que Shoko s'est fait harceler, par exemple ?

Cette fois, Shoya se raidit sans oser répondre. Derrière ses airs impassibles, son camarade serait-il parvenu à découvrir ses secrets ? La vérité serait-elle sur le point d'éclater au grand jour ?

— Tu dois bien avoir une petite idée, insiste le lycéen. Vous étiez dans la même classe, non ?

Soudain couvert d'une sueur glaciale qui le fait frissonner des pieds à la tête en dépit de la chaleur estivale, Shoya n'a qu'une idée en tête : en finir au plus vite avec cette discussion avant que l'air ne devienne complètement irrespirable !

— Oh, tu sais, ça commence à remonter, cette histoire... Mais dis-moi plutôt : qu'est-ce que tu penses de Miki ? J'ai l'impression que tu lui plais... dit-il en tentant de faire diversion.

— Tu crois ? C'est vrai qu'elle est mignonne... réplique Satoshi avant de revenir à la charge. Mais ne change pas de sujet ! Tu veux bien me raconter ce qui s'est passé quand vous étiez en primaire ?

Pourquoi ne veut-il pas lâcher l'affaire ?

— Eh bien... Les autres n'arrêtaient pas de se moquer de Shoko... parce qu'elle est malentendante.

— Typique ! Je parie qu'ils disaient qu'elle avait oublié de se laver les oreilles.

À l'époque, quand Miki avait demandé à M. Takeuchi comment Shoko était devenue malentendante, c'est mot pour mot la plaisanterie qu'avait lâchée Shoya ! Comment Satoshi peut-il savoir une chose pareille ? La déléguée de classe aurait-elle vendu la mèche ?

— En... entre autres, oui... bafouille-t-il.

— Non, c'est vrai ? J'ai dit ça au hasard, pourtant !

A-t-il vraiment tapé dans le mille en jouant au jeu des devinettes ou bien lui a-t-on raconté en détail ce qui a eu lieu à cette époque-là ? Le front perlé de gouttes de sueur et la gorge sèche, Shoya reste tétanisé d'angoisse de voir ainsi son passé remonter à la surface, d'être à deux doigts de se faire démasquer pour ce qu'il est réellement, pour toutes les horreurs qu'il a commises quand il était plus jeune. Il voudrait tout avouer et en finir au plus vite.

— S'en prendre à une petite fille malentendante… ou à qui que ce soit, d'ailleurs, c'est trop cruel ! renchérit Satoshi. Quels abrutis !

Je sais ! songe Shoya. *Je n'étais qu'un imbécile de première.*

— Tu te souviens de ceux qui la harcelaient ?

C'était moi.

— Je me demande bien ce qu'ils sont devenus…

Regarde-moi.

— Si je les avais en face de moi, là, maintenant, tout de suite, je leur en collerais une !

Je suis là, fais-toi plaisir.

— Pas toi ?

Si… répond-il intérieurement, dos à son camarade.

« Si j'étais vous, je ne traînerais pas avec Shoya Ishida. Il a harcelé une fille de ma classe en primaire. » Voilà ce que Kazuki avait dit à qui voulait l'entendre le jour de la rentrée au collège. Très vite, tout le monde s'était mis à fuir Shoya comme la peste.

Et si cette rumeur se propageait de nouveau ? Satoshi et Tomohiro, ces amis qu'il avait – contre toute attente – réussi à se faire… ils lui tourneraient le dos sans hésiter et il se retrouverait une nouvelle fois tout seul, rejeté par tous.

Risque-t-il de subir le même traitement que M. Takeuchi ? Dans l'esprit de Shoya lui revient en mémoire l'image de son ancien professeur, tout dégoulinant après s'être fait asperger d'eau. Oui, si ça se trouve, c'est ce qui l'attend, lui aussi. D'ailleurs, rien que d'y penser, des gouttes de sueur lui coulent déjà le long du dos lorsque la voix de Satoshi le ramène brutalement au présent.

— Ça va, Shoya ? Tu as l'air absent…

Il sursaute avant de tenter de se calmer. Pourquoi est-ce qu'il panique ? Il stresse vraiment pour un rien. Après tout, qu'est-ce que ça peut bien lui faire si quelqu'un parle de cette histoire ! Lui-même était prêt à tout avouer à son camarade au début de l'été. Alors pourquoi son estomac est-il si noué ?

Quand il balaie la salle du regard, Shoya aperçoit la déléguée de classe. Est-ce qu'elle a tout raconté à Satoshi ? Il doit en avoir le cœur net ! Il la rattrape au moment où elle s'apprête à sortir de la pièce.

— Miki, attends-moi ! s'écrie-t-il.

En entendant son nom, elle se retourne, un petit sourire aux lèvres.

— Qu'est-ce qu'il y a ? lui demande-t-elle.

— Euh… Je… je voulais juste savoir… Tu n'as parlé de moi à personne, n'est-ce pas ?

— Comment ça ? Parlé de quoi ?

Il jette un coup d'œil anxieux à la ronde pour s'assurer qu'aucun de leurs camarades n'épie leur conversation. Satoshi, lui, discute dans un coin avec un autre lycéen, sans leur prêter la moindre attention. Mais, comme deux précautions valent mieux qu'une, Shoya se rapproche un peu plus de la jeune fille et baisse la voix pour ne pas se faire entendre des autres.

— Tu sais bien ! murmure-t-il. Ce qui s'est passé avec Shoko en CM2. Quand je… je l'embêtais…

— Non, je n'ai rien dit, lui assure-t-elle, non sans sembler un peu surprise de sa question.

— C'est vrai ? Tant mieux ! souffle-t-il, soulagé.

— Pourquoi tu me demandes ça ? l'interroge-t-elle, suspicieuse.

— Oh, je m'inquiétais un peu, c'est tout. Comme on a souvent abordé le sujet avec Satoshi, ces derniers temps, je me demandais si tu lui en avais parlé...

— Tu me prends pour une cafteuse, c'est ça ? s'énerve Miki en haussant le ton.

— Chut ! Pas si fort ! s'écrie Shoya, l'index devant la bouche, paniqué à l'idée d'attirer l'attention sur eux.

Il ne manquerait plus que leur petite discussion vienne à s'ébruiter dans toute la classe. Pas de doute, cette fois, ce serait la fin des haricots ! Malgré ses efforts pour calmer la fureur de sa camarade, rien n'y fait. Elle le fusille du regard, les bras croisés, avant de s'exclamer à haute voix :

— Est-ce que tu regrettes ton comportement, au moins ? Et puis, tu sais quoi ? C'est vraiment nul d'essayer de faire taire les gens, comme ça ! Si tu veux connaître le fond de ma pensée, ce n'est pas parce que tu as appris la langue des signes que tout est pardonné !

— J'en suis conscient, figure-toi ! s'exclame-t-il à son tour, sans plus se soucier d'attirer l'attention.

Dans la salle, un silence de plomb accueille sa déclaration. Tous les yeux sont tournés vers eux à présent. Pour la discrétion, on repassera ! Même Miki semble choquée, si bien, d'ailleurs, qu'elle préfère s'écarter de lui et recule de quelques pas.

— Tu... tu me fais peur, dit-elle, la voix tremblante.

— Qu'est-ce qui se passe ? demande Satoshi en s'approchant du duo.

Aussitôt, la jeune fille se jette dans les bras de son sauveur.

— De quoi est-ce que vous parliez ? insiste leur camarade en dévisageant le lycéen.

— Laisse tomber… répond ce dernier, qui regrette de s'être emporté et ne rêve que d'une chose : disparaître sous terre et prétendre que cette conversation n'a jamais eu lieu.

Mais Miki, elle, n'a pas l'intention d'en rester là et déballe tout sans le moindre remords.

— En primaire, c'est surtout Shoya qui passait son temps à harceler Shoko. Il lui en a tellement fait baver qu'elle a fini par changer d'école… Et il vient de me menacer pour que je ne le dise à personne ! Il fait comme s'il était rentré dans le droit chemin, mais c'est du vent ! Au fond, il n'a pas changé !

Les larmes aux yeux, elle fusille le coupable du regard tout en se blottissant contre la poitrine de Satoshi pour y chercher du soutien. *Quelle petite peste, celle-là !* songe Shoya, soudain livide, sans en revenir de s'être fait dénoncer devant tous leurs camarades.

— C'est vrai, ce que dit Miki ? demande Tomohiro, qui n'en croit pas ses oreilles.

Impassible, Satoshi, lui, ne quitte pas son camarade des yeux. D'ailleurs, il n'y a pas que lui. Toute la classe les dévisage, pendue aux lèvres de Shoya, qui reste mortifié.

Le secret est éventé… Tout le monde est au courant, à présent. Que faire ? Prendre ses jambes à son cou et ne plus jamais remettre les pieds au lycée ou, option numéro deux, défendre chèrement sa peau ? Furieux de l'hypocrisie dont a fait preuve la déléguée de classe – qui n'est pas aussi innocente qu'elle veut bien le faire croire –, Shoya choisit l'attaque pour défense.

— Non mais c'est l'hôpital qui se fout de la charité ! s'écrie-t-il. Ça te faisait bien rire et tu n'étais pas la dernière pour critiquer Shoko !

— Co... Comment peux-tu dire ça ? proteste la déléguée de classe, des trémolos dans la voix. Je n'y étais pour rien...

— Arrête de mentir ! s'emporte son camarade.

— C'est la vérité ! Je ne lui ai jamais rien fait, moi, à Shoko ! Au contraire, je t'ai demandé d'arrêter. Plein de fois ! Mais ça ne servait à rien : tu ne m'as jamais écoutée ! (Cette fois, elle éclate en sanglots.) J'avais peur que tu t'en prennes à moi si je m'interposais ! Pourquoi ressortir ces vieilles histoires maintenant ? Grandis un peu ! Et puis, pourquoi est-ce que tu déformes la vérité ? Prends tes responsabilités et assume tes erreurs pour une fois !

Devant la détresse de Miki, un groupe de filles se rassemble autour d'elle pour la consoler, tandis que le reste de la classe toise Shoya d'un regard sévère.

Pas de doute, ce qu'il redoutait le plus est en train de se produire : il est sur le point de redevenir un paria. Mais, cette fois, son isolement n'aura rien à voir avec celui dans lequel il s'est muré depuis le collège. À l'époque, sa solitude était un choix, non une obligation – c'est du moins ce dont il s'était efforcé de se convaincre. Aujourd'hui, il a l'impression de revivre la fin de la primaire, quand tout le monde – y compris ceux qu'il prenait pour ses amis – lui a lâchement fait porter le chapeau et l'a abandonné comme une vieille chaussette…

Acculé et le visage cramoisi, Shoya quitte la pièce en courant. Dans son dos, il entend Satoshi et Tomohiro l'appeler par son nom. Sans se retourner ni s'arrêter, il traverse le couloir en trombe. Il n'a qu'une envie : mettre autant de distance que possible entre eux et lui. Après avoir rejoint l'entrée principale, il sort du bâtiment au pas de course, avant d'enfourcher son vélo et de quitter l'enceinte du lycée à toute vitesse.

Et voilà, c'est reparti pour un tour ! pense-t-il, morose, la gorge serrée. Malgré tout, il sait bien qu'il ne peut s'en prendre qu'à lui-même : tout est sa faute. Le responsable de cette sombre affaire, c'est bien lui, quoi qu'il puisse dire.

Après tout, Miki a peut-être raison. Et s'il s'était inventé de faux souvenirs pour se sentir moins coupable ? Au fond de lui, il a sans doute essayé de se défausser et de rejeter une partie des torts sur ses camarades en désespoir de cause. Arrêté sur le bord de la route, les yeux fermés, il tente de se rappeler l'attitude de la déléguée de classe en primaire. Il la revoit rigoler avec les autres des mauvaises blagues qu'il faisait à Shoko… Vraiment ? Non, peut-être pas. Il n'arrive même pas à se rappeler correctement cette période de sa vie ! Sa mémoire lui joue des tours. Ça craint…

Je ne sais même plus ce que je dois croire. En tout cas, impossible de me fier à mes propres souvenirs, ces traîtres ! songe-t-il, les yeux baignés de larmes en se remettant à pédaler. Sa vue se brouille, le monde devient flou.

J'ai tellement honte… Je voudrais qu'on me fiche la paix, disparaître dans un endroit où personne ne me connaît !

Une silhouette apparaît soudain dans son champ de vision. Il écrase les freins avant d'essuyer rapidement ses larmes du revers de la main. Car devant lui se tient Naoka…

— Qu… qu'est-ce que tu fais là ? demande-t-il, en tentant d'empêcher sa voix de trembler.

— Ben… On a rendez-vous au pont, non ? dit-elle sans prêter attention au visage défait de son ancien camarade de classe. Tu n'as pas oublié, quand même ? Miyoko est déjà sur place, donc je pensais y aller avec Miki et les autres. Mais j'ai une meilleure idée… On n'a qu'à faire le trajet ensemble !

Sans lui laisser le temps de répondre quoi que ce soit, elle grimpe d'un bond à l'arrière du vélo de Shoya qui, contraint et forcé, n'a d'autre choix que de se mettre à pédaler. Mais, plutôt que de filer au point de rendez-vous, c'est vers chez lui qu'il se dirige.

— Je te laisse ici, d'accord ? dit-il en s'arrêtant devant la porte de sa maison. Le tournage, c'est fini pour moi… Mais passe le bonjour aux autres de ma part.

— Ah bon ? Pourquoi ? le questionne Naoka en mettant pied à terre.

— Tout à l'heure, j'ai fait pleurer Miki, avoue-t-il, la mort dans l'âme. Je lui ai demandé si elle n'était pas allée raconter que Shoko avait changé d'école à cause de moi… Je n'avais pas l'intention de lui mettre la pression ou quoi que ce soit, mais elle l'a mal pris et elle a balancé toute l'affaire devant témoins. Maintenant, tout le monde sait que j'étais un sale gosse qui a harcelé une fille de sa classe en primaire. Même Satoshi et Tomohiro… Plus personne ne voudra me parler après ça ! Alors imagine tourner un film avec moi…

— C'est ce qu'ils t'ont dit ?

— Ils n'en ont pas eu besoin… Je suis sûr qu'ils me détestent, c'est évident !

— Qu'est-ce que tu en sais ? Allons au pont ! suggère Naoka, qui ne compte pas le laisser baisser les bras aussi facilement.

— Non, ça ne servira à rien, répond le jeune homme, tête baissée, complètement démoralisé. Ça devait finir par arriver… C'était obligé. De toute façon, je me doutais bien que mon passé reviendrait me hanter pour me rappeler que je n'ai pas le droit de profiter de la vie comme si rien ne s'était passé. Je n'ai pas assez payé, tu comprends ?

— Arrête un peu de culpabiliser comme ça ! s'écrie-t-elle, les mains sur les hanches, exaspérée par son comportement défaitiste. Tu réfléchis trop ! Tes amis, tu y tiens, pas vrai ? Alors ne lâche pas l'affaire !

— Sauf que ça ne dépend pas que de moi… marmonne Shoya.

— Je vois… Dans ce cas, donne-moi une chance de t'aider ! Au collège, tu étais toujours tout seul et moi, je me suis contentée de garder mes distances, sans rien faire. Je ne veux plus rester une simple spectatrice. Alors… (Elle fait un pas vers lui et plante son regard dans le sien, l'air plus résolu que jamais.) Laisse-moi relever le défi. Si ça rate, tu pourras toujours m'accuser autant que tu voudras. Marché conclu ? Allez, viens !

— Mais, attends… Pourquoi…

Balayant la question de Shoya d'un geste de la main, elle agrippe le guidon et enfourche le vélo de son ancien voisin de table avant de lui désigner le porte-bagages d'un doigt autoritaire.

— En route !

Perplexe, le lycéen dévisage la jeune fille quelques secondes, sans trop savoir quoi faire, avant de prendre son courage à deux mains et de s'installer docilement derrière elle.

Naoka s'arrête à proximité du pont en faisant crisser les pneus de la bicyclette. Shoya et elle rejoignent Shoko, Yuzuru et Miyoko, déjà sur place, lorsque Tomohiro arrive à son tour, suivi de près par la déléguée de classe et Satoshi. La bande au grand complet est réunie…

— Shoya ! Tu es là ! s'écrie le cinéaste.

Est-il surpris, choqué ou content de le voir ? Impossible d'en être sûr à cent pour cent. La tension est palpable dans l'air et l'assistant du réalisateur s'attend à tout.

— Miki nous a tout raconté. Elle nous a aussi expliqué que tu t'en voulais pour ce qui s'était passé avec Shoko… annonce Satoshi, avant de se tourner vers la jeune fille pour l'encourager à parler.

— Je n'avais pas l'intention de te montrer du doigt, tout à l'heure. Je suis désolée, s'excuse-t-elle, un sourire contrit aux lèvres.

— Euh… je… bredouille l'intéressé, pris de court – lui qui pensait se recevoir le contenu d'une bouteille d'eau en plein visage ! C'est plutôt à moi de m'excu…

— Mais c'est ta faute, aussi ! le coupe-t-elle en revenant à la charge. Tu n'aurais pas dû m'accuser... Et puis, si tu n'avais pas embêté Shoko, rien de tout ça ne serait jamais arrivé !

Shoya en reste sans voix. Tu parles d'excuses !

— Ça suffit, Miki ! intervient Naoka. Toi et moi, on est plutôt mal placées pour lui donner des leçons, tu ne crois pas ?

— Comment ça, « toi et moi » ? On croit rêver... Toi, tu ne t'es pas privée pour t'en prendre à Shoko... Ça, c'est le moins qu'on puisse dire ! Mais moi, je n'ai rien fait ! Alors, ne nous mets pas dans le même sac !

Encore une fois, c'est du Miki tout craché... songe Shoya avec amertume, lui qui connaît le discours de la déléguée de classe par cœur. *Toujours à cultiver son image d'élève modèle, à jouer les innocentes.*

Naoka, elle, dévisage son amie sans un mot, choquée par la violence de ses propos. Le reste de la bande observe la scène en silence, sans trop savoir quoi faire : vaut-il mieux les laisser régler leurs comptes entre elles ou intervenir avant que la situation ne dégénère complètement ?

— Tu as raison... On n'est pas de la même espèce toutes les deux, reconnaît Naoka d'une voix sourde, avant de laisser éclater sa colère. Toi, tu te contentais de rester les bras croisés et de regarder ce qui se passait en rigolant avec les autres, comme une lâche ! Moi, au moins, je suis passée à l'action !

— Qu'est-ce que tu insinues, au juste ? réplique la déléguée de classe, qui s'avance vers sa détractrice, prête à en découdre.

— Stop ! Temps mort ! intervient Tomohiro en attrapant Miki par le bras.

— Vire tes sales pattes ! réagit-elle au quart de tour, irritée, en chassant la main du réalisateur, blême de stupeur, avant de se retourner vers Naoka. Ne me dis pas que tu es fière de tout le mal que tu as fait ? D'autant que moi, je me suis juste laissé entraîner par toi ! Tu n'es pas d'accord, Miyoko ? Après tout, Nao n'arrêtait pas de te critiquer !

— M… moi ? bredouille timidement l'intéressée, qui n'en revient pas de se voir soudain prise à partie. Pour être honnête, à l'époque, j'avais peur de vous deux…

— De quel côté es-tu, à la fin ? s'emporte Naoka.

— Ni de l'une, ni de l'autre ! répond la costumière en haussant le ton à son tour.

Le silence s'abat sur le pont. Contraste saisissant avec les cris poussés quelques secondes plus tôt, une voix, une seule, étouffée, se fait alors entendre. C'est celle de Shoya qui, assis par terre, s'adresse à ses camarades, la tête enfouie entre ses bras.

— Ça suffit ! Arrêtez de vous disputer ! Rentrez chez vous, tous autant que vous êtes. Tout est ma faute. Sans moi, rien ne serait jamais arrivé. Ça ne sert à rien de vous battre…

— Non mais c'est quoi, ce raisonnement débile ? réplique Naoka du tac au tac. Tu penses sincèrement que ça va résoudre le problème ?

— Tu n'es pas si différente de Miki que tu le crois, répond-il en regardant dans le vide. Au fond, il n'y en a pas une pour rattraper l'autre. Ne lui crie pas dessus,

c'est ridicule. Vous vous ressemblez comme deux gouttes d'eau, toutes les deux.

Elle qui essayait de prendre sa défense, voilà comment elle est remerciée ! Naoka en reste soufflée.

— Tu ne crois pas que tu exagères un peu, Shoya ? s'interpose Miyoko en volant à la rescousse de son amie.

— Oh, ça va, ne fais pas semblant de t'inquiéter, dit-il. Toi qui te défiles toujours dès que la situation se complique. C'est exactement pour ça qu'elles t'ont prise pour cible, en primaire.

— Qu'est-ce qui te prend, Shoya ? intervient la déléguée de classe.

— Tu me donnes vraiment envie de gerber, Miki. Ne m'adresse plus jamais la parole, compris ?

— Eh, je suis de ton côté, moi ! s'exclame Tomohiro, qui tente d'apaiser son ami.

En vain.

— Oh, toi, la ferme ! Comment peux-tu prétendre me soutenir alors que tu ne me connais même pas ?

— Ça suffit ! Je rentre ! s'écrie Miki, avant de prendre la fuite en pleurant.

Touché en plein cœur par la remarque de son meilleur ami, Tomohiro prend lui aussi congé de la petite bande.

— Bon… Tu n'as pas l'air d'être dans ton assiette aujourd'hui, Shoya. Pas grave. Ça arrive. On reprendra le tournage une autre fois… Envoie-moi un message quand tu iras mieux, dit-il en s'efforçant de dissimuler les trémolos dans sa voix.

— *Moi aussi, je vais rentrer. La réunion est annulée… À bientôt !* signe Miyoko pour Shoko.

— Désolée, Shoya… murmure Naoka. Je ne suis bonne à rien, décidément ! Je me déteste… avoue-t-elle en quittant à son tour les lieux, au bord des larmes.

— Tu auras beau faire des efforts pour te repentir et devenir quelqu'un de bien, le passé finira toujours par te rattraper, déclare Satoshi d'une voix dénuée d'émotion.

Shoya relève la tête. Plus impassible que jamais, son camarade regarde les autres s'éloigner.

— Ce n'est pas toi qui disais vouloir en coller une à ceux qui s'en étaient pris à Shoko ? Alors, vas-y, qu'est-ce que tu attends ? Frappe-moi, si tu veux.

— C'est vrai, je peux ? demande Satoshi, ses lèvres retroussées en un sourire mauvais.

Sans attendre de confirmation, il s'avance d'un pas et lui assène un violent crochet. Shoya s'affale de tout son long, sous le regard affolé de Shoko. Imperturbable, Satoshi, lui, s'éloigne en leur adressant un signe de main.

— Allez, on se revoit à la rentrée !

— Non mais pour qui est-ce que tu te prends ? s'écrie Yuzuru.

— Pour personne, affirme-t-il avec un calme à faire peur.

Les yeux fermés, Shoya entend les derniers mots de Satoshi se répéter à l'infini dans son esprit. Lui qui espérait il y a encore quelques jours que ça ne s'arrête jamais, que leur petit groupe d'amis reste soudé pour toujours… Et maintenant, quoi ? Plus rien, plus personne.

Lorsqu'il rouvre les yeux, il découvre que Shoko se tient au-dessus de lui. Elle le couve d'un regard inquiet. Avec son aide, il se redresse. Il n'en revient pas qu'elle soit restée à ses côtés… Debout à l'écart pour leur laisser un peu d'intimité, Yuzuru les guette du coin de l'œil. Shoya prend une profonde respiration, lève son visage ensanglanté vers son ancienne camarade de classe et, un sourire timide aux lèvres, se met à signer.

— *Au fait… Ça te dirait qu'on passe un peu de temps ensemble, cet été ?*

Chapitre 18
Vacances à deux

À peine quelques jours plus tard, rendez-vous est pris.

— Tu es sûre que tu ne veux pas venir avec nous ? demande Shoya à Yuzuru.

— Et tenir la chandelle ? Non merci, je passe mon tour.

— Mais qu'est-ce que tu racontes ? Ce n'est pas un rencard ! s'écrie-t-il, le rouge aux joues, avant de partir d'un grand éclat rire, comme si elle avait sorti la blague du siècle, en lui donnant une tape dans le dos.

— Pourtant, il serait peut-être temps que tu fasses un petit bisou à ma sœur, tu ne crois pas ? le taquine-t-elle.

— Ha ha ha ! Décidément, toujours le mot pour rire. Attention, je pourrais me laisser tenter… dit-il sur le ton de la plaisanterie avant de gratifier l'adolescente d'une nouvelle bourrade. Ce que tu peux être bête !

Yuzuru ne peut s'empêcher de s'étonner du comportement de Shoya. Aux yeux de la cadette des Nishimiya, il est trop… joyeux – surtout après les événements des derniers jours. Cette bonne humeur excessive n'est sans doute qu'une façade pour cacher son véritable état d'esprit. N'empêche…

Au fond, s'il s'est mis à dos tous ses amis, c'est pour éviter d'avoir à se confronter à ses problèmes. Le hic, c'est qu'au passage, le projet de film de Tomohiro a explosé en plein vol… Quant à Shoko, sur le moment, comme les répliques fusaient de toutes parts, elle n'a rien compris. Elle était complètement larguée… et paniquée !

Plus tard, ce jour-là, elle a tellement insisté auprès de Yuzuru pour qu'elle lui raconte ce qui s'était passé que sa petite sœur a fini par céder et lui rapporter les paroles de chacun des participants. Une fois le récit terminé, son aînée s'est contentée d'un « merci » et n'a plus rien ajouté… Il fallait s'y attendre.

C'est pour ça qu'en la regardant s'éloigner aux côtés de Shoya, Yuzuru se prend à espérer : *Pourvu que leur rendez-vous se passe bien !*

Les deux amis prennent le train jusqu'à un parc naturel situé à l'extérieur de la ville. Si Shoko se laisse doucement bercer par leur promenade, Shoya, lui, semble survolté.

— *Oh, des calebasses ! Regarde ! Il y en a plein ! Regarde !* ne cesse-t-il de répéter en pointant du doigt les fruits pendant qu'ils déambulent sous une treille, tout émerveillés.

Son enthousiasme ne le quitte pas même lorsque son ventre commence à crier famine.

— *Je meurs de faim ! On va manger ? Allez, je t'invite !* signe-t-il avec énergie.

Et quand Shoko insiste pour payer son propre déjeuner, ça n'entame pas non plus l'entrain délirant de son ami, qui s'extasie plutôt sur la finesse de leur repas.

— *Miam ! C'est vraiment trop bon ! Rien de mieux qu'un petit restau… Pas vrai ? Moi, en tout cas, je me régale !*

Mais sa volubilité toute neuve et son déferlement d'enthousiasme ne sont dus qu'à sa volonté d'effacer à tout prix les images qui ne cessent de le hanter.

« Si j'étais vous, je ne traînerais pas avec Shoya Ishida. Il a harcelé une fille de ma classe en primaire. »

Dans son esprit, Miki, Satoshi, Miyoko, mais aussi Tomohiro reprennent cette réplique les uns après les autres en le toisant de haut en bas avec tout le dédain possible et imaginable.

— *Ce curry est une tuerie !* signe Shoya pour essayer, dans une nouvelle tentative désespérée, d'étouffer les voix qui résonnent encore et encore à ses oreilles. *Il est super bon, tu ne trouves pas ?*

Pour toute réponse, Shoko se contente d'un hochement de tête affirmatif tout en continuant de finir son assiette.

Après leur déjeuner, ils décident de partir explorer le parc, qui regorge de petites merveilles à découvrir. Fasciné par la beauté de la nature, Shoya ne sait plus où donner de la tête, si bien qu'il met un moment avant de se rendre compte que Shoko ne le suit plus. Le cœur au bord des lèvres, il part aussitôt en quête de son amie. Lui est-il arrivé quelque chose ? Est-ce qu'elle s'est perdue ? Rongé par l'angoisse, il se met à courir dans tous les sens. Elle ne doit pourtant pas être très loin…

Bien vite, ses recherches finissent par payer et il l'aperçoit. Elle a grimpé jusqu'au sommet d'une colline. Rassuré, Shoya pousse un soupir de soulagement et entame à son tour l'ascension quand, soudain, il la voit trébucher.

— Shoko ! s'écrie-t-il.

Mais à peine s'est-il élancé qu'il se tord la cheville droite, perd l'équilibre et se met lui-même à dévaler la pente sans pouvoir s'arrêter. Lors de sa chute, une phrase, une seule, tourne en boucle dans son esprit : *« Si j'étais vous, je ne traînerais pas avec Shoya Ishida. Il a harcelé une fille de ma classe en primaire. »*

Bientôt, Shoko, qui a réussi à éviter de se casser la figure en se rattrapant à un rocher, accourt vers lui, la main tendue pour l'aider à se relever.

— *Je vais bien, ne t'inquiète pas ! Je peux me débrouiller tout seul...* déclare-t-il en commençant à se redresser tant bien que mal.

Sans lui laisser le temps de se remettre debout, son ancienne camarade de classe s'accroupit devant lui, pour se retrouver à sa hauteur, puis tend la main droite avant de poser la gauche sur son propre cœur pour dire :

— *Désolée...*

— *Pourquoi est-ce que tu t'excuses ?* demande Shoya. *Ce n'est pas ta faute si je suis tombé.*

— *Passer du temps avec moi ne t'attire que des ennuis.*

— *Mais non, ne dis pas de bêtises ! Je t'assure que ça va. J'ai trébuché, c'est tout !* tente-t-il de la rassurer en partant d'un rire un peu forcé.

Au moment de se relever, il chancelle sur ses jambes, une douleur l'élançant dans sa cheville – à coup sûr, il est quitte pour une belle entorse ! Il se serait de nouveau retrouvé les fesses dans l'herbe si Shoko ne lui avait pas empoigné fermement le bras pour l'aider à garder son équilibre. Lorsque leurs regards se croisent, un sourire sincère s'épanouit sur leur visage.

De retour chez lui, ce soir-là, Shoya constate que son portable est saturé de notifications d'appels manqués de Naoka – pas un jour n'est passé depuis leur dispute sur le pont sans qu'elle n'essaie de le joindre… pour, à chaque fois, ne tomber que sur la messagerie vocale.

Alors qu'il supprime une à une les notifications, il reçoit un message de la part de Miyoko.

Qu'est-ce que je peux faire pour te prouver que j'ai changé ?

Fatigué d'entendre son téléphone vibrer à tout-va, il décide de l'éteindre une bonne fois pour toutes.

Le mardi suivant, Shoya s'incruste au cours de langue des signes de Shoko et de Yuzuru, puis les accompagne jusqu'au pont, le point de rendez-vous habituel de l'équipe de tournage… déserté aujourd'hui. Le jeune homme n'est pas surpris.

— *J'aurais dû me douter qu'il n'y aurait personne…* signe-t-il.

Même baigné de la lumière éclatante du soleil estival, l'endroit semble bien triste sans leurs amis. Quand le jeune homme demande à Shoko si elle a au moins eu des nouvelles de Miyoko, elle lui répond que non.

— *Je suis désolé…* s'excuse-t-il. *C'est à cause de moi que tout est tombé à l'eau. C'est dommage, j'aurais bien voulu le voir, ce film, tout compte fait…*

Il ne peut s'empêcher de penser : *Je ne suis vraiment pas pressé de retourner en cours. Si seulement les vacances d'été pouvaient durer éternellement…* Son cœur se serre à la simple idée de devoir recroiser Satoshi, Tomohiro, Miki et tous ses autres camarades de classe.

Shoko, un peu ailleurs, se repaît du soleil, le regard plongé dans la contemplation du pain destiné aux carpes. De son côté, Yuzuru, l'œil collé au viseur de son appareil photo, cherche un sujet digne de ce nom à immortaliser. Seul le clapotis de l'eau de la rivière trouble le silence.

Bien décidé à ne pas se laisser abattre et à profiter de leurs derniers jours de tranquillité avant la reprise des cours, Shoya demande à son ancienne camarade de classe :

— *Ça te dirait d'aller faire un tour, demain ?*

— Mais c'est que ça devient une habitude ! le taquine une nouvelle fois Yuzuru.

En son for intérieur, pourtant, la cadette des Nishimiya s'interroge : essaierait-il de prouver à Shoko qu'ils peuvent passer du temps ensemble sans que ça ne tourne au vinaigre ?

Dans la salle de cinéma presque déserte, assis entre les sœurs Nishimiya, Shoya, des larmes au coin des yeux, rit aux éclats sans pouvoir s'arrêter, bien qu'il soit le seul que le film fasse rigoler. Même aux passages qui s'y prêtent le moins, il continue de s'esclaffer, jusqu'à finir par provoquer l'impatience des autres spectateurs qui ne tardent pas à lui demander de se taire… non sans susciter plus encore son hilarité.

Une fois la séance terminée, les trois amis décident d'aller manger un morceau. Installés autour d'une table, ils cassent la croûte tout en discutant du film et de leurs projets pour les prochains jours.

— *On se voit demain ?* suggère Shoya, qui n'a aucune envie d'être livré à lui-même et à ses sombres pensées.

— *Désolée, ça ne va pas être possible : demain, on doit préparer un gâteau !* réplique Yuzuru.

— *Tu veux venir nous aider ?* propose Shoko.

— *Que je vous aide ?* répète-t-il, un sourire hésitant aux lèvres en se demandant si la pâtisserie et lui font vraiment bon ménage.

De son côté, la fille cadette des Nishimiya, sidérée, dévisage sa sœur : a-t-elle rêvé ou bien son aînée a-t-elle invité Shoya chez elles ? C'est un grand pas pour Shoko qui, il y a encore quelques jours, estimait que passer du temps ensemble avec son ancien camarade de classe ne leur attirerait que des ennuis… À croire qu'elle s'est fait une raison, finalement. Dans ce cas, Yuzuru ne voit aucun inconvénient à ce qu'il se joigne à elles pour leur atelier pâtisserie.

— *Alors, c'est décidé,* déclare-t-elle, *on va cuisiner tous ensemble ! J'espère que tu t'y connais, Shoya !*

Tant que sa sœur est heureuse, c'est tout ce qui compte à ses yeux !

Pile à l'heure, le jeune homme se présente le lendemain chez les Nishimiya. C'est la première fois qu'il s'y rend. Accueilli par la cadette, il retire ses chaussures et longe le couloir pour arriver dans la cuisine, où les attend déjà son ancienne camarade de classe, un tablier noué autour de la taille, qui s'affaire de-ci de-là. Shoya observe les lieux avec un œil curieux.

— C'est donc ici que vous avez grandi ! C'est vrai que ça sent comme le parfum que met Shoko…

— Arrête de parler comme un vieux pervers et viens nous aider ! lance Yuzuru en rigolant.

Sur la table sont disposés beurre, farine et œufs, bientôt rejoints par bol, fouet et verre doseur.

— C'est l'anniversaire de quelqu'un ? demande le jeune homme à la cadette.

— Oui, celui de notre mère ! répond-elle, l'air de rien, avant de manger une des fraises qui serviront à garnir le gâteau.

À cette réponse, le lycéen devient blanc comme un linge. *Mais ce n'était pas du tout prévu, ça !* commence-t-il à paniquer, un frisson lui remontant le long de l'échine. Mme Nishimiya est-elle seulement prête à lui pardonner pour ce qu'il a fait subir à Shoko en primaire ?

— Je ne sais pas si j'ai bien fait de venir, moi…

— À mon avis, tu risques ta peau ! le prévient la collégienne, que la situation amuse plus qu'autre chose.

Shoya déglutit péniblement mais, au lieu de s'enfuir en courant comme son instinct le lui hurle, il prend sur lui. Il inspire profondément… puis expire pour se calmer. Mettant de côté ses doutes, il continue de discuter tranquillement avec Yuzuru tout en aidant Shoko à la confection du fraisier.

Dès que la porte d'entrée s'ouvre, le trio se précipite pour faire exploser les canons à confettis et lancer une pluie de serpentins dans les airs en criant :

— Joyeux anniversaire !

Sous les vibrantes acclamations de ses commis d'un jour, Shoko sort le gâteau de la cuisine pour le présenter à la nouvelle venue qui, une poignée de minces rondelles de papier coloré dans les cheveux, semble sous le choc.

— Qu'est-ce que c'est que ce cirque ? Et puis, qu'est-ce qu'il fabrique ici, celui-là ? s'écrie-t-elle en désignant Shoya du menton. Depuis quand vous invitez des garçons à la maison sans m'en demander la permission ? Un jour pareil, en plus !

Mortifiées, ni l'une ni l'autre de ses filles n'osent répliquer quoi que ce soit, leur enthousiasme douché par cette vague de reproches.

— Quant à toi… poursuit Mme Nishimiya en s'adressant au lycéen. Tu n'as pas honte de les encourager à enfreindre les règles ? Après tout ce que tu as fait !

L'ambiance totalement refroidie, Shoya, qui n'en mène pas large, se contente d'encaisser en silence, sans plus savoir où se mettre.

Mais, contre toute attente, la tempête finit par passer et la mère de Shoko et de Yuzuru par se calmer, acceptant même de s'installer à la table de Shoya pour déguster le fraisier préparé par le trio.

— Bon, je dois quand même reconnaître que le gâteau n'est pas mauvais… concède-t-elle à la surprise générale, après en avoir goûté un morceau.

Le lycéen, qui avait retenu sa respiration dans l'attente du verdict, pousse un soupir de soulagement.

— Tu as de la chance d'avoir survécu ! s'esclaffe Yuzuru à ses côtés, la bouche pleine, en lui donnant un coup de coude dans les côtes.

Quant à Shoko, elle lui adresse un large sourire, visiblement heureuse que tout soit rentré dans l'ordre et que la crise ait été évitée. C'est donc dans une atmosphère détendue que tous dégustent leur part de gâteau.

Mme Nishimiya profite d'un instant de silence pour prendre la parole d'un ton posé et faire une annonce.

— Au fait, Yuzuru, j'ai envoyé une de tes photos à un concours régional. C'est une idée de ta sœur, mais c'est moi qui ai choisi le cliché !

— Sans me demander mon avis ? s'écrie l'intéressée, sidérée. Non mais ça ne va pas, la tête ? Je n'ai pas envie que n'importe qui voie ce que j'ai fait !

— Vous avez pris laquelle ? la questionne Shoya sans tenir compte des hauts cris de la collégienne.

C'est Shoko qui se lève pour aller chercher l'appareil photo de sa petite sœur et lui montrer l'image sélectionnée. Si les cadavres d'animaux sont le sujet favori de la cadette des Nishimiya, le cliché en question ne représente pourtant pas une dépouille, mais des fleurs et de la végétation, aplaties en leur centre de sorte qu'on y devine la silhouette d'un oiseau, ailes déployées.

— Elle est nulle, cette photo ! Bon, tant pis… bougonne la jeune fille avant de s'emparer d'un prospectus sur la table adjacente et de s'empresser de changer de sujet. Eh, Shoya, tu vas voir le feu d'artifice, la semaine prochaine ?

— Je ne savais même pas qu'il allait y en avoir un ! répond le garçon avant de se tourner vers Shoko. *Tu y vas, toi ?*

— *On pourrait y aller tous ensemble !* propose-t-elle, le visage illuminé par un grand sourire.

— *Bonne idée, allons-y tous les quatre !* approuve le jeune homme, avant de jeter un coup d'œil nerveux à Mme Nishimiya.

Et si cette dernière refuse qu'il les accompagne ? Après tout, il vient de s'incruster dans leur soirée entre filles sans même prendre la peine de lui demander la permission. Une boule dans la gorge, il la dévisage en essayant de deviner ce qu'elle peut bien penser.

Tout aussi curieuse de savoir comment sa mère va réagir à l'idée de cette sortie de groupe, Yuzuru ne la quitte pas du regard.

Sentant peser sur elle trois paires d'yeux interrogateurs, Mme Nishimiya esquisse un sourire discret.

— Quoi ? Bien sûr, que je viens avec vous !

Chapitre 19
Feu d'artifice

Le soir du spectacle pyrotechnique est enfin arrivé. Shoya rejoint donc la famille Nishimiya dans un parc où ils se sont donné rendez-vous, impatient de passer cette soirée en leur compagnie. Pour l'occasion, Shoko et sa mère ont revêtu de légers kimonos de saison.

Une fois installé dans l'herbe sur une grande couverture, le petit groupe contemple le ciel nocturne dans l'attente que le feu d'artifice commence. Quand les fusées se mettent à siffler et éclater dans un fracas assourdissant pour former des motifs floraux qui s'estompent avant d'être remplacés par de nouveaux, le lycéen ne peut contenir son émerveillement.

— C'est beau !

— Ta famille regarde le spectacle depuis chez toi, Shoya ? lui demande Mme Nishimiya, les yeux rivés sur la voûte céleste qui se pare d'un arc-en-ciel de couleurs.

— Je pense que oui… répond-il. J'aime bien l'idée que tout le monde regarde dans la même direction.

« Tout le monde »… Devant ses yeux apparaissent les visages de ses compagnons de tournage, ces amis venus de son passé et ceux qu'il s'était faits tout récemment.

Que font-ils tous, ce soir ? Sont-ils eux aussi en train de profiter du feu d'artifice ?

Il repense au message que Miyoko lui a envoyé il y a quelques jours : « *Qu'est-ce que je peux faire pour te prouver que j'ai changé ?* » *Aucune idée,* a-t-il envie de lui répondre, *mais le principal, c'est que Shoko soit heureuse.* Rien d'autre n'a vraiment d'importance à ses yeux.

Une fusée s'élève dans les airs avant d'exploser et de baigner de lumière le visage rayonnant de l'aînée des Nishimiya. Quand une autre éclate, ce n'est plus le ciel que Shoya observe, le sourire aux lèvres, mais la jeune fille.

Au même moment, Miki, confortablement installée dans son jardin, un cornet de glace à la main, admire les jeux de lumière. Tomohiro, lui, scrute le ciel accoudé au balcon de son appartement, tandis que c'est par la fenêtre de sa chambre que Miyoko profite du spectacle pyrotechnique. Vêtue d'un léger kimono, Naoka, elle, s'est rapprochée au plus près de la scène, accompagnée de son père et de ses petits frères. Satoshi, la tête baissée, déambule seul dans les rues de la ville sans un regard pour la voûte céleste. Quant à Kazuki, il jette de temps à autre un coup d'œil au jeu de lumières tout en préparant des takoyakis sur un stand installé non loin du parc.

Après être allées chercher de quoi grignoter, Yuzuru et sa mère se sont mises à parcourir les allées où ont été montés des stands en tous genres. Mais ces déambulations ne sont pas sans but, car la cadette des Nishimiya a une idée bien précise derrière la tête : faire durer le petit tête-à-tête de Shoko et Shoya en détournant l'attention de leur chaperon !

— On refait un petit tour ? propose-t-elle, une fois revenue à leur point de départ, peinant à dissimuler un sourire en coin.

— Encore ? Mais tu n'en as pas marre ? s'écrie sa mère, avant de lui emboîter le pas.

De leur côté, Shoya et Shoko, assis sur la couverture, discutent tout en contemplant le spectacle pyrotechnique.

— *Finalement, l'anniversaire de ta mère s'est bien passé, non ? Elle n'a pas dit grand-chose, comme d'habitude, mais, au moins, elle a mangé du gâteau !*

— *Ça lui a fait plaisir*, répond la jeune fille en joignant les deux mains devant sa poitrine.

— *Oui, ça a eu l'air…* confirme Shoya tout en la regardant.

Ce qui lui fait penser…

— *Au fait, c'est quand, ton anniversaire ?* demande-t-il.

Quelques semaines en arrière, il aurait contacté ses amis pour organiser une fête digne de ce nom. Mais ça, c'était avant qu'il ne coupe les ponts avec eux…

— *Le 7 juin*, signe-t-elle.

— *Le 7 juin ? Mais c'est déjà passé ! Tu as eu dix-huit ans et on a manqué ça ? L'année prochaine, on le fêtera comme il se doit, d'accord ?* (Le jeune homme lève ensuite les deux poings et joint ses index tendus.) *Ensemble…*

Le geste, bien que spontané et sincère, lui fait monter le rouge aux joues. Il dévisage timidement son amie, redoutant sa réaction. Pour toute réponse, elle se contente d'un sourire ravi. Tandis qu'il se met à fixer le bout de ses chaussures d'un air un peu gêné, Shoko se lève.

— *Tu t'en vas ?* lui demande le lycéen en tournant vers elle un regard étonné. *Mais le feu d'artifice n'est pas encore terminé !*

— *Il faut que j'aille réviser.*

— *Je comprends... Cette année, ce n'est pas facile ! Tu veux... tu veux que je te raccompagne ?*

Shoko décline poliment l'offre.

— *D'accord... Fais attention à toi, alors !* lui intime le jeune homme. *À bientôt !*

— *Merci...*

Resté seul, il la regarde s'éloigner au milieu de la foule, avant de plonger dans ses pensées. « *Qu'est-ce que je peux faire pour te prouver que j'ai changé ?* » Le message de Miyoko ne cesse de tourner en boucle dans sa tête. Cette fois, c'est décidé ! Même s'il ne sait toujours pas quoi répondre à ce SMS, il est sûr d'une chose : il doit protéger Shoko à tout prix. C'est sa seule raison de vivre, à présent ! *Oui, c'est promis, je ferai tout pour qu'elle soit heureuse !*

— Tiens, mais c'est Shoko ! lance une voix au beau milieu de l'attroupement.

Aussitôt, Shoya tente d'apercevoir la jeune fille... en vain : elle a déjà disparu parmi les nombreux spectateurs. Il se lance donc à sa recherche, préoccupé. Pourquoi n'a-t-il pas insisté pour la raccompagner chez elle ? Quel idiot ! Il aurait vraiment mieux fait de partir avec elle...

Pour couronner le tout, l'entorse qu'il s'est faite il y a quelques jours au parc décide de se rappeler à son bon souvenir. La douleur est tellement fulgurante qu'elle le contraint à s'accroupir pour masser sa cheville quelques secondes afin d'en apaiser la brûlure. Au moment où il se relève, Yuzuru l'interpelle.

— Eh, Shoya ! Tout va bien ? Où est passée Shoko ?

— Elle vient de partir. Elle a dit qu'elle devait réviser.

— Sérieux ? Elle aurait pu prévenir, quand même ! râle la cadette des Nishimiya. (Mais si elle est déçue que son plan si parfaitement élaboré soit tombé à l'eau, elle n'a pas pour autant dit son dernier mot !) Oh, non ! Je viens de me rendre compte que j'avais oublié mon appareil à la maison. Tu voudrais bien aller me le chercher, s'il te plaît, Shoya ? J'aimerais prendre des photos du feu d'artifice. Regarde s'il y a assez de batterie, si non, mets-le à charger. Merci !

Sans lui laisser le temps de répondre quoi que ce soit, elle lui fourre les clés entre les mains et le pousse d'une petite tape dans le dos.

Sa mère, qui n'a rien raté de la scène, regarde s'éloigner le lycéen en jetant un coup d'œil en coin à sa fille.

— Toi, tu as une idée derrière la tête…

Une fois devant la résidence où habitent les Nishimiya, Shoya est pris d'un doute : à quel étage se situe leur appartement, déjà ? Il faut dire qu'il ne s'y est rendu qu'une seule fois… Si seulement il n'avait pas laissé son portable chez lui, il aurait pu demander à Yuzuru de le lui rappeler. Bon… S'il se fie à ses souvenirs, il se trouve à l'angle, près de la cage d'escalier. Mieux vaut monter à pied pour en avoir le cœur net et lui permettre de vérifier les noms sur chacune des portes qu'il croise. Après quelques minutes d'ascension, le voilà enfin devant une plaque qui indique : « Nishimiya ».

Il fait tourner la clé dans la serrure, puis pénètre dans l'appartement, plongé dans le noir. Aurait-il été plus rapide que Shoko ? En tout cas, elle n'a pas l'air d'être rentrée…

Il n'a pas à aller bien loin avant de trouver l'appareil photo de Yuzuru, posé en haut du meuble à chaussures, dans le vestibule. Suivant les consignes de la collégienne, il s'empresse de vérifier l'état de la batterie. Seul problème ? Il ne sait pas comment faire. Après avoir retourné l'engin dans tous les sens, palpé et tripoté en différents endroits, il finit par entendre une série de clics inquiétants.

— Zut ! J'ai dû appuyer sur le mauvais bouton…

Tandis qu'il manipule l'appareil avec précaution de peur de faire une nouvelle boulette, il perçoit soudain un bruit venant du fond de l'appartement. Quand il relève la tête pour jeter un regard anxieux à la ronde – pourrait-il s'agir d'un voleur ? –, une scène ahurissante se révèle à lui.

Dos à lui, sur le balcon, les cheveux balayés dans tous les sens par le vent, se tient Shoko. Si Shoya aurait pu croire qu'elle s'y était postée pour regarder le feu d'artifice, il est vite détrompé. Les deux mains agrippées à la rambarde, la jeune fille monte sur un tabouret, puis grimpe sur le parapet pour se dresser de toute sa hauteur face au ciel nocturne…

Une fusée éclate au loin et éclaire la scène dans toute son horreur. Devant ce tableau surréaliste, Shoya reste immobile, comme pétrifié.

— Qu'est-ce que… Sh… Shoko ? dit-il d'une petite voix, la gorge sèche.

Bientôt, plus rien n'a d'importance à ses yeux que la jeune fille, debout sur la balustrade, si bien que l'appareil photo qu'il manipulait jusqu'alors avec précaution lui échappe soudain des mains.

— Shoko ! s'écrie le lycéen, effrayé.

Il a beau avoir hurlé le nom de son ancienne camarade de classe, il sait parfaitement que ça ne sert à rien. D'autant plus qu'il ne tarde pas à repérer les prothèses auditives de son amie, posées sur la table du salon.

Il n'y a plus une seconde à perdre : il faut agir, et vite ! Il se précipite vers le balcon quand un violent élancement dans sa cheville foulée le force à se rattraper à une chaise. Dans son affolement, il heurte la table de laquelle tombe le vieux cahier de communication que Shoko utilisait en primaire et qu'il lui avait rapporté.

Une grimace de douleur sur le visage, il serre les dents et raffermit sa prise sur le dossier du fauteuil. Ce n'est pas le moment ! N'a-t-il pas promis de protéger Shoko à tout prix ?

Le regard rivé droit devant lui, déterminé, il reprend sa course en s'efforçant de faire abstraction de sa cheville douloureuse. À quelques mètres de là, sur le parapet, il voit tout à coup le corps de son amie commencer à tomber vers l'avant, comme vidé de ses forces.

— Shoko ! hurle-t-il à présent, horrifié – est-il déjà trop tard ?

Dans un dernier élan, il se rue vers le balcon et se penche au-delà de la balustrade, une main tendue vers l'avant.

Le temps semble avoir suspendu son cours. Dans le ciel, une nouvelle fusée éclate, illuminant les deux adolescents.

Les doigts de Shoya se referment sur le poignet droit de la jeune fille. Entraîné vers l'avant par le poids de son amie, il pousse un grognement quand la rambarde lui rentre dans le ventre en lui coupant le souffle.

Comment en est-on arrivés là ? se demande-t-il, le regard fixé sur les yeux brillants de larmes de son amie. La journée a pourtant commencé comme d'habitude... Dans son esprit, les questions se bousculent : *Pourquoi ? Qu'est-ce qui t'est passé par la tête, Shoko ? Et moi, qu'est-ce que j'ai raté ?*

Très vite, il se met alors à imaginer mille scénarios. Et s'il était arrivé plus tôt dans l'appartement, s'il n'avait pas oublié son portable, s'il ne s'était pas fait cette fichue entorse à la cheville, s'il avait été capable de retenir le numéro de l'étage, est-ce que ça aurait changé quelque chose ? S'il avait eu le cran d'affronter les autres, s'il n'avait pas filtré les appels de Naoka, s'il avait répondu au message de Miyoko, est-ce qu'ils se seraient tous réconciliés ? S'il n'avait pas mêlé Shoko à cette histoire de tournage, s'il n'était pas allé au pont tous les mardis, s'il n'avait pas cherché à la revoir après toutes ces années...

Non, stop ! Ce n'est pas le moment de réécrire le passé ! Il s'efforce de mettre de côté les regrets qui l'étouffent et de se concentrer sur l'instant présent : il empoigne le poignet de son ancienne camarade de classe des deux mains pour tenter de la hisser vers lui.

— Accroche-toi, Shoko ! Essaie d'attraper la balustrade ! lui crie-t-il, priant pour qu'elle réussisse à lire sur ses lèvres.

Emporté vers l'avant, Shoya sent ses semelles décoller légèrement du sol. Sans perdre une seconde, il glisse le bout de ses chaussures dans l'espace entre le plancher et le garde-fou afin de trouver un point d'ancrage.

Suivant les injonctions du lycéen, la jeune fille, elle, tend à l'extrême son bras qui pendait jusqu'alors dans le vide.

— Encore un effort, tu y es presque ! l'encourage-t-il, les veines saillantes et la respiration sifflante.

Quand son amie – au bout de ce qui lui paraît être une éternité – finit par agripper le bas de la rambarde, Shoya pousse un soupir de soulagement. Mais ils ne sont pas tirés d'affaire pour autant. Il doit à tout prix réussir à la hisser sur le balcon ! Si au moins il y avait quelque chose pour amortir sa chute au cas où…

Pris d'une soudaine inspiration, il jette un regard un peu plus bas, sous Shoko, et aperçoit l'éclat d'un réverbère qui se reflète à la surface de l'eau. Mais bien sûr ! La rivière coule au pied de l'immeuble. *On est sauvés !* exulte-t-il. Sauf que… un terrible doute le gagne. Qu'avait dit Keisuke, déjà ?

« Tu savais que sauter dans l'eau de… mètres de hauteur, c'est pareil que de se jeter sur du béton ? »

Mais de combien de mètres s'agissait-il ? Shoya a beau tenter de se repasser en boucle les paroles de son meilleur ami d'autrefois, impossible de se souvenir du nombre exact. *Ça craint…* Et l'appartement des Nishimiya, à quelle hauteur se trouve-t-il ? Est-ce que Shoko a une chance de survivre en tombant d'aussi haut ?

À l'époque, sa réponse préférée était : *« Ça, on ne le saura pas tant qu'on n'aura pas essayé ! »*

Une vraie tête brûlée à qui il donnerait bien des claques ! À combien de mètres correspond un étage, à peu près ? Quatre ? Et lui, à quel niveau se trouve-t-il, déjà ? Impossible de s'en souvenir !

Il étouffe un cri de frustration. Son visage est inondé de sueur et son T-shirt, collé à son dos par la transpiration. Ses forces s'amenuisent. Il ne va plus pouvoir tenir très longtemps. Bientôt… tout sera terminé. Il ne sent plus ses bras, mis à rude épreuve. La rambarde lui entaille le ventre et il commence à avoir des crampes jusque dans ses orteils à force de vouloir empêcher ses pieds de glisser.

En tentant une nouvelle fois de faire abstraction de la douleur qui irradie dans tout son corps, Shoya formule mentalement une ultime prière à qui veut bien l'écouter : *S'il vous plaît, donnez-moi encore un peu de force !* En échange, il promet de ne plus fuir ses responsabilités, d'affronter la réalité en face et de ne plus utiliser Shoko comme excuse. De ne pas tourner le dos à ses camarades, d'entendre ce qu'ils ont à dire. D'assumer ses erreurs… Et si personne ne lui pardonne, il l'acceptera.

En primaire, Kazuki et Keisuke l'ont regardé sauter du haut du pont. *« Pas possible, il l'a fait ! »* s'était étonné le premier. *« Il va finir par y rester, un de ces quatre… »* avait répliqué le second. Cette fois, il n'y a personne d'autre que Shoko et lui. *Ça y est. Le moment de vérité est enfin arrivé*, songe-t-il.

Après avoir pris une profonde respiration, il jette ses dernières forces dans la bataille pour hisser son amie jusqu'à lui. L'effort lui arrache un cri déchirant, mais permet à la jeune fille de s'accrocher au bord du parapet.

Au même moment, les appuis de Shoya se dérobent sous lui si bien qu'il bascule dans le vide…

Tandis qu'il chute comme au ralenti, il croit apercevoir une petite balafre sur le lobe de l'oreille droite de Shoko – la marque qu'il y a laissée en lui arrachant sa prothèse auditive pour s'amuser du temps de la primaire. *Ah, elle était encore là, cette cicatrice ? Est-ce que je me suis excusé pour ça, au moins ?*

Les pensées se bousculent dans la tête du lycéen à mesure qu'il regarde s'éloigner la silhouette de celle qui est devenue son amie : *Pardon, Shoko… Je suis désolé ! Je sais qu'il est trop tard. Est-ce que tu m'en veux encore ? Je suis vraiment trop bête, j'aurais* dû te demander ce que tu pensais de moi ! Parce qu'en ce qui me concerne…

Au moment où il s'écrase contre la surface de l'eau et s'abîme dans ses flots, de grandes gerbes jaillissent, pareilles à un feu d'artifice.

Shoya a le temps de sentir le froid l'envahir, puis une douce chaleur l'envelopper, avant de perdre connaissance.

Chapitre 20
Une plaie

Depuis sa chute, Shoya est dans le coma.
Deux jours se sont écoulés et il n'a toujours pas repris connaissance.

Yuzuru a passé les dernières quarante-huit heures dans la salle d'attente de l'hôpital à guetter le réveil du jeune homme, rongée par l'angoisse. Quand la mère de son ami passe devant elle, la jeune fille saute de son siège et s'écrie :

— Madame Ishida ! Je suis tellement contente de vous voir ! J'ai téléphoné au salon, mais ça ne répondait pas. Les médecins ne veulent pas me laisser rendre visite à Shoya…

— Ah, Yuzuru ! Ne t'inquiète pas… Il vient d'être transféré dans la chambre 403. Tu n'as qu'à venir avec moi, je t'emmène le voir, si tu veux.

Plutôt que de lui emboîter tout de suite le pas, la collégienne sort son portable.

— Attendez ! Je vais prévenir Shoko. Elle aimerait venir s'excuser.

— Ce n'est pas la peine, voyons…

— Bien sûr que si !

À l'autre bout du couloir apparaît soudain la mère de Yuzuru. Visage fermé, elle s'empresse de combler la distance qui les sépare et s'arrête juste devant la coiffeuse. Sans lui laisser le temps de dire quoi que ce soit, la mère de Shoya lui présente ses excuses.

— Je… je suis vraiment désolée de ce qui s'est passé.

— Non… répond simplement la mère de Yuzuru avant de se mettre à genoux à même le sol, sous les yeux ébahis de sa fille et de Mme Ishida. C'est moi qui vous demande pardon.

— Arrêtez, je vous en prie ! proteste son interlocutrice. Shoya a forcément dû faire quelque chose de mal ! Sinon, votre fille n'aurait jamais…

— Vous vous trompez. Shoko a essayé de se suicider… Regardez cette vidéo ! Shoya lui a sauvé la vie, dit Yuzuru en lui tendant son appareil photo, avant de se prosterner aux côtés de sa mère pour lui présenter ses excuses, elle aussi. C'est ma faute, j'aurais dû mieux la surveiller !

— Relevez-vous, s'il vous plaît ! Vous devriez plutôt être heureuses que Shoko n'ait rien… C'est vraiment tout ce qui compte. Est-ce qu'elle va mieux ? demande la mère de Shoya, terriblement gênée.

— Je lui ai dit de venir mais, comme elle a un peu de mal à marcher, ça risque de lui prendre un moment… explique la collégienne.

— Va la chercher ! lui ordonne sa mère.

L'adolescente s'empresse de lui obéir et se met à courir dans les couloirs, tête baissée, pour ne pas perdre une minute. Lorsqu'elle franchit les portes de l'hôpital à fond de train, sans vraiment regarder devant elle, elle percute quelqu'un. Levant les yeux, elle se retrouve nez à nez avec Miyoko et Tomohiro.

— Qu'est-ce que vous faites ici ? demande la cadette des Nishimiya.

— C'est la mère de Shoya qui m'a prévenu, répond le jeune homme.

— Et moi, c'est Tomohiro qui m'a mise au courant… dit Miyoko.

— En fait, j'ai appelé tout le monde. J'espère que Shoya ne m'en voudra pas…

— De toute façon, il est toujours dans le coma… lui apprend Yuzuru.

Un malaise commence à s'installer entre eux. Difficile de faire comme si rien ne s'était passé depuis ce fameux jour sur le pont où leur ami les a tous envoyé bouler.

— Bon, ben… Moi, je vais chercher ma sœur. Shoya est dans la chambre 403, leur indique la cadette des Nishimiya avant de reprendre son chemin.

— Attends-moi, je t'accompagne ! dit Miyoko en la rattrapant.

Une fois seules, les deux jeunes filles marchent l'une à côté de l'autre, en silence, aucune n'étant capable de trouver les bons mots lorsque, soudain, des cris leur parviennent du parking de l'hôpital.

— Tu pourrais répondre quand je te parle !

Yuzuru et Miyoko échangent un regard entendu : Naoka ! Passé la surprise initiale, elles se précipitent vers l'endroit d'où elles ont entendu les éclats de voix.

— Tu trouves ça normal, que Shoya soit dans le coma à cause de toi ? poursuit Naoka.

La jeune fille a acculé Shoko contre un grillage, dans lequel elle donne de violents coups de pied.

— Nao ? souffle Miyoko, stupéfaite.

L'intéressée se retourne vers les nouvelles venues. Sans se laisser démonter, elle brandit la missive que la grande sœur de Yuzuru a déposée dans sa boîte aux lettres, après l'épisode du parc d'attractions.

— Vous voulez savoir ce qu'elle dit ? demande-t-elle avant de commencer à la lire sans attendre leur réponse. « À cause de mes problèmes d'audition, je n'ai jamais eu beaucoup confiance en moi. Je ne suis jamais sûre de bien comprendre ce qui se passe autour de moi. Bien évidemment, je peux demander à quelqu'un de m'expliquer, mais j'ai toujours un temps de retard ! Alors, je me force à sourire et je m'en tiens à des réponses vagues pour sauver les apparences et ne vexer personne. J'imagine qu'en primaire, les autres élèves me trouvaient insensible et ennuyeuse, mais je crois que j'ai fini par me faire une raison… »

Naoka marque une pause, puis se remet à lire.

— « Je voulais à tout prix m'intégrer pour que les autres arrêtent de s'en prendre à ma petite sœur. Je voulais la protéger. En même temps, j'ai bien conscience que je retardais toute la classe. Je ne savais plus quoi faire… J'ai continué à sourire de toutes mes forces en prétendant que tout allait bien. » Ça me fait bien rire ! Pour ce que ça a servi…

Sidérée, Yuzuru n'en croit pas ses oreilles. C'est la première fois qu'elle entend ce que sa grande sœur a vraiment sur le cœur.

— « Alors, dans la grande roue, quand je me suis rendu compte que tu comprenais mon problème, ça m'a fait plaisir… » conclut Naoka en repliant la lettre. Tout le plaisir était pour moi, Shoko ! Tu veux un conseil ? (Face à l'attitude prostrée de sa victime, elle laisse sa colère éclater et lui assène un violent coup de poing.) Avant de te la jouer héroïne tragique, tu devrais peut-être te remettre en question !

Sous le choc, la cadette des Nishimiya reste pétrifiée, incapable de faire le moindre mouvement pour empêcher Naoka de laisser libre cours à sa fureur.

— Tu es une vraie plaie, tu comprends, ça ? Une satanée plaie ! hurle la jeune fille en se mettant à rouer de coups de pied son souffre-douleur préféré.

Bras tendus, Miyoko s'interpose entre les deux ennemies jurées, provoquant encore plus la rage de son amie styliste.

— Pousse-toi de là ! Tu vois bien qu'elle la veut, sa raclée ! Écarte-toi, si tu n'as pas envie de finir comme elle !

En dépit des menaces, l'intéressée ne se laisse pas impressionner et ne bouge pas d'un pouce. Elles se jaugent un instant du regard. Lorsqu'elle comprend que la costumière ne lâchera pas le morceau, Naoka voit rouge et la pousse de toutes ses forces. Sous la violence du choc, Miyoko trébuche en arrière, casse un de ses talons et va s'écraser par terre.

— Voilà ce qui se passe quand on ne sait pas marcher avec des talons ! raille l'apprentie styliste. D'ailleurs, si tu crois que ça te donne l'air élégant, tu te fourres le doigt dans l'œil !

— Je les mets pour m'habituer… rétorque sa victime.

— Je n'ai jamais rien entendu d'aussi stupide !

— Ça t'arrive de réfléchir à ce que les autres ressentent ? demande Miyoko, furieuse.

— Si tu veux me critiquer, vas-y franchement. Ne te cache pas derrière les autres. Ça, c'est la spécialité de Shoko !

— Je suis ton amie, Nao ! Mais arrête de croire que tu sais ce que je pense, tu n'es pas dans ma tête !

Pour toute réponse, son assaillante, un sourire mauvais aux lèvres, attrape Shoko par les cheveux – non sans arracher au passage un cri d'effroi à la cadette des Nishimiya, toujours tétanisée.

— Si tu veux faire la morale à quelqu'un, commence par elle ! s'écrie Naoka. Elle n'a pas pensé aux autres, elle, avant de prendre la décision de se suicider ! (Elle gifle Shoko à plusieurs reprises, tout en continuant à invectiver sa victime.) Pour qui tu te prends, sale petite peste ?

— Ar…

Les mots se coincent dans la gorge de la cadette des Nishimiya qui, réduite à l'impuissance, éclate en pleurs. Entre ses larmes, elle voit soudain Naoka être projetée contre le grillage. La joue cramoisie, la jeune fille vient de se prendre une gifle magistrale.

— Non mais ça ne va pas ? C'est quoi, votre problème ? crache l'effrontée en jetant un regard mauvais à la nouvelle venue.

Impassible, comme à son habitude, la mère de Shoko lui administre une nouvelle claque retentissante sans répondre à la provocation.

— Stop, ça suffit ! s'interpose Yuzuru qui a retrouvé l'usage de la parole et de ses membres et qui agrippe à présent le bras de sa mère pour la retenir.

Mais cette dernière écarte la main de sa cadette et empoigne Naoka par les cheveux avant de la rouer de coups.

— Arrêtez ! Lâchez-moi ! plaide la jeune fille en se débattant comme une diablesse.

Ses efforts finissent par payer car elle parvient à repousser son adversaire contre une voiture et à la bâillonner.

— Vous… vous êtes la mère de Shoko, c'est ça ? halète la lycéenne, en affrontant le regard sévère de son assaillante. Quand on ne sait pas élever ses gosses, on n'en fait pas !

Son insolence lui vaut une nouvelle gifle. Elle a beau refuser de s'avouer vaincue et tenter de contre-attaquer, Naoka ne récolte que des coups.

— Espèce de… Allez, dites quelque chose, sale sorcière ! hurle-t-elle, le nez en sang.

— Yuzuru, va chercher de l'aide, vite ! la presse Miyoko.

L'urgence dans la voix de son amie agit comme un électrochoc et la collégienne part au quart de tour.

Elle revient bientôt accompagnée de deux inconnus qui accourent afin de mettre fin à la bagarre.

Assise par terre, recroquevillée sur elle-même, la tête entre les bras, Naoka n'a plus dit un mot depuis de longues minutes.

— Ça y est, tu t'es calmée ? On y va ? lui demande Miyoko, accroupie à ses côtés.

— Laisse-moi… finit par murmurer l'intéressée, les joues baignées de larmes. On n'est plus amies.

— Bien sûr que si ! réplique sa camarade, pas rancunière.

Comme apaisée par cette déclaration, Naoka relève la tête, une mèche de papier dans chaque narine pour stopper le saignement, et commence à se livrer petit à petit.

— Je suis vraiment minable… Tu as vu comme je l'ai tabassée ? Je n'arrivais même plus à m'arrêter. C'était plus fort que moi, c'était même la seule chose qui pouvait me soulager ! Sur ce point, on dirait bien que la mère de Shoko me ressemble… Si Shoya m'avait vue, il ne voudrait plus jamais m'adresser la parole, c'est sûr ! Eh, toi ! s'écrie-t-elle soudain en remarquant Yuzuru qui l'épie, tapie derrière un mur. On peut savoir pourquoi tu n'es pas intervenue pour protéger ta sœur ?

À vrai dire, l'intéressée se pose justement la même question.

— Honnêtement, je… je n'étais pas certaine que ce soit la chose à faire, répond-elle.

— Tu es bête ou quoi ? Tu aurais dû m'arrêter ! Pff… souffle Naoka en levant les yeux au ciel, avant de se relever tant bien que mal et de quitter le parking de l'hôpital, Miyoko à ses côtés.

Yuzuru secoue la tête comme pour chasser le sentiment d'incompréhension qui l'étouffe : décidément, cette fille, elle ne la comprendra jamais !

De retour chez elle, ce soir-là, la collégienne retire une à une les photographies qu'elle a elle-même prises et accrochées au mur du salon.

— Pourquoi est-ce que tu les décroches ? lui demande sa mère, étonnée.

— Parce qu'elles ne servent à rien, répond l'adolescente, non sans poursuivre sa tâche. J'espérais que les voir ferait passer à Shoko l'envie de mourir.

— Je vais t'aider.

La cadette des Nishimiya a commencé à exposer ses clichés un peu partout dans la maison le jour où sa sœur est rentrée de l'école trempée de la tête aux pieds. À l'époque, Shoko, en pleurs, a signé ces trois mots : *« Je veux mourir ! »*

À partir de ce moment, Yuzuru a décidé de faire tout son possible pour lui enlever cette idée de la tête. C'est pour cette raison qu'elle a pris l'habitude de prendre ces horribles photographies de cadavres d'animaux.

Mais ça n'a servi à rien, à rien du tout ! Shoko n'a visiblement pas compris le message. Aurait-il mieux valu le lui dire avec des mots ? « Ne meurs pas ! » Après ça, sa sœur aurait peut-être changé d'avis… Qu'est-ce que Shoya aurait fait à sa place, lui ? Comment aurait-elle dû s'y prendre ?

Sans pouvoir s'en empêcher, la jeune fille fond en larmes. Quand elle croise le regard de sa mère, elle tente de les ravaler – en vain. Ses épaules sont désormais secouées de hoquets silencieux, si bien que sa mère se met elle aussi à pleurer. Bientôt, Shoko, qui vient de les rejoindre dans le salon, éclate à son tour en sanglots. Chacune à un coin de la pièce, elles essaient de cacher leur tristesse.

Le lendemain, Yuzuru va jeter toutes ses photos dans le local à poubelles de l'immeuble. Après tout, elle n'en a plus besoin. Pour ce qu'elles ont servi… Lorsqu'elle se retourne, elle aperçoit sa sœur, le bras droit en écharpe et les cheveux ramassés en un chignon.

Pas de doute, vu l'expression de son visage, Shoko compte rendre visite à Shoya à l'hôpital. Elle n'a probablement pas envie de compagnie, mais ça ne fait rien. Yuzuru la rejoint au petit trot et fait le chemin à ses côtés.

Chapitre 21
Pensées croisées

Tomohiro

Personne ne sait quand Shoya va se réveiller.

Tomohiro traverse les couloirs de l'hôpital, perdu dans ses pensées : *Qu'est-ce que je peux bien faire ? Je ne vais quand même pas me contenter d'attendre les bras croisés !*

Arrivé à l'étage où Shoya a été transféré, il voit Naoka entrer dans la chambre du comateux. Préférant garder ses distances avec la jeune fille dont le comportement imprévisible lui donne des sueurs froides, il décide de prendre son mal en patience : après tout, elle finira bien par ressortir, pas vrai ?

À peine quelques minutes après, Shoko apparaît à l'autre bout du couloir. Les bras chargés d'une corbeille de fleurs, elle frappe à la porte de la chambre de Shoya. Tomohiro épie la scène depuis son poste d'observation.

Comme il fallait s'y attendre, c'est Naoka qui lui ouvre.

— Tu as apporté des fleurs ? Comme c'est gentil… dit-elle en s'emparant du panier. Je vais les mettre dans un vase, merci. Tu peux rentrer chez toi, maintenant. Ah… et, pour info, cette coiffure ne te va pas du tout. Allez, salut !

Puis elle lui claque la porte au nez. Tomohiro sort alors de sa cachette et se précipite pour essayer de l'ouvrir, mais rien n'y fait : Naoka, cette petite peste, l'a verrouillée de l'intérieur. Feignant de ne remarquer la présence de Shoko que maintenant, il se tourne soudain vers elle, comme si de rien n'était :

— Tiens, Shoko, tu es là ? Ça te dirait d'aller boire un jus de fruits ? Je t'invite !

Elle accepte son offre et tous deux s'installent, boisson en main, dans un coin de la salle d'attente. Bientôt, la jeune fille sort un carnet et un stylo et les deux amis se mettent à discuter par écrit. C'est le réalisateur qui ouvre le bal.

« Tu n'es pas obligée de faire des efforts avec Naoka… »

« Pourquoi ? »

« On m'a expliqué qu'en primaire, elle n'était déjà pas très sympa avec toi. »

« C'était ma faute. Comme on était dans la même classe et qu'elle était assise à côté de moi, elle était contrainte de m'aider sans arrêt. Ça a fini par lui jouer des tours… »

« Tu ne vas pas t'en vouloir pour ça jusqu'à la fin de tes jours ! Tu sais, moi, les autres m'appelaient "gros lard" ou "frisette"… Mais ils auraient mieux fait de se regarder dans une glace avant de l'ouvrir ! »

En repensant à ses propres années de primaire, Tomohiro bouillonne de colère. Piqué au vif, il poursuit :

« En réalité, ils étaient encore plus moches, encore plus mal habillés et encore plus bêtes que moi ! C'est pareil pour Naoka. Sous ses airs de petit chaton, c'est un vrai fauve enragé ! »

Mais il retrouve bien vite son calme et la sagesse qui le caractérise.

« Chacun ses faiblesses ! Il n'y a pas de honte à avoir ! »

« J'aimerais être aussi forte que toi. »

Au compliment, le cinéaste, le rouge aux joues, se rengorge :

« C'est vrai que je vaux largement mieux que ces minables ! Mais toi aussi ! J'en suis persuadé. »

Le stylo en l'air, Tomohiro s'arrête d'écrire : n'est-il pas en train de laisser son orgueil parler pour lui ? Ne se montre-t-il pas hypocrite, lui qui a battu en retraite quelques minutes plus tôt en voyant Naoka entrer dans la chambre de Shoya plutôt que de prendre son courage à deux mains pour l'affronter ? Lui aussi, à un moment donné, il a perdu confiance en lui. Et pourtant…

« Shoya m'a accepté comme j'étais. Pour la première fois, j'ai compris ce que ça voulait dire d'avoir un véritable ami. C'est lui qui a insisté pour que tu intègres l'équipe du film. À ses yeux, tu es sa meilleure amie… »

Voyant que Shoko ne fait pas le moindre geste pour reprendre le stylo et lui répondre, Tomohiro, la main tremblante, se décide à lui poser la question qui lui brûle les lèvres :

« Pourquoi est-ce que tu as essayé de te suicider ? »

Sans relever la tête du carnet, la jeune fille prend son temps pour écrire sa réponse. Curieux de savoir quelle sera son explication, le réalisateur en herbe fixe la pointe du stylo et déchiffre chacune des lettres à mesure que Shoko les trace sur le papier.

« Parce que j'ai tout gâché. »

Derrière sa longue frange, la lycéenne regarde Tomohiro droit dans les yeux. Le jeune homme se remémore la dispute générale qui a divisé leur bande au début de l'été. Il lui demande :

« Tu veux parler de ce qui s'est passé sur le pont la dernière fois ? »

« Entre autres. »

Sans céder au découragement, le réalisateur tente de la rassurer :

« Il doit bien y avoir un moyen d'arranger ça. En fait, j'y réfléchis depuis un moment. Je voudrais faire quelque chose en attendant que Shoya se réveille. Mais je ne sais pas quoi… »

Shoko reprend stylo et carnet : elle semble avoir sa petite idée.

« Et si tu terminais le film ? »

Surpris, Tomohiro la dévisage, bouche bée, quand une annonce retentit dans les haut-parleurs situés de part et d'autre de la salle d'attente.

« Les heures de visite sont terminées. Merci de bien vouloir vous diriger vers la sortie. »

— Oh non… Et avec tout ça, on n'a même pas pu voir Shoya ! s'exclame-t-il, déçu.

Dans son dos, une voix le fait sursauter.

— Ce n'est pas grave, on reviendra !

Il se retourne : c'est Yuzuru. Depuis quand est-elle là ?

— Viens, on rentre ! dit-elle à sa sœur, cette fois, en saluant Tomohiro de la main.

Il les suit du regard un instant jusqu'à ce qu'il aperçoive Naoka parmi les visiteurs qui quittent les lieux.

S'il veut terminer son film, comme Shoko le lui a suggéré, il aura besoin de l'aide de la styliste...

Bon, ce n'est pas comme s'il avait vraiment envie d'aller lui parler – il a le trouillomètre à zéro tellement elle lui file les jetons –, mais si c'est pour le bien de Shoya, alors il faut qu'il prenne sur lui ! *Allez, je suis fort ! Je suis fort ! Je suis fort !* se répète-t-il comme pour s'en convaincre, avant d'interpeller la jeune fille.

— Euh... Naoka ? On a décidé de... de reprendre le tournage et de terminer le film. Je peux compter sur toi pour nous aider ?

Elle le détaille des pieds à la tête et lâche :

— Dans tes rêves !

Puis elle le plante là. Sous le choc, le réalisateur sent le découragement le gagner. La tête basse, il s'aperçoit soudain qu'il tient toujours entre ses mains le carnet de Shoko.

— Zut ! Il faut que je le lui rende.

Il rejette un coup d'œil à la feuille sur laquelle Shoko a écrit : « Et si tu terminais le film ? » En dessous, il découvre une autre phrase : « Je pourrais remplacer Shoya. » Lorsqu'il tourne la page, il se rend compte que la jeune fille y a inscrit ces mots : « Je voudrais arranger les choses. »

Sans perdre une minute, Tomohiro sort de l'hôpital au pas de course pour tenter de rattraper les deux sœurs qui, par chance, ne sont pas très loin.

— Ça va ? lui demande Yuzuru quand il arrive à leur hauteur, à bout de souffle.

— Je... je viens avec vous... dit-il, les mains sur les cuisses, avant de se redresser et de tendre son carnet à Shoko. Tiens, tu as oublié ça !

Sous le propre aveu de la jeune fille, Tomohiro a ajouté une réponse :

« Ensemble, on va y arriver ! »

Miyoko

Shoko ne quitte plus les pensées de son ancienne camarade de classe, qui se remémore chacun des moments passés avec elle.

Qu'est-ce que j'ai raté ? Est-ce que je ne l'ai pas assez soutenue ? Pourquoi est-ce qu'elle ne m'a rien dit ?

Je ne vais quand même pas lui poser une question pareille de but en blanc. De toute façon, j'imagine que je n'aurais rien pu faire…

En primaire, c'était déjà comme ça. Je voulais l'aider, mais… ça a mal tourné. Et, contrairement à Shoya, je n'ai même pas cherché à la revoir. Elle m'était complètement sortie de la tête.

Pourquoi ? Peut-être parce qu'on n'était pas très proches, finalement.

Shoya, lui, a changé.

Et moi ?

De retour du lycée, où elle a travaillé sur le costume de fée du film de Tomohiro, Miyoko décide de passer à l'hôpital voir Shoya : s'est-il réveillé ? Arrivée devant sa chambre, elle trouve la porte fermée à clé. Elle y toque et tente même une nouvelle fois de tirer sur la poignée jusqu'à ce que la poignée finisse par tourner pour laisser apparaître Naoka.

— Ah, c'est toi… dit cette dernière, qui ne s'attendait pas à sa visite, et dont l'expression se radoucit légèrement.

— Comment va Shoya ? demande Miyoko.

— Pareil qu'hier, répond Naoka, laconique, campée sur le seuil de la chambre pour empêcher son amie d'y entrer. Pourquoi est-ce que tu portes ton uniforme ?

— Je suis allée au lycée pour travailler sur le costume de fée que tu as dessiné.

— Pff, pourquoi tu t'imposes ça ? De toute façon, le film est tombé à l'eau, rétorque Naoka d'un ton brusque.

— Et alors ? Ça peut toujours servir pour un futur concours de stylisme, non ?

— Fais comme ça te chante, mais ce sera sans moi.

— Qu'est-ce que tu racontes ? Ce ne serait pas honnête. C'est ton design…

— Si ça te dérange, tu n'as qu'à pas l'utiliser.

— C'est vraiment dommage… Quand j'ai su qu'on allait travailler ensemble sur le costume, ça m'a fait super plaisir !

Mais rien n'y fait, Naoka ne se laisse pas convaincre. Miyoko finit donc par rebrousser chemin, sous le regard impassible de sa camarade de classe, toujours plantée sur le seuil de la chambre.

Quand elle croise une poubelle, l'apprentie styliste décide d'y jeter le costume de fée qu'elle avait rangé dans son sac, vestige de son amitié avec Naoka, désormais reléguée au rang de souvenir. Les yeux fermés, elle s'apprête à se débarrasser du vêtement, mais ses doigts s'y agrippent sans paraître vouloir lâcher prise. Non, impossible de s'en défaire, il représente trop pour elle. Elle en est encore à peser le pour et le contre quand elle sent une petite tape sur son épaule.

Elle se retourne : derrière elle se tient Shoko, qui lève l'index et le balance de droite à gauche :

— *Qu'est-ce qu'il y a ?*

— *Je... je suis désolée de ne pas avoir su t'aider...* signe Miyoko, l'oreille basse, sans vraiment répondre à sa question. (Son ancienne camarade de classe désigne du menton le costume sans se formaliser des excuses de son amie.) *Ça ? Ça ne sert plus à rien, j'allais le jeter...*

Mais Shoko l'en empêche.

— *Ne fais pas ça ! On va en avoir besoin !*

Devant l'air étonné de son amie, la nouvelle assistante du réalisateur lui explique que le tournage est de nouveau d'actualité et que Tomohiro a l'intention de réunir toute l'équipe – enfin, celles et ceux qui en auront envie – pour terminer le film. Miyoko ne se fait pas prier, trop heureuse à l'idée que leur petite bande d'amis se reforme, et accepte de s'occuper de finaliser la réalisation du costume de fée.

Miki

En cette semaine de prérentrée, Miki arrive au lycée pleine d'entrain. Elle repère Satoshi.

— Salut, ça va ? Tu as vu mon message ? lui demande-t-elle de but en blanc.

— Celui où tu parlais de rendre visite à Shoya ? Moi, je suis partant !

— Génial ! On se retrouve ce soir devant le portail, alors ?

Ils sont interrompus par leur professeure.

— Bonjour à tous ! J'ai une annonce importante à vous faire. L'école vient d'être informée que votre camarade, Shoya Ishida, s'était gravement blessé en tombant du haut d'un balcon. Il a été transporté à l'hôpital, mais il est toujours inconscient.

Des murmures enflent partout dans la classe.

— Qu'est-ce qui s'est passé ?

— Vous croyez qu'il a voulu de se suicider ?

— Non !

— Si ça se trouve, il a juste voulu faire une de ses cascades à la noix pour frimer sur les réseaux sociaux.

— Tu as raison, ce serait bien son genre !

Tout le monde y va de sa petite théorie jusqu'à ce que Tomohiro, qui s'est levé de sa chaise d'un bond, outré, tape du poing sur son pupitre pour rétablir la vérité.

— Vous êtes tous à côté de la plaque ! s'écrie-t-il. Il est tombé en sauvant la vie d'une fille ! C'est un héros !

Mais cette déclaration ne rencontre pas du tout l'enthousiasme escompté.

— N'importe quoi !

— Ils ne savent plus quoi inventer...

— Elle est bien bonne, celle-là ! Toujours à raconter des craques, à ce que je vois, Tomohiro !

L'enseignante tente de calmer le brouhaha qui s'est installé dans la salle.

— Silence, s'il vous plaît ! Bien... Miki, je te laisse la parole.

— Merci, madame... dit-elle avant de se tourner vers ses camarades. En tant que déléguée de classe, je vais aller voir Shoya à l'hôpital. Du coup, je me disais que ce serait sympa de lui apporter mille grues en origami pour lui souhaiter un bon rétablissement. Qu'est-ce que vous en pensez ? Si chacun en plie trente, on aura le compte !

À la pause déjeuner, la jeune fille, assise à son pupitre, assez satisfaite de l'idée qu'elle a eue d'impliquer toute la classe dans son projet de cadeau pour Shoya, lit soudain du coin de l'œil un SMS sur le portable de sa voisine de devant.

Le coup des grues, je ne vois pas trop l'intérêt.

Son sourire se fige et ses yeux se mettent à balayer la pièce nerveusement. Sont-ils tous du même avis que sa camarade ? La boule au ventre, elle se redresse imperceptiblement sur son siège afin d'avoir un meilleur angle de vue sur l'écran de téléphone. En tout cas, la conversation va bon train…

Comme si elle s'inquiétait pour lui !
C'est vraiment une fayote !

Je sais, lol ! C'est ridicule !

Ces derniers temps, elle joue à la gentille.
Elle doit trouver ça mignon…

Et t'as vu comment elle n'arrête pas de coller Satoshi ?

Mais grave ! Ils ne sortent même pas ensemble, en plus…

Je parie que c'est à cause d'elle que Shoya a sauté…

C'est à gerber !

Cette dernière phrase fait écho à celle, prononcée par Shoya en personne au début des vacances d'été : *« Tu me donnes vraiment envie de gerber… »*

Estomaquée, elle se met à fixer le portable de sa camarade sans pouvoir en détacher le regard. *Pourquoi s'en prennent-ils à moi ?* se lamente-t-elle. *Qu'est-ce que j'ai fait pour mériter ça ?*

Elle qui travaille plus dur que quiconque et décroche toujours les meilleures notes. Elle qui s'implique sans relâche dans la vie de la classe et se charge d'organiser tout un tas d'événements sans rien demander en retour. Elle qui a été élue par ces mêmes élèves qui, aujourd'hui, lui cassent du sucre sur le dos.

Alors pourquoi se retournent-ils contre moi ? Par jalousie, parce que je m'entends bien avec Satoshi ?

Après les cours, sur le chemin de l'hôpital, elle n'a toujours pas digéré les phrases assassines échangées sur son compte. Elle se les repasse en boucle si bien que son humeur s'assombrit à la minute. Elle se sent isolée, injustement prise à partie.

Au fond, Miki comprend ce que Shoko et Miyoko ont dû ressentir en primaire. Après tout, à cette époque-là, elle n'était pas si différente d'elles. Sur le moment, elle ne s'en est pas vraiment rendu compte mais, quand Shoya l'a accusée d'un crime qu'elle n'avait pas commis – de s'être elle aussi moquée de la petite nouvelle de la classe –, c'était bel et bien une forme de harcèlement. *Oui… j'ai beau faire de mon mieux, ça ne suffit toujours pas. Moi aussi, j'ai des soucis, comme tout le monde !* a-t-elle envie de crier à ceux qui parlent d'elle dans son dos.

Au fond, peut-être devrait-elle faire preuve de plus d'indulgence envers Shoya… Il a été puni pour ce qu'il leur a fait subir, à Shoko et à elle. Et puis, pas de doute : il s'en veut !

Naoka, elle, en revanche, n'a aucun regret ! Se rend-elle seulement compte qu'elle blesse les autres par son attitude ? *« Moi, au moins, je suis passée à l'action ! »* lui a-t-elle reproché sur le pont, la dernière fois. Si la déléguée de classe éprouvait un semblant de compassion pour Shoya, c'est un sentiment tout autre, proche de la fureur, qui l'anime à présent en repensant à l'apprentie styliste…

Satoshi arrive soudain à sa hauteur et interrompt le cours de ses sombres pensées.

— Ça va, Miki ? Tu n'as pas l'air dans ton assiette…

— Ah… (Prenant son courage à deux mains, la jeune fille décide de se confier à lui.) En fait, on… on me harcèle au lycée.

— Ah bon… Qui ça ?

— Mizohata… Elle est assise devant moi.

— Je vois… Ne t'inquiète pas, je m'en occupe ! lui assure aussitôt Satoshi.

— Merci… répond Miki, soulagée.

***

Lorsque les deux amis arrivent dans la salle d'attente de l'hôpital, ils tombent sur Miyoko et Shoko, qui ne perd pas une seconde pour leur montrer son carnet, sur lequel elle a écrit : « Vous voulez bien nous aider à terminer le film ? »

— Tu plaisantes ? s'insurge la déléguée de classe, avant de la gifler et de lui empoigner les épaules en plantant son regard dans le sien. Non mais tu peux me dire ce qui t'a pris, à la fin ? Et puis tu crois vraiment que c'est le moment de penser à ce satané film ? On s'est tous inquiétés pour toi, je te signale ! Au cas où tu ne l'aurais pas remarqué, tu n'es pas la seule à galérer. C'est comme ça, la vie… C'est loin d'être un long fleuve tranquille !

Submergée par l'émotion, Miki prend Shoko dans ses bras.

— Pourtant, c'est ce qu'il y a de plus précieux, poursuit-elle en resserrant son étreinte. Je comprends ce que tu ressens. Moi aussi, j'ai tendance à tout garder pour moi. Toi et moi, on se ressemble !

Les yeux fermés, elle revoit le message aperçu plus tôt dans la journée sur le téléphone de sa camarade : *« C'est à gerber ! »* Ces quelques mots lui font aussi mal que ceux que Shoya lui a crachés au visage, la dernière fois qu'ils se sont vus : *« Tu me donnes vraiment envie de gerber… »* L'espace d'un instant, elle relâche Shoko, puis raffermit sa prise comme pour mieux étouffer les souvenirs qui remontent à la surface.

— Même si tout ne se passe pas toujours comme on veut, ne te laisse pas abattre, d'accord ? lui dit-elle, au bord des larmes. C'est important, d'accepter ses propres défauts et de continuer à avancer. Moi, par exemple, je me trouve mignonne… Enfin, c'est ce que je m'efforce de croire, malgré ce que les autres peuvent bien penser. Parce que sinon, c'est sûr, j'aurais envie de mourir, moi aussi !

Alors, lentement, Shoko étend son bras valide pour lui rendre son étreinte et les deux anciennes camarades de classe restent enlacées sous le regard plein de tendresse de leurs amis.

— Tu es tellement gentille, Miki… souffle Satoshi, en tirant un petit sourire embarrassé à l'intéressée.

— *Je t'expliquerai ce qu'elle a dit tout à l'heure*, signe Miyoko à l'intention de Shoko, bien que cette dernière, par cette seule étreinte, ait compris l'essentiel.

La déléguée de classe, rassérénée, sent lui revenir la confiance qu'elle avait commencé à perdre : la voilà prête à affronter n'importe quoi – et, surtout, n'importe qui !

Satoshi

— Au fait, comment va Shoya ? demande Miki, une fois remise de ses émotions.

— Apparemment, il n'a toujours pas repris connaissance… répond Miyoko. Mais on n'a pas encore pu le voir… à cause de Nao.

— Qu'est-ce qu'elle a fait encore, celle-là ?

— Ben… euh… Elle s'est barricadée dans la chambre de Shoya et refuse de laisser entrer qui que ce soit.

— C'est quoi, ce délire ? Alors, là, ça ne va pas se passer comme ça !

Gonflée à bloc, Miki fonce bille en tête vers la chambre 403. Un peu en retrait, Satoshi en profite pour ramasser le carnet de Shoko tombé par terre un peu plus tôt et le lui rendre avant de rejoindre sa déléguée de classe avec son flegme habituel. Une fois devant la porte, il la regarde s'échiner à tenter de tirer sur la poignée, en vain.

— Pourquoi est-ce que tu te comportes comme ça, Nao ? s'écrie-t-elle, furieuse, en tambourinant sur la porte.

Le bruit d'un verrou qui s'ouvre retentit dans le couloir et bientôt, sur le seuil de la chambre, apparaît Naoka, qui soutient le regard courroucé de son ancienne déléguée de classe comme si de rien n'était.

— À quoi tu joues, à t'enfermer toute seule avec lui ? insiste Miki.

— Je ne m'enferme pas avec lui, j'empêche les autres d'entrer… Ce n'est pas pareil ! Ce n'est pas contre toi, c'est à cause de cette prétentieuse de Shoko.

— Non mais pour qui est-ce que tu te prends ? Tu devrais avoir honte ! Tout ça parce que Shoya ne s'intéresse pas à toi !

— C'est faux ! s'empourpre la jeune fille.

— Il ne t'appartient pas : tu n'as aucun droit sur lui !

— Si ! Plus que vous tous !

Leur dispute est interrompue par l'arrivée de la mère de Shoya.

— Tout va bien ? leur demande-t-elle, un peu surprise de trouver un tel attroupement devant la chambre de son fils.

— Elle se barricade avec Shoya pour nous empêcher de le voir ! rapporte Miki en tentant le tout pour le tout.

La réponse de Mme Ishida les surprend tous les trois.

— Je sais, Tomohiro m'a déjà tout raconté. Fais ce que tu veux, Naoka. De toute façon, c'est juste pour cette semaine, non ? Après, les cours reprendront et pas question que vous les ratiez ! Je préviendrai la maman de Shoko de notre accord. En attendant, je vous confie Shoya !

Puis elle leur adresse un sourire un peu triste avant de faire demi-tour sans même essayer de voir son fils. Étonnée de son comportement, Miki se lance à sa poursuite.

— Attendez ! Pourquoi est-ce que vous la laissez faire ?

Sans prendre la peine de lui répondre, la mère de Shoya s'apprête à tourner à l'angle du couloir quand elle percute Shoko qui arrivait dans l'autre sens. Sous la force de l'impact, elle en laisse tomber son sac, dont le contenu vient s'étaler par terre. Bientôt, Miki arrive à leur hauteur.

— Ça va, Shoko ? demande-t-elle en les aidant à rassembler leurs affaires.

— C'est toi… Shoko ? s'écrie Mme Ishida, en se raidissant légèrement, non sans dévisager celle qu'elle vient de bousculer.

La jeune fille se laisse tomber à genoux et se met à écrire dans son carnet d'une main tremblante.

— Désolée, je… je dois y aller, s'excuse la mère de Shoya avant de contourner Shoko pour rejoindre la sortie.

Miki l'interpelle.

— Madame Ishida ?

L'intéressée s'arrête, sans se retourner pour autant.

— Je ne sais pas quoi lui dire, leur avoue-t-elle. Je pourrais lui remonter le moral, me fâcher ou lui parler en souriant, mais j'ai le sentiment que, quoi que je fasse, le cœur n'y serait pas… Alors, si ça ne la dérange pas, je préférerais attendre que Shoya soit réveillé pour la voir. Vous voudrez bien lui expliquer tout ça ?

Puis elle reprend son chemin tandis que Shoko, toujours la tête plongée dans son carnet, continue d'écrire sans se rendre compte de rien.

Une fois seuls devant la chambre de Shoya, c'est Miyoko qui se charge de traduire à Shoko les propos de Mme Ishida. Quand elle a terminé, Satoshi intervient :

— De nous tous, c'est moi qui ai le moins le droit d'aller voir Shoya… L'autre jour, sur le pont, il m'a dit que je pouvais le frapper, si je voulais… et je n'ai pas hésité !

Tout à l'heure, avant de rendre son carnet à Shoko, il a eu le temps de lire une phrase qu'elle avait écrite : « J'aimerais pouvoir tout arranger. » C'est son souhait le plus cher, à lui aussi.

— Tu sais, Shoko, je pense que c'est une bonne idée de terminer le film, dit-il en articulant chaque mot pour qu'elle puisse lire sur ses lèvres, avant de tous les saluer de la main. Bon, ben, j'y vais… À la prochaine !

— Attends, je viens avec toi ! s'écrie Miki, avant de se tourner à son tour vers Shoko et de détacher chacune des syllabes. Moi aussi, je pense que c'est une bonne idée.

Sur le chemin du retour, Satoshi commence à se livrer à Miki.

— Quand j'étais petit, les autres se moquaient de moi parce que j'avais de gros sourcils. Au bout d'un moment, ça a carrément viré au harcèlement et le prof a fini par faire la morale à toute la classe… alors que lui-même s'était payé ma tête ! Chacun accusait son voisin, rejetait la faute sur les autres. Au final, l'ambiance est devenue intenable à cause de moi. (Il s'arrête et scrute le visage de sa camarade.) Tu crois que je devrais me sentir coupable ?

— Bien sûr que non ! Les responsables, ce sont ceux qui t'embêtaient !

— Même s'ils affirmaient qu'ils n'avaient rien fait de mal ? insiste-t-il.

— Ils mentaient forcément !

Satoshi se remet en route, le regard tourné vers le ciel.

— Si tu le dis… murmure-t-il. Oublie cette histoire, j'ai tout inventé.

— Quoi ?

— Les gens sont tellement égoïstes…

Moi le premier ! ajoute-t-il pour lui-même.

Quand Miki et lui finissent par se séparer, Satoshi se retrouve seul avec ses pensées : il passe de longues minutes à ressasser ces vieilles histoires. Qu'il les porte au naturel ou qu'il les désépaississe, ses sourcils n'en finissaient pas d'être moqués, si bien que Satoshi a fini par carrément refuser d'aller à l'école. Des années plus tard, il a recroisé ses deux principaux bourreaux. Ils s'étaient mariés et attendaient un garçon.

Dans la tête de leur ancien souffre-douleur s'est aussitôt déroulé un petit scénario. Il s'est imaginé être un des futurs enseignants de leur enfant. *Rassurez-vous,* a-t-il eu envie de dire au couple, *je traiterai votre fils avec le même égard que n'importe quel autre de mes élèves ! Mais je le regarderai grandir en le tenant à l'œil. Juste pour savoir comment il va tourner. Je suivrai ses moindres faits et gestes en pensant à vous, ses parents. On verra bien s'il devient quelqu'un de bien ou s'il crée des problèmes…*

Voilà ce qui a motivé Satoshi à devenir prof. C'est le seul moyen qu'il a trouvé pour exorciser cette amertume qu'il ressent encore envers ceux qui l'ont harcelé. Et, après tout, qu'est-ce que ça a de si étrange ? Il y a des gens plus bizarres que lui ! Être comme tout le monde, c'est ce qu'il a toujours souhaité. D'ailleurs, il réussit plutôt bien à se fondre dans le paysage. En tout cas, comparé à Shoya…

Car si Satoshi voulait traîner avec lui, au départ, c'est parce qu'il était convaincu que ça lui donnerait l'impression d'être normal. Manque de bol, ça n'a pas fonctionné. Au contraire ! Après avoir appris ce que Shoya avait fait pour Shoko, lui-même s'est senti un peu stupide.

— Décidément, il est vraiment à part… murmure-t-il en songeant à son camarade de classe.

Le voilà enfin arrivé à Suimon – l'école primaire où on leur a refusé l'autorisation de filmer. Un employé occupé à balayer devant le portail l'apostrophe.

— Je parie que tu es avec la jeune fille de tout à l'heure. Elle est là-bas ! dit-il en lui montrant le fond de la cour du doigt. Ça fait un moment qu'elle essaie de le convaincre de vous laisser tourner votre film.

Satoshi se dirige donc dans la direction indiquée et finit par tomber sur Shoko, qui fait face à M. Takeuchi. Le lycéen s'empresse de rejoindre son amie et s'incline devant l'enseignant.

— Monsieur Takeuchi, commence-t-il, la tête basse, je suis désolée de vous avoir manqué de respect. Nous avons vraiment besoin de filmer ici, je vous en prie, est-ce que vous pouvez intercéder auprès du directeur ?

— Ça ne m'étonne pas que tu sois ami avec Shoya. Tu es aussi bête que lui ! dit le professeur en riant.

Mais la pique ne l'atteint pas. *Oui, dans le fond, Shoya et moi, on est un peu pareils*, approuve Satoshi intérieurement. *Mais le plus bête des deux, c'est moi !*

Naoka

Comme tous les jours depuis l'accident, Naoka est assise au chevet de Shoya, seule, à veiller sur le garçon dont elle est amoureuse depuis si longtemps.

Depuis ce matin où il l'a bousculée par accident, en primaire, pendant la fête du sport. Après ça, elle a tout tenté pour qu'il la remarque : le complimenter pour sa vitesse à la course, lui offrir des chocolats pour la Saint-Valentin… En vain. Il n'a jamais compris.

Puis, il y a eu cette fois où, en CM2, il a entrepris d'évaluer le degré de surdité de la petite nouvelle.

— *Bouh !* s'amusait-il à crier dans les oreilles de Shoko grâce à un manuel roulé pour s'en faire un mégaphone.

— *Ça va, tu t'amuses bien ?* s'était agacée sa voisine de table.

— *Tu n'as qu'à essayer !*

Après une seconde d'hésitation, Naoka s'était elle aussi prise au jeu.

— *Bouh !*

— *Encore, encore !* l'avait-il encouragée, tout sourire.

Alors voilà ce qu'il faut faire pour attirer son attention ? s'était-elle demandé à l'époque. À partir de ce moment-là, Shoya avait passé ses journées à harceler Shoko, à se moquer d'elle… et Naoka, elle, avait ri de ses mauvaises blagues. Comment aurait-elle pu essayer de l'arrêter alors qu'elle le considérait comme son héros ?

Mais, très vite, la situation s'était inversée quand tous leurs camarades s'étaient retournés contre le fauteur de troubles, rendu seul responsable des malheurs de la petite nouvelle.

— *Pourquoi on ne le pousserait pas dans l'eau ?* avait un soir suggéré Kazuki.

Naoka avait tenté de prendre la défense du garçon dont elle était amoureuse.

— *Il a été un peu loin, c'est vrai, mais…*

— *Attends, tu as vu comme il nous a balancés au prof ?* avait insisté son camarade. *Il n'avait qu'à assumer : c'est sa faute à lui ! Moi, je ne lui pardonnerai jamais.*

— *Tu as raison*, avait-elle capitulé.

Elle avait donc assisté à la descente aux enfers de Shoya de loin, sans rien faire, incapable d'empêcher Kazuki de le précipiter dans l'eau, de couvrir son pupitre d'insultes. Elle aussi avait griffonné des horreurs… Non, peut-être pas. En fait, elle ne s'en souvient plus très bien.

Puis, un matin…

— *C'est bizarre, quelqu'un a tout effacé*, avait constaté Kazuki, perplexe. *Soit c'est le prof, soit c'est un élève qui vient avant le début des cours !*

Elle avait alors décidé de venir plus tôt pour en avoir le cœur net… et avait surpris Shoko en train de nettoyer le pupitre de Shoya. *Je n'y crois pas ! Mais… qu'est-ce qui lui prend ?* avait-elle pensé sans en revenir. Après tout, la pauvre fille était la cible préférée du garçon, alors pourquoi faisait-elle une chose pareille ?

Soudain, Naoka avait imaginé le pire des scénarios. Et si Shoko était amoureuse de Shoya ? Mais bien sûr… à tous les coups, c'était ça ! Il paraît que les garçons embêtent les filles qui leur plaisent… Cette idiote avait dû se mettre dans la tête qu'il en pinçait pour elle ! Ça expliquerait pourquoi elle souriait toujours comme une imbécile !

À force de ressasser cette histoire, Naoka, bouillonnante de colère, avait viré parano. *À la première occasion, Shoko va avouer à Shoya que c'est elle qui efface les insultes sur son pupitre !* se disait-elle. *Pas d'autre explication ! Cette abrutie ne se rend-elle même pas compte que c'est sa faute à elle si les autres se sont retournés contre le garçon ?*

Ce jour-là, Naoka s'était promis de ne jamais pardonner à Shoko. Non, elle n'allait pas la laisser s'en tirer aussi facilement. Elle allait la pousser à bout jusqu'à ce que la pauvre fille craque et s'en aille. *On ne me la fait pas à moi !* s'était-elle dit en son for intérieur. *Tu joues les innocentes mais, au fond, tu n'es qu'une sale vipère !* Elle avait alors redoublé de méchanceté envers sa camarade : elle remplissait ses chaussons de terre et couvrait son cahier de communication d'injures… Elle lui avait fait vivre un enfer.

Et aujourd'hui ? Voilà que Shoya, tombé dans la rivière, est plongé dans un coma dont il ne se réveille pas… Tout ça à cause de Shoko ! Pourquoi faut-il que ce soit les filles comme elle qui plaisent toujours aux garçons ? Même Shoya s'est fait avoir.

Tout à coup, le téléphone de Naoka se met à vibrer, interrompant le cours de ses pensées.

J'ai fini de composer le morceau.

À qui est-ce que je l'envoie ?

Ce sont des messages de Kazuki. C'est à lui qu'elle a demandé de composer une musique pour le projet cinématographique de Tomohiro…

— J'avais complètement zappé ! Tout ça pour ce film tout pourri… Je n'ai qu'à lui dire que le projet n'est plus d'actualité.

Mais alors qu'elle s'apprête à répondre au compositeur, lui reviennent en mémoire les messages qu'elle a reçus de Keisuke, le soir du feu d'artifice :

Shoya a fait un de ces vols planés, lol !

On est tombés sur lui au feu d'artifice. Alors, avec Kazuki, on a décidé de le suivre pour se marrer.

En passant devant la rivière, on a entendu un gros plouf et devine quoi ?

Eh ben, c'était lui !

Il nous a foutu une de ces trouilles !

Désolé, faut que j'y aille, Kazuki m'appelle.
Je te raconterai plus tard...

Surtout, ne dis à personne qu'on était là.

À plus !

Naoka avait récapitulé les événements : Shoko avait été sauvée par Shoya, qui lui-même avait été secouru par ses deux anciens meilleurs amis. Encore sous le choc des révélations de Keisuke, elle y avait vu là une chance : c'était l'occasion ou jamais de recoller les morceaux...

Mais, aujourd'hui... Shoya ne revient toujours pas à lui et la jeune fille, elle, ne sait plus quoi faire. Quand il se réveillera... la choisira-t-il ? Sans le quitter des yeux, elle imagine sa réponse :

— Bien sûr que non...

À ce compte-là, pense-t-elle, *autant qu'il reste dans le coma !*

Une fois l'heure des visites terminées, Naoka quitte l'hôpital sous une pluie battante. Elle balaie les alentours du regard, en quête d'un endroit où s'abriter et aperçoit soudain Shoko, seule dans les ténèbres.

— Qu'est-ce que tu fabriques ici ? s'écrie-t-elle. Tu m'as fait peur ! On dirait un fantôme ! Tu viens encore me casser les pieds avec ton histoire de film ? Allez, va-t'en !

Sans se démonter, Shoko lui tend son carnet.

« On a décidé de se réunir sur le pont, tous les mardis. Tout le monde serait content que tu viennes, toi aussi. »

— Tu es bouchée ou quoi ? Je t'ai dit non ! De toute façon, j'ai déjà fini ce que j'avais à faire ! Vous n'avez qu'à vous débrouiller sans moi ! À quoi ça rime, en plus ? Vous n'êtes même pas vraiment amis !

Elle lui rend son calepin avant de se remettre à marcher sous l'averse quand, soudain, plus une seule goutte ne l'atteint. Elle jette un coup d'œil interloqué derrière elle : la protégeant de son parapluie, Shoko lui présente de nouveau son carnet :

« Tu vas attraper un rhume. Je t'accompagne ! »

— Mêle-toi de tes oignons !

Puis elle la repousse, mais Shoko n'a pas l'intention de lâcher l'affaire et ne la quitte pas d'une semelle. Alors, s'emparant du carnet, Naoka y griffonne rageusement :

« Pas besoin de ton parapluie. Votre film, je m'en tape. Fous-moi la paix. Tu es lourde, à la fin ! »

Puis elle lui fourre le calepin entre les mains. Tandis que son ancienne camarade de classe déchiffre ce qu'elle a écrit, Naoka lui demande, un sourire triomphant aux lèvres :

— Quoi ? Tu n'es pas contente, c'est ça ? Bah c'est pareil !

Mais son rire se coince dans sa gorge quand la jeune fille lui repasse le carnet :

« On aimerait vraiment que tu fasses partie de l'équipe de tournage. »

Cette fois, c'en est trop pour Naoka ! Pourquoi cette sangsue ne comprend-elle pas le message ?

« Rends-moi d'abord Shoya. Après ça, on verra… » s'empresse-t-elle de noter à son tour, avant de rendre son calepin à Shoko et de reprendre son chemin, sous la pluie.

— Pff…

Avec ça, au moins, elle va me lâcher les baskets ! songe-t-elle, trempée jusqu'aux os. Mais elle ne tarde pas à voir apparaître devant ses yeux les baleines du parapluie de son ancienne camarade de classe. Elle lui jette un regard mauvais avant de capituler et de continuer sa route en faisant en sorte d'ignorer royalement sa présence.

Escortée par Shoko, Naoka n'en finit pas de pester intérieurement. Arrivée devant chez elle, elle pousse la porte, grincheuse, avant de se retourner vers la jeune fille, qui lui adresse un signe de la main.

— Ah, j'oubliais ! dit-elle en s'emparant du carnet pour y gribouiller une suite de chiffres – le numéro de portable de Kazuki. Tiens, tu n'auras qu'à donner ça au réalisateur en herbe !

Puis elle referme la porte d'entrée d'un geste brusque, en grimaçant. Est-ce qu'elle vient vraiment d'aider cette fille qu'elle déteste au plus profond de son être ?

— Non mais quelle idiote ! peste-t-elle contre elle-même. Finalement, je suis incapable de changer les choses. Je me contente de regarder, encore et encore…

Ça vaut pour cette histoire de film… mais aussi pour Shoya. Sans même prendre la peine de se défaire de ses vêtements trempés, Naoka reste plongée dans ses pensées, sans bouger, dans le vestibule.

Chapitre 22
Mardi

Shoko

Shoko ne cesse de repenser au soir du feu d'artifice... Au moment où Shoya a attrapé son bras droit, où, de la main gauche, elle s'est agrippée au rebord du balcon pour se hisser hors de danger et où... son sauveur a basculé dans le vide à sa place.

Passé les premières secondes de stupeur, elle a regagné l'intérieur de l'appartement, titubant çà et là jusqu'au vestibule, les jambes tremblantes, incapables de la porter.

Pieds nus, elle a pris l'ascenseur, avant de finir par se retrouver hors de l'immeuble. Badauds et policiers se sont aussitôt tournés vers elle. On lui a posé des questions qu'elle n'a pas comprises. La situation lui échappait complètement...

Pétrifiée, elle s'est murée dans une sorte de torpeur, sans force ni volonté jusqu'à ce qu'elle reconnaisse deux visages familiers parmi la foule : Kazuki et Keisuke.

— Ne dis rien à Shoya, O.K. ? a-t-elle lu sur leurs lèvres.

Shoko se rend sur le lieu de tournage, munie du numéro de portable que lui a transmis Naoka. Quel spectacle l'attend ce jour-là ! Tomohiro, Miyoko, Miki et Satoshi, tous l'accueillent avec le sourire. Cette réalité, elle en rêve depuis l'école primaire. Pouvoir communiquer normalement avec toute sa classe, se faire des amis sans se sentir différente…

Ce soir-là, dans son lit, elle se prend à s'imaginer un passé où toutes ses journées auraient été identiques à celle qu'elle vient de vivre, bercée par les rires bienveillants de ses camarades, mais aussi ceux de sa sœur et de sa mère. Elle s'invente un monde où elle ne serait pas malentendante.

Mais ce n'est qu'un rêve…

Au beau milieu de la nuit, elle se réveille, les joues baignées de larmes. Les yeux humides, elle fixe le plafond. Ce monde-là n'existe pas. Elle jette un coup d'œil à son réveil : mardi 2 septembre, 22 h 58…

Quand elle finit par se rendormir, Shoko se laisse embarquer dans un songe des plus étranges.

— Ah, te voilà !

C'est la voix de Shoya, qu'elle entend distinctement, par elle ne sait quel miracle. Il se tient à côté d'elle, tout sourire, et poursuit :

— Je voulais te revoir une dernière fois avant de mourir.

Choquée par cette brutale déclaration, la jeune fille en reste bouche bée.

— Je suis désolé, dit-il encore. Je t'ai causé beaucoup de problèmes, pas vrai ? Il y a eu des hauts et des bas, mais tout est rentré dans l'ordre, maintenant…

Submergée par l'émotion, Shoko s'apprête à dire quelque chose mais, à son grand désarroi, les mots restent bloqués dans sa gorge.

— Ça me rassure, dit-il sans se départir de son sourire. Après tout, la vie continue ! Je ne m'inquiète pas pour toi…

L'adolescente sent les larmes lui monter aux yeux. « Reste ! » a-t-elle envie de lui crier. Mais impossible de sortir le moindre son… Pourquoi sa voix la trahit-elle ?

— Tu y arriveras très bien sans moi.

Au désespoir, Shoko lui empoigne le bras et, faute de mieux, secoue tristement la tête de droite à gauche pour lui faire comprendre qu'elle n'a aucune envie qu'il parte. Mais le jeune homme se dégage avec douceur, puis commence à s'éloigner.

— Ce mardi touche à sa fin… dit-il avant de se retourner une dernière fois vers elle. Au revoir, Shoko !

La jeune fille se redresse en sursaut dans son lit, le teint blême. Quand elle tourne la tête vers son réveil, il indique 23 h 55. « *Ce mardi touche à sa fin…* » Est-ce que ça veut dire qu'elle ne verra plus jamais Shoya ?

Impossible de se rendormir, maintenant ! Elle enfile à la hâte une veste et se précipite hors de chez elle, avec une seule destination en tête : le pont où Shoya et elle ont pris l'habitude de se retrouver, tous les mardis, après le cours de langue des signes.

Elle s'élance à toute allure et traverse le parc. À cette heure de la nuit, impossible de distinguer quoi que ce soit avec précision… Peu importe ! Elle continue d'avancer dans les ténèbres, le souffle court.

Il faut à tout prix qu'elle atteigne le pont avant que minuit ne sonne ! Elle court sans s'arrêter, comme poussée par une force invisible, jusqu'à finir par arriver enfin à sa destination.

Postée sur la rive, elle promène autour d'elle un regard anxieux. Aucune trace de Shoya… Elle a beau scruter l'horizon dans toutes les directions, elle ne le voit nulle part.

« Au revoir, Shoko ! » lui a-t-il dit dans son songe, perché sur ce même pont où elle se trouve à présent. Est-il déjà reparti ?

La jeune fille s'accroupit et éclate en sanglots, comme pour laisser sortir toutes les émotions qu'elle avait réussi à contenir jusque-là. Après de longues minutes, des larmes roulent toujours sur ses joues en un flot ininterrompu. Car avec elles affluent ses souvenirs de Shoya.

Jamais ils n'auraient fait la paix s'il n'était pas venu lui rapporter le cahier de communication qu'elle avait perdu en primaire après que le garçon l'avait balancé dans l'eau pour lui jouer un tour… Ce jour-là, après les cours, elle était allée le récupérer. Mais, une fois le carnet entre les mains, elle avait décidé de l'abandonner définitivement dans l'eau, en même temps qu'elle y noyait son espoir de bien s'entendre avec ses camarades de classe.

Et voilà qu'il y a quelques semaines, elle avait aussi revu Miyoko, ainsi que Miki et Naoka… Sans compter qu'elle s'était fait de nouveaux amis : Tomohiro et Satoshi. Même Yuzuru avait retrouvé le sourire. Et tout ça, grâce à Shoya ! Dire qu'il pourrait disparaître… Non, elle refuse d'y croire !

Elle embrasse de nouveau le pont ainsi que la berge du regard. Peut-être son ami est-il encore là, quelque part ? Si seulement ! Mais il est sans doute trop tard… De toute façon, il lui faut bien se rendre à l'évidence : il n'y a personne d'autre qu'elle dans les parages.

Devant ce constat, Shoko se met à sangloter de plus belle.

Chapitre 23
Réveil

— Shoko !

Le nom de la jeune fille a franchi les lèvres de Shoya. C'est le premier mot qu'il prononce d'une voix enrouée en sortant du coma dans lequel il était plongé. D'un regard ahuri, il observe les tubes qui le relient à des machines au tic-tac régulier.

Quelques instants plus tôt, il était encore en train de rêver.

Il est de retour en CM2, assis à son pupitre, derrière la petite nouvelle dont il tente d'évaluer le degré de surdité.

— Bouh ! crie-t-il, un manuscrit roulé pour s'en faire un mégaphone.

— Tu veux bien arrêter ? lui demande la fillette en se retournant vers lui, un sourire aux lèvres.

Dans son rêve, Shoko n'est pas malentendante et, pour une raison qu'il ne s'explique pas, il est convaincu que tout ira bien pour lui dans la vie. En primaire, au collège, au lycée… Les jours, les semaines, les mois et les années passent et, chaque soir, il s'endort, heureux.

Mais, soudain, il sursaute : il sent qu'on le tire par la main et sa belle assurance s'effondre. Non, tout ça, ce n'est pas la vérité, ce n'est qu'un rêve ! En réalité, que va-t-il leur arriver, à tous ?

Il regarde la silhouette de tous ses amis s'éloigner jusqu'à se fondre tout à fait dans les ténèbres. Resté seul, abandonné, Shoya s'interroge : Est-ce que je vais y passer ?

— Non, je ne veux pas mourir ! s'écrie-t-il à voix haute.

Le voilà qui se trouve à présent sur le pont où l'équipe de tournage se donnait rendez-vous. Il fait sombre, mais il perçoit la présence de quelqu'un d'autre. Il met un moment avant de reconnaître Shoko, en pleurs. Il prend son courage à deux mains, tend le bras et crie le nom de la jeune fille dans la nuit…

Cette fois, pas de doute, il est bel et bien réveillé. Il inspecte son environnement, contemple ses mains, les tourne et les retourne. Il comprend qu'il est à l'hôpital, qu'il est en vie ! Aussitôt, il sent sa gorge se nouer. Et Shoko ? Est-ce qu'elle va bien ? Combien de jours se sont écoulés depuis l'incident sur le balcon ? Peu importe, il doit à tout prix s'assurer qu'elle est saine et sauve !

Emmêlé dans les tubes, il peine à sortir de son lit. Après avoir arraché perfusions et cathéters et déclenché un concert de bip ! bip ! affolés, il quitte sa chambre d'un pas mal assuré, en tentant de ne pas se faire remarquer des infirmières et des agents de sécurité qui veillent. Il vacille sur ses jambes à plusieurs reprises – il faut dire qu'il n'a plus posé le pied au sol depuis ce qui lui semble une éternité – et le seul fait de descendre l'escalier marche après marche suffit à lui couper le souffle.

Mais, rien à faire, il ne pense qu'à retrouver Shoko quoi qu'il en coûte. Après avoir emprunté une sortie de secours, il prend la direction de leur pont habituel. Celui-là même où il a vu son ancienne camarade de classe pleurer…

Dans sa tête tourne en boucle le prénom de la jeune fille, tel un mantra qui lui permet d'avancer, un pied après l'autre, et d'arriver enfin à destination. Il scrute l'obscurité. Personne…

— Shoko… murmure-t-il.

Quelle déception ! Lui qui était persuadé de la trouver là… Déçu, son regard finit par tomber sur une silhouette recroquevillée sur le pont, le visage dissimulé par de longs cheveux blonds. L'espoir retrouvé, un petit sourire se dessine sur les lèvres du jeune homme. Se peut-il que ce soit elle ? Shoya s'avance d'un pas.

— Shoko ?

Comme si elle l'avait entendu, l'intéressée relève la tête. Mais oui, c'est bien elle !

— *Salut !* lui dit-il en levant la main gauche.

Mais son amie reste interdite, sans bouger, à le dévisager avec de grands yeux ronds. Son attitude lui fait douter de la réalité.

Et si c'était une hallucination ? Ou un rêve ? Après tout, quelles sont les chances pour qu'il tombe sur elle par hasard, comme dans son songe ? Si ça se trouve, il est peut-être mort, en fin de compte ! À moins que ce ne soit elle, le fantôme…

Il se frotte les paupières comme pour se réveiller. Non, Shoko est toujours là, devant lui. Il se pince alors la peau – deux précautions valent mieux qu'une ! *Aïe ! Ça fait mal…* se dit-il, sûr et certain, à présent, qu'il n'est pas en train d'imaginer la scène qui se déroule juste sous ses yeux.

La jeune fille, quant à elle, s'approche timidement de lui et effleure le bras du miraculé d'une main tremblante. Cette fois, plus de doute ! Ce contact, il l'a senti sur sa peau. Il est en vie et elle aussi ! Sans pouvoir se retenir, Shoya part d'un grand éclat de rire.

— Je n'y crois pas… Shoko… C'est vraiment toi ! s'écrie-t-il, bouleversé.

Il traduit aussitôt ces quelques phrases en langue des signes. Son amie le dévisage un instant, encore sous le choc, le regard humide, avant de se mettre à genoux.

— *Je suis désolée…* signe-t-elle.

— *Moi, je suis surtout content que tu sois saine et sauve !* répond-il après s'être assis devant elle, tandis qu'elle continue de pleurer, en tentant de la rassurer. *Eh, je suis tiré d'affaire, regarde ! Enfin, à peu près. Allez, ne fais pas cette tête ! Et puis, moi aussi, je te demande pardon.*

Cette fois, elle le fixe droit dans les yeux, perplexe.

— *Je ne me suis jamais excusé correctement pour ce que je t'ai fait quand on était petits*, explique-t-il. *Ni pour ces derniers temps, d'ailleurs ! J'avais l'impression d'être à l'écoute, mais ce n'était qu'une impression, justement. J'aurais dû me douter que tu ne me disais pas tout, même si j'avais réussi à me convaincre du contraire. Au fond, je savais que quelque chose clochait.*

Shoko le regarde fixement enchaîner naturellement les gestes.

— *J'ai préféré combler les vides comme ça m'arrangeait,* poursuit-il, pas très fier de lui. *Je suis comme ça, c'est ma nature ! C'est à cause de mon attitude que tu... que tu en es arrivée là...*

À présent, la jeune fille fait non de la tête.

— *Mais, tu sais...* tente-t-il de continuer avant d'être interrompu par son ancienne camarade de classe.

Le visage inondé de larmes, elle se met à signer avec une ardeur redoublée.

— *Tout ça, c'est ma faute ! C'est parce que je n'ai pas réussi à changer. Depuis le début, je pensais que si je continuais comme ça, ça ne pourrait pas marcher. C'est pour ça que j'ai essayé de changer mais je n'y suis pas parvenue... Je n'ai pas réussi à me changer moi-même.*

D'un revers de la main, elle essuie ses larmes, qui n'en finissent plus de ruisseler sur ses joues. Shoya tend les bras vers Shoko, puis pose les mains avec douceur sur les épaules de la jeune fille pour attirer son attention.

— *Ne pleure pas !* signe-t-il. *Pour être honnête, moi aussi, j'ai pensé à en finir une bonne fois pour toutes... Mais, en fin de compte, je me suis dit que malgré toutes mes erreurs, je ne méritais pas de mourir ! Enfin, il faut reconnaître que je suis mal placé pour te dire une chose pareille. Alors... Euh... Même si je n'aime pas te voir pleurer, si ça peut te soulager, alors vas-y !* (Les yeux de Shoya, eux aussi, se remplissent de larmes.) *Si je devais changer quelque chose à partir d'aujourd'hui, je voudrais passer plus de temps avec les autres. À discuter de tout et de rien, à rigoler... Et, pour ça, si tu en as envie, j'aimerais que tu me donnes un coup de main.*

Shoko l'écoute en contemplant le visage de Shoya, qui reprend :

— *J'aimerais que tu m'aides à vivre.*

Elle sèche une nouvelle fois ses larmes, qui réapparaissent aussitôt, inépuisables, avant de lui répondre, un grand sourire ému aux lèvres :

— *D'accord !*

Soudain, ils sont interrompus par le faisceau lumineux d'une lampe torche qui les éblouit.

— Shoko ?

Yuzuru surgit alors de l'autre côté du pont, suivie de près par sa propre mère et celle de Shoya qui, à peine a-t-elle constaté que son fils est sorti du coma, tombe dans les pommes sous le coup d'un trop-plein d'émotions.

Transférée à l'hôpital, elle se réveille le lendemain matin dans la même chambre que son fils. Encore sous le choc, mais tout heureuse de le voir réveillé, elle ne peut retenir ses larmes de joie.

Un peu plus tard ce jour-là, Shoko entreprend de lui faire un rapide résumé de tout ce qui s'est passé pendant les deux semaines qui se sont écoulées depuis son accident : les visites quotidiennes de Naoka à son chevet, le tournage qui a repris tous les mardis et l'espoir nourri par Tomohiro de projeter le film à l'occasion de la fête du lycée…

— *Tu veux que je les prévienne que tu es sorti du coma ?* finit-elle par lui demander.

Entre leur dispute et son accident, il n'a pas vraiment eu le temps de reprendre contact avec eux.

— *D'accord, si tu veux*, répond-il, hésitant. *Mais dis-leur que c'est moi qui irai les voir quand je me sentirai mieux.*

Chapitre 24
Retrouvailles

Ce matin-là, Shoya relit une nouvelle fois les messages que lui a envoyés Shoko pour se donner un peu de courage.

Salut !

Tout le monde sera là pour la fête du lycée.

La première du film de Tomohiro est prévue pour 11 h 30.

Je t'attendrai devant le portail à 10 heures tapantes, d'accord ?

Aujourd'hui, Shoya reprend le cours de sa vie et retourne au lycée. Il va enfin revoir les autres. Ses habits sont prêts depuis la veille. Il a pris un bon bain et s'est brossé les dents encore plus soigneusement que d'habitude. Puis il a répété ses excuses et s'est entraîné à expliquer ce qu'il ressent. Il a même travaillé son sourire devant la glace ! Tout doit être parfait !

Après avoir enfourché son vélo, il prend le chemin du lycée et retrouve Shoko qui l'attend, comme promis, devant le portail.

Les mains moites, il s'encourage : *Allez ! À partir d'aujourd'hui, je vais m'efforcer de regarder mes camarades dans les yeux quand je les salue et d'écouter ce qu'ils ont à dire, que ce soit agréable à entendre ou pas !*

« Bienvenue à la 45e fête du lycée Tochi ! » annonce une banderole. À peine a-t-il franchi le portail décoré de fleurs et d'affiches que Shoya s'arrête net devant le flot d'élèves qui affluent dans la cour de l'établissement.

Prenant son courage à deux mains, le jeune homme redresse la tête, les yeux grands ouverts pour regarder ses camarades dans les yeux. Sur son passage, les commentaires fusent.

— Tiens ? Mais c'est Shoya Ishida, non ?

Il s'efforce de continuer sa route tout en écoutant ce qu'ils ont à dire…

— Qui ça ?

— Tu sais, le garçon qui…

Non, non, non ! Je ne peux pas… se met-il à paniquer. Perdant tous ses moyens, il rebrousse chemin et pose son front brûlant contre le pilier du portail. Il ne va pas y arriver… ni à les regarder ni à les écouter ! Il ne s'en sent pas capable.

Inquiète, Shoko tente d'attirer son attention. Shoya tourne la tête vers elle et commence à signer.

— *En fait, je ne te l'ai jamais dit, mais je n'ai pas très bonne réputation au lycée. Même si je sais que c'est dans ma tête, je ne me sens pas très à l'aise avec toute cette foule.*

Je n'arrive pas à regarder les autres élèves en face… C'est plus facile de baisser les yeux !

— *Ce n'est pas grave. Moi, je peux me charger de te guider !* répond la jeune fille.

Elle hésite un instant à le prendre par la main avant de choisir d'attraper la manche de son ami pour le tirer derrière elle.

— N… non mais attends ! tente-t-il de l'arrêter, tout bredouillant. L… laisse tomber… je peux marcher tout seul…

Comprenant que leur comportement ne passe pas inaperçu, il se sent encore plus gêné que tout à l'heure. Mais, plutôt que de faire lâcher prise à Shoko, il se contente de la suivre, la tête basse.

— Eh, Shoya ! C'est ta copine ?

En entendant son nom, l'intéressé lève le nez. Devant lui se tient Yuzuru, en costume de fée. Ses cheveux rassemblés en un chignon sous un chapeau orné d'une étoile, elle porte une robe courte qui découvre ses épaules, décorées de deux paires d'ailes dans le dos. Pour parfaire le tableau, elle brandit une baguette magique.

— Yuzuru ! s'écrie-t-il, sidéré. Qu'est-ce que tu fabriques habillée comme ça ?

— Ben, c'est pour mettre les spectateurs dans l'ambiance ! D'ailleurs, dépêche-toi d'entrer, ça va bientôt commencer ! le houspille la fée en les poussant lui et Shoko à l'intérieur de la salle de projection, où la lumière est – au grand soulagement du jeune homme – déjà éteinte.

Ils se faufilent dans l'obscurité et prennent place dans le fond de la salle, debout, tandis que l'écran s'allume.

C'est un film muet en noir et blanc, sous-titré. Satoshi y tient le rôle principal. *Il joue super bien !* se fait la réflexion Shoya. Yuzuru, elle, campe le rôle d'une fée. D'ailleurs, son costume, c'est Miyoko qui l'a confectionné. *Elle a vraiment du talent !* pense le lycéen, qui n'arrive pas à croire que c'est Naoka qui a dessiné la robe, tellement elle s'éloigne de ses créations habituelles. Quant à Miki, elle a fait un sacré boulot avec le scénario. Shoya ne l'aurait jamais crue capable d'écrire une histoire aussi… extraordinaire !

Captivé par le film, le jeune homme met un certain temps avant d'entendre les reniflements de Shoko, à ses côtés, émue aux larmes. Bien sûr, Tomohiro a choisi de tourner un film muet pour que leur amie puisse, elle aussi, suivre l'histoire. Il y a encore tant de choses qu'il ignore ou qu'il sait sans vraiment les comprendre…

La projection terminée, les applaudissements fusent et Shoya, en pleurs lui aussi, n'est pas en reste.

— Bravo ! s'écrie-t-il, sa voix portant jusqu'au-devant de la salle de classe.

Quand la lumière revient, tous les spectateurs – Tomohiro, Miki, Satoshi, Miyoko et Naoka en tête – se mettent à le dévisager. Et, soudain, tous ces regards braqués sur lui, tous ces visages qui le contemplent deviennent flous, y compris ceux de ses amis. Mortifié, Shoya prend ses jambes à son cou pour aller se réfugier dans les toilettes. Enfermé dans une cabine, le souffle court, il s'agonit de reproches : *Qu'est-ce qui m'a pris de crier si fort et de me sauver en courant ? Non mais quel crétin ! C'est vraiment trop la honte !*

Soudain, on frappe à la porte.

— Shoya ? lance la voix du réalisateur.

L'intéressé a beau avoir envie de sortir, impossible de s'y résoudre ! Pas tant que Tomohiro sera là.

— Tu… tu as mal au ventre ? demande encore ce dernier, sa voix trahissant son inquiétude.

— Non… répond son ancien assistant avant de prendre son courage à deux mains, de déverrouiller la porte et de faire un pas timide hors de la cabine, la tête baissée, sans oser affronter son camarade.

— Tout le monde est là, lui annonce Tomohiro quand ils sortent des toilettes, où six paires de jambes les attendent. Dis… pourquoi est-ce que tu baisses les yeux ?

— Euh… (Shoya lève le nez, mais tourne le dos à ses anciens amis, incapable de se confronter à eux.) En fait, j'avais l'intention de vous parler, mais ce n'est pas si facile… Après tout ce que je vous ai dit la dernière fois qu'on s'est tous vus, je… je stresse un peu !

Une paire de jambes vient se planter devant lui et son propriétaire prend la parole.

— Moi, tu peux bien me regarder en face, non ? Après tout, tu ne m'as rien dit de mal.

Shoya relève lentement la tête et croise les prunelles de Satoshi, qui ne le quitte pas des yeux.

— Je suis désolé de t'avoir frappé ! s'excuse son camarade. Tu peux me rendre la pareille, si tu veux. Je suis prêt à encaisser.

— Tu es fou ? Jamais de la vie ! répond-il, un embryon de sourire aux lèvres, soulagé de voir que ça ne se passe pas si mal que ça, finalement.

— En ce qui me concerne, je suis d'accord avec Tomohiro : tu es un héros. Après ton accident, des tas de rumeurs ont circulé sur ton compte mais, même si tout le monde le traitait de menteur, il a passé son temps à essayer de te défendre.

Reconnaissant, Shoya se tourne vers l'intéressé qui, un sourire un peu crispé aux lèvres, lui demande :

— Alors, comment tu as trouvé le film ?

— Tu ne m'as pas entendu ? C'était génial ! s'écrie Shoya avant de l'observer avec une attention redoublée. Eh, mais attends une minute, depuis quand tu portes la moustache ?

— Ah ça… J'avais décidé de la laisser pousser jusqu'à ce que tu ailles mieux !

À mesure que Shoya retrouve ses marques avec ses anciens amis, il sent son cœur se réchauffer.

— Au fait, Miki ! lance le cinéaste. Tu n'avais pas quelque chose à lui donner ?

— Quoi ? Mais… elles sont mal faites et puis, je ne peux pas, il n'y en a pas assez ! proteste la déléguée de classe.

— Et alors ? Ce n'est pas grave ! Montre-les-lui quand même ! intervient Satoshi.

— D'accord… capitule-t-elle, au bord des larmes, avant de sortir de son sac, d'un geste hésitant, une ribambelle de grues en papier, accrochées les unes aux autres. Tiens ! C'est de la part de toute la classe. J'aurais voulu t'en donner mille, mais je n'ai pas réussi à en récolter autant… J'ai demandé à tout le monde, mais j'ai la moitié à peine…

— Ne t'inquiète pas, c'est déjà énorme ! Ça suffit largement… la rassure le miraculé. Elles sont super belles ! Et puis, c'est la première fois qu'on m'en donne autant, ça me fait vraiment plaisir… Merci beaucoup, Miki !

Voilà qu'il réussit à tirer un sourire ravi à la déléguée de classe.

— Vous faites encore semblant d'être amis ? Pff ! Ça me donne des boutons… crache soudain Naoka.

— Ce que tu peux être méchante, Nao ! rétorque Miki du tac au tac. Tu as vraiment un sale caractère !

— Tu peux parler !

— Calmez-vous, toutes les deux ! intervient Miyoko en s'interposant entre les deux jeunes filles.

Mais Naoka, comme à son habitude, n'a pas l'intention de se laisser faire et repousse la costumière de la main, qui vient s'écraser par terre.

— Zut ! s'écrie l'apprentie styliste en se rendant compte de son geste. C'est ta faute, aussi, il ne fallait pas t'en mêler !

— Ha ha ha ! se met à rigoler Miyoko, pas rancunière. Désolée, Shoya… Tu as failli mourir et nous, pendant ce temps-là, on ne s'est pas améliorées d'un poil !

Et, soudain, en entendant ces mots, il arrive enfin à regarder en face Miyoko et Naoka.

— Il y a des choses qu'on ne peut pas changer, finit-il par soupirer. Tu m'as vu, moi ? L'important, c'est d'essayer. Enfin, à mon avis…

— Tu as bien raison ! répond Miyoko en se relevant.

— Pff ! Ça ne te ressemble vraiment pas, de dire des trucs pareils ! fait remarquer Naoka.

Le lycéen éclate de rire.

— C'est vrai ! Mais, toi, tu m'as bien rendu visite tous les jours à l'hôpital, non ? Pourtant, ce n'est pas non plus ton genre. En tout cas, merci !

Naoka se met à rougir, sans plus savoir où se mettre.

— En fait, elle… commence Miki, avant que Satoshi ne lui donne un coup de coude pour la dissuader de continuer.

— Bon… Puisque vous êtes tous là… déclare Shoya tout en signant en même temps pour que Shoko puisse suivre son discours, elle aussi. Je tiens à vous dire merci à tous et… à vous demander pardon. J'ai été horrible avec vous alors qu'au fond, je ne sais pas grand-chose de vous. Je… j'aimerais apprendre à mieux vous connaître et continuer à vous voir… Quitte à ce qu'on se dispute de temps en temps ! Alors… pour commencer… on pourrait… je ne sais pas, moi… profiter de cette journée tous ensemble ?

Sa proposition fait l'unanimité si bien que c'est de nouveau soudé que le petit groupe parcourt les allées de la fête du lycée en participant à chacune des animations proposées. Dans la cour sont installés des stands de yakisoba, de takoyaki et de bananes nappées de chocolat. Un peu plus loin, des musiciens jouent du tambour japonais.

Tandis qu'il déambule parmi la foule en liesse, Shoya s'encourage mentalement : *Allez, fais un effort, regarde tes camarades dans les yeux…*

— Tiens ? Tu es revenu ? s'étonne un élève dont il ne connaît même pas le nom en croisant son regard.

Et écoute ce qu'ils ont à te dire !

— Salut, Shoya ! Ça fait un bail ! lance une jeune fille, tout sourire.

— Fais attention à ne pas te surmener, surtout, Shoya ! lui conseille son professeur principal.

— C'est vrai que tu as sauvé la vie d'une fille ? La classe !

— Eh, mais c'est Shoya ! Tu as maigri, non ?

— Tu as du courage, de revenir au lycée… lui dit quelqu'un.

Un à un, il affronte le regard de ses interlocuteurs, comme s'il les voyait pour la première fois. À présent, plus question de se défiler !

Chapitre 25
Aller de l'avant

Quelques semaines se sont écoulées depuis le réveil de Shoya…

— Bonjour ! lance Idohara, assis devant lui.

— Salut ! dit Mita, du club de tennis.

Ses camarades le saluent tous. Et Shoya, lui, leur répond. Dire qu'il y a peu, il ne pouvait même pas les regarder en face !

— Alors, tu n'as plus mal ? demande un autre de ses camarades.

— Non mais, par contre, il me reste une cicatrice sur la fesse.

— Sérieux ? Je peux voir ?

— Si tu veux…

— Ça ne va pas, non ? Tu es fou ! Ha ha ha !

L'échange s'est fait naturellement, pour la plus grande joie de Shoya qui se sent revivre.

— Allez, zou, du balai ! s'écrie Tomohiro en chassant leur camarade. Ce n'est pas bientôt fini, le harcèlement sexuel ? Tu ne vois pas que tes questions le gênent ?

Le réalisateur, qui arbore toujours fièrement sa moustache, s'est empressé de venir à la rescousse de son meilleur ami et se tourne à présent vers lui.

— Au fait, tu viens avec nous, dimanche ? Notre film va être projeté dans le cadre de la compétition dont je t'ai déjà parlé. Elle est ouverte au public ! annonce-t-il avec un clin d'œil, le pouce levé.

— Sérieux ? Euh, d'accord…

— Quel enthousiasme ! Je te signale quand même que notre film a passé le premier tour ! Ce n'est pas rien…

Le dimanche venu, l'équipe de tournage au grand complet se rend sur le lieu du concours. L'excitation est palpable. Nerveux, les sept amis s'assoient côte à côte dans la salle bondée, tandis que le huitième de la bande, le réalisateur, monte sur scène, l'estomac noué par le même trac. La projection terminée, ils attendent le verdict du jury, plutôt confiants. Mais c'était sans compter sur la réaction des jurés, qui vient doucher leur enthousiasme.

— Pourquoi est-ce que tu as opté pour le muet et le noir et blanc ? demande un des membres du jury d'un ton sec. Je suppose que tu as voulu faire du Chaplin, comme tous les débutants…

— N… non… Ça n'a rien à avoir avec Chaplin… Les sous-titres, c'était pour que les… les malentendants… puissent suivre… tente d'expliquer Tomohiro, qui en perd ses moyens.

— Ah bon ? Parce que les novices ont tendance à utiliser ce genre d'artifice à mauvais escient et, franchement, je trouve ça extrêmement présomptueux !

Les autres membres du jury s'emploient ensuite à donner leur avis sur le film dans les moindres détails : scénario, costumes, musique, interprétation… Tout y passe.

La sentence, implacable, finit de pulvériser les espoirs de l'équipe de tournage de remporter le Grand Prix. Toujours sur scène à recevoir critique après critique, Tomohiro, le moral dans les chaussettes, a bien du mal à retenir ses larmes. Shoya, lui, n'en revient pas de leur échec retentissant.

Une fois la compétition terminée, les amis se retrouvent devant la salle, sans oser se regarder ni échanger la moindre parole, jusqu'à ce que chacun commence à rejeter la faute sur son voisin.

— Tout ça, c'est à cause de Tomohiro et de sa moustache à la noix ! Si tu avais eu l'air moins naze, ils auraient peut-être pris le film au sérieux ! maugrée Naoka.

— Avant d'accuser les autres, tu ferais mieux de remettre en question ton sens du style, tu ne crois pas ? contre-attaque l'intéressé.

— Moi, si j'ai écrit ce scénario, c'est juste parce que je suis partie de ton premier jet ! se plaint Miki en s'en prenant à son tour au réalisateur.

— N'importe quoi ! s'emporte-t-il. C'est toi qui y as rajouté plein d'éléments bizarres : une fée, de la fantasy et... enfin, une fée, quoi !

Tous commencent bientôt à laisser libre cours à leur frustration. Paniquée de voir la situation dégénérer et ses amis se disputer, Shoko tente d'intervenir, mais rien n'y fait : personne ne semble disposé à l'écouter. Shoya pousse alors un profond soupir et s'exprime d'une voix forte pour calmer tout le monde.

— Arrêtez de vous chamailler ! Vous avez tous assuré ! (Sept paires d'yeux se braquent sur lui, mais il persévère, sans se dégonfler.) Le film est super, c'est juste que ce jury n'a rien compris ! Je vais leur demander de le regarder à nouveau, plus sérieusement.

— Laisse tomber, Shoya ! s'écrie une voix dans son dos. Ça ne servira à rien.

L'intéressé fait volte-face et écarquille les yeux. Devant lui se tient Kazuki. Son ancien meilleur ami n'a pas changé depuis la dernière fois qu'il l'a vu, au parc d'attractions.

Tomohiro s'avance vers le nouveau venu.

— Ah, le compositeur !

Sans lui prêter la moindre attention, ce dernier poursuit :

— Qu'est-ce que vous en avez à faire, de l'avis de ce jury minable ? Et puis, qu'est-ce que vous espériez ? On a fait ce qu'on pouvait sur notre temps libre, alors il ne faut pas s'étonner. (Il s'apprête à s'en aller mais, avant de disparaître, il jette un dernier coup d'œil derrière son épaule.) Je t'avais pourtant dit de te mêler de tes affaires, Naoka !

La jeune fille encaisse la remarque sous les regards compatissants de ses camarades, puis se redresse en reprenant du poil de la bête.

— Il a raison. On n'était pas à fond… On peut faire beaucoup mieux que ça. Qu'est-ce que tu en penses, Miyoko ?

— Oui, je suis d'accord avec toi. Je ne voudrais pas qu'on croie que c'est tout ce dont je suis capable ! déclare son amie. C'est pareil pour vous, non ?

Miki, Satoshi et Tomohiro approuvent de concert.

— C'est sûr… Et puis, on a fait ce qu'on pouvait entre deux révisions.

— Oui…

— Quand on y pense, on était à peine à trente pour cent de nos capacités !

Shoya sourit de leur résilience.

— Et si on allait boire un coup ? Allez, venez ! C'est ma tournée !

Installés au restaurant, ils trinquent au jus de fruits avant de décider de dîner tous ensemble. Tandis que chacun sait déjà ce qu'il va commander, Yuzuru, elle, n'arrive pas à faire son choix.

— Alors ? s'impatiente Naoka. Tu sais quoi ? Tu n'as qu'à prendre le menu enfant !

À côté d'elle, Shoko se met à glousser sous les regards surpris de leurs camarades.

— Ça… la fait marrer ? s'étonne Satoshi.

— Ce n'était même pas drôle ! rétorque Naoka avec une colère feinte.

Tandis que tous rigolent et profitent de ce moment ensemble, Shoya est le seul à remarquer les larmes de joie qui brillent au coin des yeux de Yuzuru.

Bientôt, l'automne arrive et, avec lui, le moment pour Shoya et ses camarades de choisir leur orientation après le bac.

De leur côté, Miyoko et Naoka ont remporté le grand prix d'un concours de stylisme grâce au costume de fée confectionné pour le film de Tomohiro. À la rentrée, elles étudieront toutes les deux la mode à Tokyo.

Et Shoko, elle ? Justement, un jour qu'ils se trouvent sur leur pont habituel, Shoya l'interroge.

— *Tu as décidé ce que tu allais faire après le lycée ?*

Si, dans un premier temps, elle semble hésiter à lui avouer son projet, elle brandit ensuite l'index et le majeur pour former une paire de ciseaux.

— *Tu veux devenir coiffeuse ?* lui demande-t-il pour confirmation – c'est la première fois qu'il voit comment se signe ce mot. *C'est vrai ? Je ne savais pas du tout... Comme ma mère ! En tout cas, je suis sûr que tu y arriveras sans problème !*

La jeune fille sort de son sac un document qu'elle montre à son ami.

— *C'est une lettre de recommandation d'un coiffeur que j'aime beaucoup*, explique-t-elle. *Il est malentendant, comme moi, et il m'a proposé une place d'apprentie dans son salon, à Tokyo...*

— *Tokyo ?* répète Shoya, abasourdi. *Mais tu es folle ! Et puis, ça ne te fait pas peur ? C'est une grande ville, dangereuse, même. Il y a carrément des meurtres là-bas, tu imagines ? Et si un type louche s'en prenait à toi ? Comment peux-tu vouloir partir dans un endroit pareil ?*

Les yeux écarquillés, elle le regarde signer à toute vitesse.

— *Et puis, en plus, c'est super loin d'ici ! Tu as pensé à Yuzuru ? Déjà qu'elle sèche les cours... Si tu pars, elle va passer ses journées à pleurer. Et ta mère aussi, d'ailleurs ! Tu comptes vraiment les abandonner ?*

En le voyant brandir ce dernier argument, Shoko se renfrogne, signe une réponse cinglante et le plante sur place, déçue de la réaction du jeune homme. Shoya en reste les bras ballants. Quand Yuzuru arrive à sa hauteur, il annonce de but en blanc :

— Ta sœur vient de me dire qu'elle aimerait aller à Tokyo !

— Je sais... répond froidement la collégienne.

— Mais qu'est-ce que tu vas devenir ? Tu vas être super triste, non ?

— Bien sûr... Mais ça veut dire qu'elle pense enfin à son avenir. Moi, je trouve ça rassurant ! Il n'y a pas si longtemps, elle aurait accepté de rester ici sans rien dire.

Si Yuzuru semble en avoir pris son parti, ce n'est pas du tout le cas de Shoya.

— On doit trouver un moyen de la faire changer d'avis ! Elle est en plein délire, c'est clair ! Elle voudrait faire comme Miyoko et Naoka, sauf que ce n'est pas pareil pour elle : elle est malentendante ! Il nous faut un plan !

En constatant qu'elle ne pourra pas lui faire entendre raison, la cadette des Nishimiya lui dit :

— Bon, moi, je rentre ! Tu ferais bien de faire pareil et de te calmer un peu...

De retour chez lui, Shoya s'allonge sur son lit, les yeux rivés au plafond. Il tente de retrouver son sang-froid et de réfléchir à la situation aussi calmement que possible.

Pourquoi, alors qu'il n'a aucun mal à soutenir Miyoko et Naoka dans leur projet de s'installer à Tokyo pour poursuivre leurs études, s'inquiète-t-il autant pour Shoko ?

Bien sûr, c'est une ville dangereuse mais, au fond, il sait que ce n'est pas ce qui lui fait peur. Alors quoi ?

Il pousse un profond soupir. Pour être honnête, il ne veut pas qu'elle s'en aille, c'est aussi simple que ça. C'est une réaction purement égoïste de sa part !

* * *

Le lendemain matin, au petit-déjeuner, sa mère ne peut que constater qu'il s'est de nouveau mis à déprimer.

— Si tu t'inquiètes autant pour Shoko, pourquoi tu n'irais pas à Tokyo avec elle ? finit-elle par lui demander.

— Quoi ? Pourquoi tu dis ça ?

— Tu verrais ta tête… De toute façon, tu n'as rien décidé encore, si ? Ne t'en fais pas pour l'argent, pense à toi !

Au même moment, Shoya reçoit de nouveaux messages de la part de Shoko, que sa mère s'empresse de lire par-dessus son épaule :

> Désolée pour hier.

> J'ai beaucoup réfléchi après notre discussion.

> C'est vrai que quelque part, Tokyo m'a toujours fait rêver, mais ce n'est pas une raison suffisante pour y aller.

> Il faut que je sois réaliste, que je pense à ma sœur. Et puis, pour être honnête, ma famille me manquerait et je serais super triste de ne plus te voir, toi.

> Ce diplôme de coiffeuse, je peux le passer n'importe où, alors autant essayer ici ! p(^^)q

Sa mère n'ose rien dire, mais Shoya, lui, se sent coupable… Et pas qu'un peu ! Même s'il voulait qu'elle reste avec lui, il s'en veut de l'avoir fait changer d'avis.

À l'heure du déjeuner, le jeune homme n'a toujours pas répondu au message de son amie et décide de demander conseil à Tomohiro, Miki et Satoshi.

— Shoko voulait aller à Tokyo ? s'étonnent-ils.

— Et si tu lui proposais de partir avec elle, plutôt ? suggère la déléguée de classe, un sourire malicieux aux lèvres.

— Ma mère m'a dit exactement la même chose ! Mais je ne sais pas trop… Quelque part, je me suis toujours imaginé passer ma vie ici. Et puis, je m'inquiète pour elle. Parfois, il y a vraiment des clients louches dans son salon… Alors je me dis que c'est à moi de veiller sur elle. Partir, ça ne m'a jamais traversé l'esprit ! Et vous ?

— Moi, je vais faire une école de cinéma ! Enfin, en ce moment, je suis surtout en train de négocier avec mes parents… déclare Tomohiro.

— Et toi, Satoshi ? Tu voulais devenir prof, non ?

— Oui, je vais aller à l'université de Kuise, mais je me laisse encore un peu de temps pour décider si je suis fait pour l'enseignement. Je ne suis plus très sûr d'avoir vraiment la vocation…

— Ah bon ?

— Pour l'instant, on est encore des lycéens, on pourrait devenir n'importe quoi dans la vie… reprend son camarade de classe. Mais, après le bac, terminé, il va falloir qu'on se décide ! Alors je pense qu'il vaudrait mieux qu'on se dépêche de choisir notre voie…

Shoya acquiesce, un air grave sur le visage. Si seulement il pouvait être aussi sûr de son avenir que Tomohiro, Miyoko ou Naoka !

— Et toi, Miki, quelle université est-ce que tu voudrais intégrer ? lui demande Satoshi.

— Moi ? (Elle plante son regard dans le sien et pointe le garçon qui vient de lui poser la question du doigt.) La même que toi !

Les trois amis, surpris de cette réponse, la dévisagent.

— Je te plais tant que ça ? dit Satoshi sur le ton de la plaisanterie.

— Oui… répond-elle très sérieusement.

Le silence accueille sa déclaration. Tous, autour de la table, se sont figés.

— Tu devrais penser à toi, à ce dont tu as envie, la met en garde Satoshi.

— Mais c'est ce que je fais ! réplique la déléguée de classe sans se démonter. Je suis comme ça, qu'est-ce que tu veux !

— C'est vrai ? finit-il par dire, pris de court face à tant de détermination. Dans ce cas, bon courage pour le concours d'entrée, alors !

— Merci !

Les deux autres garçons, eux, restent bouche bée devant cet échange.

Lorsque Shoya rentre chez lui, ce soir-là, sa mère lui saute dessus dès qu'il franchit le seuil.

— Regarde ! lui dit-elle, tout heureuse, en lui mettant un journal sous le nez. Yuzuru a gagné le concours régional de photographie ! C'est super, non ? Elle est dans ta chambre, elle t'attend. Tu n'as qu'à prendre les desserts qui sont dans le frigo.

Une fois monté à l'étage, une assiette remplie de pâtisseries à la main, il constate que la collégienne est – chose rare – en uniforme ! L'air grave, elle lui fait signe de s'asseoir de l'autre côté du bureau et lui montre un chiffre en haut d'une de ses copies.

— Ça, c'est la note de mon dernier examen. Comme tu peux le voir, ça craint… Je vais me faire tuer ! Alors, je t'en supplie, ô grand et beau et intelligent Shoya, aide-moi ! l'implore-t-elle.

L'intéressé éclate de rire – il lui donne au moins dix points pour la flatterie – et répond :

— Pas de problème ! Je suis content que tu aies enfin décidé de t'y mettre… Voilà ce qu'on va faire : tu essaies d'abord de ton côté et, ensuite, je vérifierai ce que tu as fait. Si tu as des questions, n'hésite pas !

Et c'est ainsi que les deux amis se mettent à travailler en silence, assis l'un en face de l'autre. Au bout d'un moment, pourtant, Shoya finit par se déconcentrer. Il repense à la discussion qu'il a eue ce midi avec ses camarades de classe sur leurs projets après le bac…

— Tu savais que ta sœur avait laissé tomber l'idée d'aller à Tokyo, finalement ?

— Oui… Shoko n'ose pas sauter le pas parce qu'elle s'inquiète pour moi à cause de mes mauvaises notes ! En fait, si elle m'a inscrite au concours de photo, c'était pour me motiver à retourner à l'école… Dans le fond, c'était plutôt une bonne idée. Aujourd'hui, par exemple, j'ai reçu plein de compliments de la part de profs et d'élèves que je ne connaissais même pas. Je ne veux pas décevoir ma sœur…

— Tu sais ce qui te reste à faire alors ! Tu n'as plus qu'à travailler dur pour avoir tout bon au prochain contrôle.

— Tu es sûr ? Il vaudrait mieux viser une note moyenne plutôt que le sans-faute, non ? Sinon elle risque d'être assez rassurée pour faire ses valises pour Tokyo !

— Ou, mais ce n'est pas grave… répond Shoya, qui le pense vraiment. Moi, je la soutiendrai quoi qu'elle décide. Et toi ?

Sans relever le nez de ses devoirs, la cadette des Nishimiya hoche la tête de haut en bas.

— Moi aussi !

— Dans ce cas, je vais le lui dire tout de suite, d'accord ?

— Oui !

À la fin de cette journée, Shoya sait enfin quoi répondre aux messages que Shoko lui a envoyés ce matin.

En retour, la jeune fille le remercie de son message, tout en ajoutant qu'elle prendrait quand même le temps de la réflexion et qu'elle aussi le soutiendrait dans ses projets, quels qu'ils soient.

D'ailleurs, tout le problème est là : encore faudrait-il qu'il en ait, des projets… Il n'y a jamais vraiment réfléchi et il est peut-être temps de s'y mettre. Shoko et les autres, eux, ils savent tous où ils vont.

Et lui, alors ? Qu'est-ce qu'il voudrait devenir ?

Quelques jours plus tard, son amie lui fait une grande annonce : après réflexion, elle a finalement décidé de partir à Tokyo. De son côté, Shoya, lui, a commencé à se renseigner sur les écoles de coiffure. Il se demande encore s'il a fait le bon choix quand il tombe sur Naoka, qui l'attend devant chez lui.

— Il faut qu'on parle, lui dit-elle de but en blanc.

Ils marchent alors en silence jusqu'au parc, où le jeune homme s'assied sur un banc. Son ancienne camarade de classe se tient à quelques mètres de lui, à faire les cent pas. Après avoir pris une profonde respiration, elle se décide enfin à prendre la parole.

— L'an prochain, je pars pour Tokyo.

— Je sais, Miyoko me l'a dit.

— Shoko aussi y va, non ? Si tu tiens tant que ça à elle, pourquoi est-ce que tu ne l'accompagnes pas ? lui demande-t-elle, le dos tourné.

— En fait, j'y ai pensé, mais je préfère rester ici pour faire ce qui m'a toujours semblé logique, dans le fond. Je compte intégrer une école de coiffure du coin pour reprendre le salon de ma mère.

— Ah bon ? Tu vas faire le même métier que Shoko ?

— Pas tout à fait, non. Elle se spécialise en coiffure et maquillage. Ce n'est pas du tout le même diplôme. Moi, je vais juste couper les cheveux.

— Tu es complètement à côté de la plaque, mon pauvre Shoya ! dit la jeune fille en le pointant du doigt. En tout cas, il y a au moins trois choses que tu ignores !

Déjà, Shoko a choisi la coiffure, comme toi ! Je tiens cette info de Miyoko. Ça tombe bien pour toi, pas vrai ?

— Euh…

Où a-t-il bien pu entendre cette histoire de maquillage, alors ? Et, si Naoka a raison, est-ce qu'on ne risque pas de penser qu'il a choisi la coiffure juste pour suivre Shoko ? Sans lui laisser le temps de s'appesantir sur le sujet, son ancienne voisine de table enchaîne aussitôt :

— Ensuite… je ne suis pas censée te le dire, mais tant pis ! Quand tu es tombé dans la rivière et que tu as failli y rester, c'est Kazuki et Keisuke qui t'ont sorti de l'eau. (Sous le choc, Shoya ouvre grand la bouche.) Ils t'ont croisé pendant le feu d'artifice et ils ont décidé de te suivre, pour s'amuser. À l'époque, en primaire, tu étais un de leurs meilleurs amis, tu le sais, non ? Même si, après… tout a changé. Je pense qu'ils ont préféré faire comme si vous n'aviez jamais été proches. Un peu comme moi… Enfin, tout ça pour dire que je suis vraiment désolée, Shoya !

Elle lui tourne à nouveau le dos, comme si elle refusait d'affronter son regard et poursuit :

— Moi aussi, j'ai écrit des insultes sur ton pupitre en CM2. Et j'ai été horrible avec Shoko… Je ne suis pas quelqu'un de bien, j'en ai conscience. Je n'arrive pas à apprécier cette fille. D'ailleurs, je n'ai même pas envie d'essayer.

Shoya, qui s'est contenté d'écouter attentivement ses confessions en hochant la tête de temps en temps, prend à son tour la parole.

— Quand Kazuki, Keisuke et moi, on était encore amis, ils passaient leur temps à être d'accord avec tout ce que je disais. Du coup, j'étais persuadé de bien les connaître. Et puis, du jour au lendemain, on aurait dit de parfaits étrangers ! Au moment où ils se sont retournés contre moi, je n'ai pas compris leur réaction, comme si j'avais manqué un épisode. Mais, à l'époque, je ne pouvais m'en prendre qu'à moi-même. C'est la vie, c'est comme ça. Sauf que, maintenant… je me dis que ce n'est pas une fatalité.

Toujours dos à lui, Naoka ne dit plus un mot.

— Et puis, tu sais, c'est très bien comme ça, tu n'as pas besoin de te forcer à être quelqu'un d'autre… conclut le lycéen. Si ça se trouve, un jour, tu auras un déclic. Dans la vie, ce n'est pas juste je t'aime ou je te déteste, ce n'est pas si simple. Les affinités, ça peut changer. Et puis surtout, du temps, on en a, devant nous. Moi aussi, je te promets d'essayer.

La jeune fille s'essuie les yeux avec sa manche, comme si elle pleurait.

— Pff… Tu es vraiment trop naïf ! Bon, ce n'est pas le tout, mais il va falloir que j'y aille… dit-elle en poussant un soupir.

Avant qu'elle n'ait pu prendre ses jambes à son cou, Shoya la retient.

— Attends ! Et la troisième chose que je ne sais pas, c'est quoi ?

— Tu n'as qu'à réfléchir un peu, crétin ! lui dit-elle en s'enfuyant.

— Qu'est-ce qui lui prend ? Décidément, je ne la comprendrai jamais… se désespère Shoya en la regardant s'éloigner.

Depuis que tous ses amis ont choisi leur voie, le temps semble filer à toute allure.

Shoya, qui s'est enfin mis à préparer sérieusement les concours d'entrée à l'université, continue d'aider Yuzuru à réviser une fois sa journée de cours terminée. Au lycée, il se sent plus à l'aise que jamais, entouré de sa petite bande d'amis.

De son côté, Shoko utilise sa petite sœur comme modèle pour s'entraîner à couper les cheveux. Quant à Mme Nishimiya, elle passe régulièrement chez les Ishida pour discuter autour d'un verre avec la mère de Shoya.

Le mois de mars ne tarde pas à pointer le bout de son nez. Et, avec, la cérémonie de remise des diplômes.

Le bac en poche, le moment du départ est arrivé pour celles et ceux qui ont choisi d'étudier dans une autre ville.

— Et voilà, on a tout ! Merci, les garçons, heureusement que vous étiez là. Bon, je vous confie Yuzuru ! déclare Mme Nishimiya en prenant place derrière le volant après avoir chargé les affaires de sa fille aînée dans la voiture.

Shoko et sa mère s'apprêtent à prendre la route. Direction Tokyo ! La future étudiante passe la tête par la fenêtre côté passager.

— *À bientôt !* signe-t-elle, un large sourire aux lèvres.

— Alors, Shoya ? Tu n'as rien à dire à Shoko avant qu'elle s'en aille ? lui demande Tomohiro avec un clin d'œil lourd de sous-entendus.

— Moi ? Euh, non ! Enfin… *C'est un peu gênant, mais…* commence-t-il à signer en s'adressant à son amie sous le regard curieux de Yuzuru. *Le cadeau que tu m'as offert, l'année dernière, tu sais, les baguettes… Ça servait à quoi ?*

Mais à peine a-t-il formulé sa question que la voiture des Nishimiya démarre, emportant Shoko sans lui laisser le temps de répondre. L'instant d'après, le véhicule disparaît au coin de la rue.

— Raté… murmure Shoya, dépité.

Soudain, son portable se met à vibrer. Il vient de recevoir un nouveau message.

C'est pour décorer !

Au SMS, elle a joint une photo montrant des baguettes de bois surmontées d'un ange et d'un petit oiseau, plantées dans une jardinière. Voilà qui répond enfin à la question qu'il se posait depuis un sacré bout de temps !

— Franchement, tu me déçois ! lui dit son ami réalisateur en le dévisageant.

Sans tenir compte de sa remarque, Shoya change de sujet.

— Au fait… Tu as toujours le numéro de Kazuki ? Je me demandais si on se reverrait à la cérémonie organisée par la ville pour fêter nos vingt ans. Je n'ai pas envie d'attendre jusque-là, je crois que je vais reprendre contact avec lui…

Chapitre 26
De l'autre côté de la porte

Deux ans plus tard…

Tous se préparent pour la cérémonie de leur majorité : ce n'est pas tous les jours qu'on fête ses vingt ans ! Aujourd'hui, le salon *Ishida Coiffure* est en pleine effervescence. Pendant que Shoya court dans tous les sens en cherchant sa cravate, sa mère s'occupe de finaliser la nouvelle coupe de cheveux de Mme Nishimiya.

— Shoko est déjà en route ? demande-t-il, nerveux, à la mère de son amie.

Cette dernière le rassure en lui montrant une photo qu'elle vient de recevoir sur son portable. Toutes deux vêtues de kimonos aux longues manches, sa fille aînée et Naoka sont encore en train de coiffer Miyoko au domicile des Nishimiya.

Il faut encore un certain temps à Shoya avant qu'il ne remette – enfin ! – la main sur la cravate tant recherchée. Bientôt, le voilà en route pour son ancienne école primaire où – comme pour boucler la boucle – a lieu la cérémonie.

Devant le portail de l'établissement, il retrouve Tomohiro, Miki et Satoshi. Déjà sur place depuis un moment, Yuzuru les attend de pied ferme, armée de son appareil photo, prête à documenter l'événement sous tous les angles. Naoka, Miyoko et Shoko finissent elles aussi par arriver et, bientôt, les huit amis sont rassemblés. Après deux longues années, voilà le petit groupe enfin réuni. La cadette des Nishimiya en profite pour immortaliser l'événement.

Désormais, chacun suit sa voie. Tomohiro a tourné un nouveau film et en prépare déjà un autre, toujours sur le thème de l'amitié. Naoka et Miyoko poursuivent leurs études de stylisme à Tokyo. Elles ont même créé leur propre marque. Quant à Satoshi, il n'a toujours pas décidé ce qu'il ferait après l'université.

L'espace d'un instant, tous rattrapent le temps perdu avant de finir par se disperser, accaparés par tel ou tel autre participant.

— Oh, je viens de voir un élève de mon ancienne école... déclare Satoshi. Bon, je vous laisse, j'ai deux mots à lui dire !

Puis vient le tour de l'étudiant en cinéma, qui se fait alpaguer par un de ses anciens camarades de classe :

— Eh, Tomohiro ! Alors, tu es tout seul ? Tu n'as pas d'amis ?

Vexé par la pique, l'intéressé proteste avant de disparaître dans la foule à la poursuite du petit plaisantin.

— Quoi ? Bien sûr que si, j'en ai ! Excuse-toi tout de suite !

D'un seul mouvement, Naoka, Miki et Miyoko se mettent en route vers le lieu de la cérémonie.

— *Shoko, tu...* commence à signer Shoya avant de s'interrompre.

Au loin, son regard a été attiré par un visage familier : Keisuke. Accompagné de ce qui semble être sa femme et son bébé, il pénètre derrière les trois amies dans la salle réservée aux anciens élèves de l'école Suimon.

Au moment où la porte se referme derrière son ancien meilleur ami, Shoya se sent mal à l'idée que tous ses camarades de primaire se trouvent eux aussi dans cette même salle. La gorge soudain sèche et les mains moites, le jeune homme marque un temps d'hésitation en se retrouvant à son tour devant le battant.

Au collège, il n'était pas très optimiste. Il s'imaginait une vie à l'isolement et une mort dans l'indifférence générale. On a déjà fait plus joyeux… Mais, aujourd'hui, ces années lui paraissent loin. Oui, aujourd'hui, la vie lui sourit enfin et son futur lui semble plein de promesses !

Car si derrière cette porte se trouvent les vestiges d'un passé douloureux, l'y attend aussi un monde de possibilités qui ne demandent qu'à être saisies !

Shoya se tourne vers Shoko, qui se tient à ses côtés et dont le visage reflète la même nervosité que celle qui lui noue l'estomac.

— *Ça va ?* lui demande-t-il.

— *J'ai peur…* signe-t-elle.

— *Tu sais quoi ? Moi aussi !* admet-il.

Ils échangent un petit rire, ravis d'être sur la même longueur d'onde. En contemplant le visage radieux de celle qui est devenue sa meilleure amie, une pensée traverse son esprit : *C'est fou, comme ma façon de voir les choses a changé, comme mes sentiments pour Shoko ont évolué !* Ils en ont fait, du chemin, depuis la primaire, où lui cherchait par tous les moyens à rompre la monotonie de son existence au détriment des autres en général et de la jeune fille en particulier. Et même depuis le lycée, où ils se sont retrouvés mais n'arrivaient pas encore à vraiment communiquer, à se faire comprendre l'un de l'autre. Qui aurait cru qu'ils en seraient là aujourd'hui ? Et ils ne sont pas près de s'arrêter en si bon chemin…

La paume posée sur le battant, Shoya lance un sourire à Shoko. Puis il lui attrape la main et ouvre largement devant eux la porte de la salle.

Achevé d'imprimer en France en mai 2021
par Aubin Imprimeur

Le papier de cet ouvrage est composé de fibres naturelles, renouvelables, recyclables et fabriquées à partir de bois issu de forêts plantées expressément pour la fabrication de pâte à papier.

ISBN : 978-2-37102-284-3
Dépôt légal : juin 2021

Loi n° 49-956 du 16 juillet 1949 sur les publications destinées à la jeunesse, modifiée par la loi n°2011-525 du 17 mai 2011

Numéro d'édition : 0102-049-01-01

Numéro d'impression : 2101.0166

LUMEN